A espada e o novelo

A espada e o novelo

Dionisio Jacob

© Dionisio Jacob, 2009

Edição executiva Graziela Ribeiro dos Santos
Coordenação editorial Fabio Weintraub
Preparação Norma Marinheiro
Revisão Marcia Menin, Viviane Teixeira Mendes e Agnaldo Holanda

Edição de arte Leonardo Carvalho
Capa Leonardo Carvalho
Diagramação Paulo Minuzzo
Produção industrial Alexander Maeda
Impressão Brasilform Editora e Ind. Gráfica

Imagem de capa Teseu e o Minotauro, autor desconhecido,
gravura do início do século XX. Coleção The Bettmann Archive.
© Bettmann/CORBIS/Latinstock

Dados Internacionais de Catalogação na Publicação (CIP)
(Câmara Brasileira do Livro, SP, Brasil)

Jacob, Dionisio
  A espada e o novelo / Dionisio Jacob. — 2 ed. — São Paulo:
Edições SM, 2017.

  ISBN 978-85-418-1191-0

1. Aventuras 2. Ficção brasileira 3. Mitologia grega I. Título.

17-08135   CDD-869.3

Índice para catálogo sistemático:
1. Ficção : Literatura brasileira 869.3

Grafia conforme o novo Acordo Ortográfico da Língua Portuguesa

1ª edição julho de 2009
2ª edição outubro de 2017

Todos os direitos reservados a
EDIÇÕES SM
Rua Tenente Lycurgo Lopes da Cruz 55
Água Branca 05036-120 São Paulo SP Brasil
Tel. (11) 2111-7400
www.edicoessm.com.br

Sumário

Prólogo, 7

1. A educação do herói, 11

2. Os Argonautas, 51

3. Floração heroica, 105

4. A fundação da cidade, 181

Epílogo, 231

Frescor de fonte antiga, 237

Sobre o autor, 239

Prólogo

A ilha Menor — assim chamada por ser a de menor tamanho naquele antigo arquipélago do mar Mediterrâneo — estava recebendo um contingente inusitado de visitantes. Inúmeras embarcações vindas de várias partes da Grécia e do Oriente disputavam espaço em seu acanhado porto ou acabavam ancorando nas encostas pedregosas, arriscando-se a romper os cascos nas rochas.

A razão de tanto movimento era simples: Laodemo estava morrendo. O velho contador de histórias, que grande fama granjeara, vivia os últimos instantes de sua longa existência. E muitas pessoas de prestígio — dramaturgos, poetas, pintores, escultores, músicos, oradores, políticos — vinham prestar-lhe homenagem. Todos tinham viajado longas distâncias para testemunhar o fim daquele homem, depositário de uma antiga tradição.

Os habitantes da ilha aglomeravam-se nas encostas para admirar a chegada dos navios. Espantavam-se com a túnica escarlate do sacerdote de Siracusa ou com as roupas espalhafatosas dos orientais da Frígia e recebiam com orgulho todos os ilustres visitantes. Aquela era apenas uma terra de pescadores, de homens simples, rústicos, sem nada de notável afora o fato de que ali nascera e crescera Laodemo. E ali ele agora passava as últimas horas de sua vida.

Apesar de pequena, a ilha Menor era coroada por um contraforte, um penhasco íngreme. E foi na parte superior da ilha que Laodemo — tendo regressado a sua terra natal após uma existência errante — construiu a casa onde passou a velhice. Daquele ponto descortinava-se uma vista grandiosa do oceano. Dali também Cadmo admirava as embarcações que disputavam espaço na baía.

Cadmo era neto, bisneto ou tataraneto de Laodemo, o próprio ancião não sabia precisar (tão velho era aquele homem que já ninguém sabia sua idade). De todos os descendentes de Laodemo, Cadmo era o mais chegado a ele, a quem, para simplificar, chamava de "avô". Por isso, enquanto vizinhos e amigos se revezavam nos trabalhos, arrumando a casa, preparando os comes e bebes e buscando acomodar aquelas pessoas importantes que não paravam de chegar, Cadmo permanecia junto à janela, desgostoso por saber que logo não poderia mais conversar com o avô, ouvir suas histórias, caminhar com ele pela horta, onde todos os dias almoçavam sentindo a maresia nos cabelos e contemplando a imensidão das águas ancestrais que cercavam a ilha.

Enquanto observava as embarcações, Cadmo sorria, imaginando que naquele mesmo lugar onde os navios estavam agora atracando iniciara-se a história de Laodemo, tão fabulosa quanto suas narrativas. Ele se tornara uma lenda: um homem cuja idade se estimava em mais de quatrocentos anos. O ancião nada confirmava ou desmentia, fazendo com que alguns o julgassem um mistificador, enquanto outros o olhavam com credulidade e reverência.

Os boatos diziam que Laodemo era tão velho que, na infância, teria visto os Argonautas de perto quando fizeram uma breve escala na ilha Menor (escala que, para dificultar ainda mais as coisas, nunca foi registrada pelos poetas). Cadmo acreditava em tudo aquilo e mantinha pelo avô uma admiração sem limites. Sentia orgulho daquele homem legendário, último vestígio de um tempo que estava se extinguindo, e seu coração pesava de tristeza por sabê-lo moribundo.

Então foi despertado de sua letargia. Uma inesperada melhora na saúde de Laodemo pôs a casa em súbito alvoroço.

Cadmo correu até o quarto de seu avô e surpreendeu-se ao encontrá-lo sentado no que havia pouco era seu leito de morte. O rosto de Laodemo refletia uma estranha serenidade. Ele sorriu ao ver o neto preferido.

— Venha dar um abraço em seu avô. Acho que minha partida não é para já!

Os dois trocaram um afetuoso abraço, sob o olhar incrédulo do médico que acompanhava Laodemo. O sangue voltara a irrigar-

-lhe as faces, desfazendo a palidez de cera. Como explicar tão repentina mudança?

Muitos julgaram que talvez Laodemo estivesse destinado a viver pelo menos mais uma geração. "Ele ainda vai enterrar todos os que aqui estão", alguém chegou a comentar. Em face da boa-nova, as embarcações que lotavam a baía começaram a partir.

Entretanto, alguns visitantes decidiram permanecer para conversar com Laodemo, que parecia muito bem-disposto e até demonstrava sinais de apetite. Houve mesmo quem lhe pedisse para contar histórias, o que muito o animou. Mas o médico foi taxativo em proibir qualquer abuso, ao que Laodemo retrucou, com um sorriso cheio de simpatia:

— Meu querido, sei de suas boas intenções, mas para que tanto apego à vida? Se tenho de morrer, que seja contando minhas histórias.

Essas palavras sensatas produziram grande impacto no ambiente. Entre os visitantes sedentos por histórias havia um dramaturgo, um poeta, um escultor, um historiador e um filósofo. Além deles, muitos jovens e crianças, todos amigos de Cadmo e de seu irmão menor, Ledmo, vieram correndo ao saber que as lendas voltariam a brotar da boca do velho.

Laodemo pediu apenas para mudar de quarto, pois aquele cheirava "a incenso e pranto". Levaram-no então para a sala, onde se improvisou uma confortável cama ao lado de sua janela favorita, a mesma de onde, havia pouco, Cadmo fitara a baía. Dali ele podia descortinar a bela paisagem e sentir o sopro do vento. Recostado ao batente, sorrindo, Laodemo ouviu as súplicas por esse ou por aquele mito. Com um gesto, acalmou a assistência, dizendo que contaria tantos quantos fosse possível.

Com a ajuda de Cadmo, ajeitou-se na cama, respirou fundo e refletiu. Por fim, iniciou aqueles que talvez fossem seus derradeiros relatos.

1

A educação
do herói

— Meus queridos — disse Laodemo com voz comovida —, nem sei por onde começar. Sinto-me prestes a entrar naquele labirinto que foi o terror de Creta. Por isso vou precisar de algo como o fio de Ariadne para me guiar. Espero sair com vida desse labirinto!

Todos riram do tom jovial de Laodemo e se ajeitaram nas cadeiras ou no chão; alguns se aproximaram para ouvir melhor.

— O fio da meada que puxarei começa com minha história predileta: a aventura de Jasão e os Argonautas.

A satisfação foi geral. Cadmo mal podia disfarçar a alegria pela melhora do avô e por testemunhar a reação de respeito e simpatia que ele provocava nas pessoas.

— Mas vou pedir a vocês um pouco de paciência. Antes quero falar da infância do herói e de sua formação.

Um respeitoso silêncio dominou a sala. Olhares atentos e respirações pausadas: em poucos instantes, apenas a voz de Laodemo soava.

Dionisio Jacob

— Nosso novelo começa a desenrolar-se na antiga Tessália, famosa por suas terras férteis, por seus cavalos imponentes e, naturalmente, por ser a região onde se ergue o monte Olimpo. Pois bem, na Tessália existia um reino chamado Iolco, fundado por Creteu, que viria a ser o avô de Jasão. Como era natural, Creteu deixou o reino de herança a seu filho Esão, pai de Jasão. Contudo, Esão adoeceu e, vendo-se sem condições de governar, entregou a coroa a Pélias, seu irmão por parte de mãe e, portanto, tio de Jasão. Alguns dizem que Pélias tomou-lhe o reino à força. O certo é que, uma vez no trono, Pélias se afeiçoou ao poder.

Quando isso aconteceu, Jasão era muito pequeno. Esão, temendo que Pélias atentasse contra a vida do menino, que herdaria o trono quando atingisse a maioridade, inventou então uma história: contou a todos que Jasão estava muito doente e, passado algum tempo, anunciou a morte do filho. Realizou até o funeral para dar maior veracidade à farsa. Enquanto isso, a mãe de Jasão o levou ao monte Pélion e o entregou aos cuidados de Quíron, o centauro que ali morava, numa caverna. Com a morte de Esão, Pélias sentiu-se contente e seguro no trono de Iolco, supondo que nada mais o ameaçava.

Nesse ponto da narrativa, Laodemo parou. Percorria a sala um leve murmúrio produzido pelas crianças, prontamente repreendidas pelos demais adultos. Mas o ancião dirigiu a elas um sorriso, indagando-lhes o motivo da inquietação.

— É verdade que naqueles tempos os centauros andavam pelas campinas? — perguntou Ledmo.

Laodemo soltou uma risada, como se entendesse a curiosidade dos pequenos, e voltou a falar:

— Naqueles tempos não apenas centauros, mas também muitos seres estranhos conviviam com os homens em campinas, bosques, montanhas. Os heróis esforçavam-se por aniquilar os mais monstruosos. Mas havia também criaturas benfazejas, como as ninfas, que existiam por toda parte. De tão formosas, algumas delas despertavam o desejo de homens, deuses e seres como os sátiros e os centauros.

Laodemo agora falava com o olhar perdido, talvez a evocar imagens guardadas no fundo de seu cérebro.

— As ninfas associavam-se aos elementos da natureza: as nereidas viviam nos oceanos e as náiades, nos lagos e nos rios; as oréades protegiam as montanhas, enquanto as dríades e hamadríades habitavam as árvores dos bosques.

Dizem os antigos que, sem a proteção das ninfas, os elementos que elas presidiam definhariam até morrer. Elas não eram imortais, mas viviam muito, assim como eu — com a diferença de que não envelheciam. Casavam-se e tinham filhas, que continuavam a zelar pela natureza. Entretanto, não era fácil desposá-las. Recatadas e ariscas, era bem difícil capturá-las. Que o digam os sátiros, criaturas metade homem, metade bode, munidas de cascos e chifres, que viviam a persegui-las sem sucesso.

Os centauros também eram seres híbridos: homens da cintura para cima e cavalos da cintura para baixo. Debochados e arruaceiros como os sátiros, inclinavam-se até mesmo à violência — em geral, por excesso de vinho. As ninfas representam, assim, a beleza da natureza. Já os centauros e sátiros encarnam seu lado mais violento.

Mas nem todos os centauros eram rudes. Quíron, por exemplo, foi um dos maiores sábios daqueles tempos, mestre de heróis como Aquiles, Asclépio, Odisseu, Héracles, Castor, Polideuco e muitos outros. Dizem mesmo que Atena, deusa da sabedoria, antevendo a ação de Quíron como educador, soprou-lhe na mente uma inspiração que serviu de base a seus ensinamentos.

Quíron era filho do Tempo com uma ninfa dos oceanos. Nunca andou em bandos como os outros centauros. Refugiou-se nas montanhas e adquiriu muitos conhecimentos sobre botânica e astronomia. Passou a viver numa gruta, aonde a aflita mãe de

Jasão o levara. Quíron também detinha conhecimentos médicos e musicais e, misturando as duas artes, produzia certos acordes capazes de curar os doentes. Conhecia a influência dos astros sobre as pessoas e sabia tratar grande parte das aflições humanas. Ele viveu muitos anos e, mesmo na velhice, era muito saudável e robusto.

Pois bem, esse centauro em tudo admirável foi o mestre de Jasão. Quíron resolveu não contar para o menino sobre sua origem, para que ele não crescesse revoltado. Antes, ensinou a ele tudo o que sabia, propiciando-lhe notável desenvolvimento em termos físicos e intelectuais. O corpo do discípulo o mestre estimulava com lições de ginástica e de caça, com instruções sobre como lutar e manejar armas. Para aprimoramento do espírito, Quíron disciplinava a alma do aluno com a música, ensinando-lhe a harmonia cósmica e expondo-o aos acordes que, segundo a ciência antiga, alimentavam os melhores sentimentos.

Além da música, Quíron também contou a Jasão diversas histórias, como faço agora com vocês. Ele acreditava que nos mitos ancestrais estavam contidos os melhores ensinamentos. Por meio daquelas histórias, Quíron buscava responder às muitas perguntas que desde muito cedo a aguda inteligência de Jasão lhe dirigia.

Mas, como o jovem aluno cada vez mais queria saber o que acontecera "antes disso", e "antes de antes disso", e "muito antes disso", o centauro se viu obrigado a contar como surgiram o mundo e todas as coisas. Foi assim que Quíron, no recesso de sua gruta, no monte Pélion, narrou a criação do Cosmos a seu deslumbrado discípulo.

E Laodemo passou a falar falseando a voz, como se ele próprio fosse o centauro Quíron dirigindo-se a Jasão na antiga gruta:

— Bem antigamente nada existia. Ou melhor, existia uma coisa chamada Caos. No Caos tudo estava misturado, tudo era confusão,

mas ali estava também o germe de todas as coisas. Desse germe surgiu o ovo da Noite. E o ovo da Noite, que flutuava no Caos, foi germinado pelo Amor. Quando a Noite surgiu do ovo, outras coisas começaram a nascer e se juntar pela ação do Amor.

Então, o Caos germinou o Érebo, que se juntou à Noite, e dessa união nasceram o Éter, a Luz, a Terra, o Céu e a segunda geração de deuses. A Terra era conhecida por vários nomes: uns a chamavam Gaia; outros, Titeia. E o Céu chamava-se Urano. Quando Titeia e Urano se uniram, deram fruto à terceira geração de deuses, conhecidos como titãs, por serem filhos de Titeia, ou Terra, e por nela habitarem.

Os titãs eram gigantes assustadores e cruéis. Eram muitos e de tipos variados, desde alguns horríveis, com cem braços, responsáveis pelos terremotos, até os ciclopes, gigantes com um olho só no meio da testa, que forjavam os relâmpagos e faziam os vulcões entrar em erupção.

O Cosmos, que ainda espelhava o Caos, de onde tudo saíra, foi tomado por uma grande e desordenada luta pelo poder. Urano, o Céu, monarca do Cosmos, escandalizado com as criaturas monstruosas geradas pela Terra e temendo que elas lhe usurpassem o trono, prendeu todos aqueles monstruosos titãs no recesso do Abismo. Revoltado contra o domínio cruel de Urano, Cronos, o Tempo, que era um dos titãs, conseguiu destroná-lo e castrá-lo, para que ele não mais gerasse filhos com Titeia. Com isso, o Céu e a Terra, que ainda viviam unidos, separaram-se definitivamente.

Livre do pai, Cronos passou a reinar sobre o Cosmos. Uns dizem que foi uma época de ouro, repleta de felicidade e inocência, enquanto outros afirmam que Cronos passou a devorar todos seus descendentes!

— Que coisa horrível, Quíron! Mas por que ele faria isso?

— Bem... talvez por receio de ser destronado por um filho, do mesmo modo que destronou seu pai. Alguns dizem que Urano havia lhe profetizado tal acontecimento. Outros contam que ele havia feito

um acordo com seu irmão mais velho para que o filho deste herdasse o trono. Fosse qual fosse a razão, o fato é que ele passou a devorar cada filho que nascia.

Com Reia, filha de Gaia, Cronos teve seis filhos, três homens e três mulheres. Os varões eram Zeus, Posêidon e Hades; e as mulheres, Hera — irmã gêmea e, mais tarde, esposa de Zeus —, Héstia — a deusa do fogo — e Deméter — a deusa das colheitas. Todos esses filhos foram devorados pelo pai, à exceção de Zeus, o terceiro filho varão. Salvou-o a esperteza de Reia, que o escondeu numa gruta, substituindo-o por uma pedra envolta em panos, que ela passou a ninar como a uma criança. Ao ver aquilo, Cronos apanhou a pedra e a engoliu.

Tendo assim enganado o marido, Reia deu seu filho a duas ninfas, conhecidas como Melissas, para que o criassem. Elas o alimentaram com o leite da cabra Amalteia e o mel do monte Ida. Assim, o deus cresceu forte e, na adolescência, desposou Métis, deusa da prudência, que o ensinou como derrotar Cronos. Métis e Zeus fabricaram uma poção mágica que, ao ser ingerida por Cronos, o fez vomitar todos os filhos que trazia dentro de si. Primeiro expeliu a pedra, que ele engolira por engano, e, em seguida, os filhos devorados.

Zeus decidiu então destronar seu pai, tomando-lhe o lugar como rei dos deuses. Titeia, amargurada por ter os filhos aprisionados no Abismo, ao saber da intenção de Zeus, profetizou que ele só venceria se conseguisse libertar os ciclopes, que o auxiliariam no duro combate contra os demais titãs. Com a ajuda dos irmãos Posêidon e Hades, recém-libertados das entranhas paternas, Zeus foi ao fundo do Abismo e, após furiosa batalha, desacorrentou os ciclopes. Estes, agradecidos, presentearam-no com o trovão, o relâmpago e o raio. A Hades deram o elmo da invisibilidade, e a Posêidon, o poderoso tridente.

Assim armados, os três irmãos conseguiram derrotar Cronos e os demais titãs. A luta de Zeus com Tifão foi a mais dramática de todas: aquele titã era maior do que as mais altas montanhas, sua cabeça tocava a abóbada celeste. Quando abria os braços, abarcava o Ocidente e o Oriente, e de suas mãos, no lugar dos dedos, cem cabeças de dragões cuspiam fogo. Todo ele era rodeado por víboras, e sua boca gigantesca destroçava o que encontrasse pela frente. Em suma, um ser grotesco, repulsivo, disforme, assustador. Zeus chegou a ser ferido por ele, mas acabou por vencê-lo, soterrando-o sob o monte Etna, que por muito tempo ainda resmungou chamas e lavas. Os outros titãs foram igualmente arremessados ao fundo mais fundo do Abismo. A batalha se deu nas planícies da Tessália, e o prêmio pela vitória foi a posse do monte Olimpo.

Vitoriosos, Zeus, Posêidon e Hades fizeram a partilha. Zeus, por ter liderado a revolta, ficaria com o mundo superior; Hades ganharia o mundo inferior; e Posêidon comandaria o mar, outrora governado pelo titã Oceano.

Como rei dos deuses, Zeus passou a organizar o Cosmos. Ordenou o tempo em ciclos e ritmos, definiu as estações e o movimento dos astros e criou o zodíaco. Fixou seu trono no alto do Olimpo, também conhecido como Empíreo, de onde podia controlar tudo. E passou a reinar sobre uma nova geração de deuses, seus filhos, mais belos e mais bem-proporcionados que os antigos titãs.

Quando Laodemo encerrou o relato, a sala parecia suspensa. As crianças eram as mais perplexas. O velho sorriu e lhes disse:

— Assim como vocês me olham agora, com esses pequenos olhos assombrados, Jasão também deve ter olhado o centauro Quíron na escuridão daquela gruta. E Quíron, vendo isso no semblante do discípulo, acalmou-o levando-o para fora da gruta e apontando-lhe a natureza:

— Veja, meu querido Jasão, o Cosmos. Olhe o céu, de onde as constelações orientam o percurso dos barcos e dos viajantes, tal é sua conformidade com as ordens celestiais. Olhe como o Sol e a Lua se dividem em horários exatos. Veja as estações, a terra e os ciclos do plantio, a maré e a migração das aves. Tudo é tão belo e ordenado! Eis o eixo principal da história que acabei de lhe contar:

a caminhada gradativa do Caos ao Cosmos. E não apenas a ordem e o equilíbrio surgiram após as batalhas titânicas, mas também as qualidades mais nobres da alma. Pois, mais do que os outros atributos, não é a justiça que representa Zeus?

Laodemo olhou de novo para as crianças, que concordaram mecanicamente com suas palavras. Haviam aprendido aquelas coisas quase por repetição, ouvindo-as dos mais velhos. O contador de histórias voltou a falar:

— Quíron explicou a Jasão que o antigo Cosmos era governado por titãs monstruosos, diferentes dos novos e belos deuses olímpicos. E, a fim de testar-lhe os conhecimentos, pediu ao menino que dissesse o que sabia dos deuses. O príncipe herdeiro respondeu com voz adolescente, mas articulada:

— *Tudo o que eu conheço aprendi de você, Quíron. Quando vim para esta gruta, eu nem sabia falar. Você me alimentou, me agasalhou e me ensinou tudo o que sei de medicina, lutas, caça, astros e plantas, armas e música, e também dos deuses.*

— *Mesmo assim, querido Jasão, diga o que sabe dos imortais.*

Levando a tarefa muito seriamente, Jasão respirou fundo, franziu a testa, ergueu o rosto e iniciou um longo relato:

— *Os imortais habitam o Olimpo, e Zeus é o rei e pai de todos os deuses. Ele é quem senta no trono no alto do Empíreo, de onde tudo vê e tudo coordena. Nada lhe escapa. Com um movimento de cabeça agita o Cosmos. Sua vontade é lei e justiça. Seu escudo invencível foi feito com o couro da cabra Amalteia, que o alimentou e foi por ele eternizada no zodíaco como Capricórnio. Cultuado nos bosques de Dodona, os animais de Zeus são a águia, que domina os céus, e o leão, que domina as selvas. E os raios que dele partem para todas as direções são o símbolo de sua força.*

A seu lado está sentada Hera, rainha do Empíreo, deusa protetora da vida e das mulheres, da fecundidade e do matrimônio, da fidelidade e dos lares. É mãe de Hebe, deusa da eterna juventude. Seus símbolos são o cetro, o diadema e o véu. Sua ave é o pavão.

Atena, filha de Zeus, é a virginal deusa da sabedoria. De seu pensamento nascem as ideias-fonte. Seu rosto é a serenidade. Ciente do poder que possui, tem um olhar doce e contido; sua fronte calma vislumbra o desenrolar das eras. Atena defende a guerra justa, a estratégia militar e é padroeira das artes, da razão e do espírito. Seus símbolos são o capacete, a lança, o escudo e a couraça. A seu lado estão o mocho e o dragão.

Apolo, igualmente conhecido como Febo, o Sol, tem a face da radiante beleza. Conhecedor dos segredos da vida e da morte, foi encarregado por Zeus de espalhar luz no Cosmos. Seus oráculos são procurados pelos homens. De seus movimentos nasce a harmonia. Sua mocidade é eterna, seu poder se exerce em toda a natureza e tudo vivifica e germina em sua presença. É o condutor das musas, e de sua lira, o heptacórdio, vem a música das esferas. Seus símbolos são muitos: o galo, que anuncia o dia; o loureiro, do qual retira sua coroa; e o girassol, que procura a luz.

Ártemis, irmã gêmea de Apolo, também chamada de Febe, é a virgem defensora da castidade. Os homens temem-lhe a ira. Caçadora, vive no isolamento dos bosques inacessíveis, no silêncio das matas profundas, armada de arco e flecha. Sua beleza sobrepuja a das sessenta mais belas ninfas que integram seu cortejo. Senhora das feras e do mundo selvagem, tem a corça e o javali como seus animais. A simplicidade é sua natureza: leva apenas a túnica, o arco e a aljava, onde guarda as certeiras setas.

Afrodite, nascida da espuma do mar e erguida ao Olimpo, celeste e marinha, é a mais bela das deusas. Traz sempre a alegria nos olhos e a graça nos lábios, mas, quando traída, é impiedosa. Senhora dos amores, dos jogos e dos risos, maneja com mestria as armas do fascínio: o sorriso sedutor, a fala suave, o sussurro apaixonado, o suspiro *persuasivo, o silêncio expressivo e o olhar eloquente. É mãe de Eros, deus do amor, filho eternamente criança que desperta a paixão com suas setas, de cujo veneno nem Zeus consegue escapar. Toda a natureza responde à atração de Afrodite. Atravessa o éter num carro puxado por cisnes, ostentando na fronte a coroa de rosas.*

Deméter, deusa da linhagem das grandes mães, filha de Reia, neta de Titeia, herdou o domínio da Terra e de seus segredos mais íntimos. Deusa da fecundidade e da agricultura, ela conhece a intenção de cada raiz e de cada semente, e seus ritos secretos são cultuados em Elêusis. Senhora dos cereais, triunfante deusa das searas, caminha pelos campos viçosa e feliz. Seu vestido amarelo como o trigo maduro deixa entrever o seio opulento. Num braço, leva a criança que amamenta; no outro, a cornucópia de onde jorram continuamente as riquezas da terra; em sua cabeça, a coroa de espigas.

Héstia, guardiã do fogo sagrado, que o vento não apaga, e da chama, que aquece os lares e cozinha os alimentos, é chamada de santa, de eterna, de antiga, de feliz e de mãe. Todos os sacrifícios começam e terminam em sua homenagem. Sua elegância é simples e discreta. Com manto púrpura e xale, carrega um vaso de duas alças, a capedúncula, onde arde o fogo eterno.

Hefesto, o industrioso ferreiro de corpo disforme e rosto abjeto, que caminha coxeando, é marido da mais linda das deusas. Auxiliado pelos ciclopes, ele comanda as forjas no centro dos vulcões. Ali fabrica os raios de Zeus, com seu martelo e suas tenazes. É o senhor da metalurgia, pai do artesanato, deus do ferro, do bronze e da prata, de tudo o que se funde e se transforma.

Hermes, dos pés alados, é o sagaz mensageiro dos deuses, intermediário entre eles e os homens. Ninguém morre antes que ele separe o corpo da alma com seu bastão, o caduceu. E é ele quem conduz as almas até Hades. É ele quem serve a ambrosia nos banquetes do Olimpo, quem vigia as cidades e as estradas, a paz e a guerra, dia e noite, atento e alerta. Deus do comércio, inventou os códigos dessa atividade, deu nome às coisas, organizou os assuntos da cidade, fortaleceu as relações familiares. Carrega sempre a bolsa, o caduceu com as serpentes entrelaçadas e também um ramo de oliveira, símbolo da paz.

Ares, o que traz a espada, é o menos amado dos deuses, o de poucos altares, o violento, só invocado na urgência dos embates, quando se mata ou se morre. Sua presença é anunciada por ferozes gritos de guerra que provocam ondas de pânico nas hostes inimigas. Ele cavalga sobre os campos de combate na companhia de seus filhos, Deimos, o Terror, e Phobos, o Medo. Seus símbolos são a couraça e o capacete, a lança e o escudo.

Posêidon governa o oceano com nobre serenidade. Seu tamanho colossal afasta a simpatia e levanta as preces assustadas dos que aguardam os navegantes. Com seu tridente levanta as ondas e desencalha os navios, mas sua ira provoca naufrágios. De seu trono submerso, exerce o poder soberano sobre as águas, os navegantes e os habitantes dos mares. Seu animal é o delfim; seu objeto, o tridente.

Dioniso, o último deus a chegar ao Olimpo, ensinou a extrair o mel dos favos e a fabricar o vinho. Senhor do entusiasmo, da embriaguez, do delírio e do transporte, deus da representação, do ritual e do teatro, inspira ao mesmo tempo terror e piedade. Sóbrio, possui a serena sabedoria. Além do próprio Pã, deus dos bosques e dos rebanhos, seguem-no ninfas, sátiros, pastores e mênades, soltando gritos, tocando instrumentos, com olhar feroz e voz ameaçadora. Dioniso vai à frente do cortejo, com o tirso numa mão e a taça de vinho na outra. Generoso e cruel, seu carro é puxado por tigres e panteras.

Após ter descrito os bem-aventurados como se fosse Jasão, Laodemo teve de parar um pouco. A menção às qualidades divinas o deixara ofegante. Preocupado, Cadmo perguntou-lhe:

— Tem certeza de que não quer descansar um pouco?

O ancião apenas ergueu a mão, indicando que estava tudo bem, e, depois de recuperar o fôlego, prosseguiu:

— Quíron ficou muito satisfeito ao ouvir Jasão. E não apenas porque o discípulo demonstrava ter assimilado as noções que ele pacientemente lhe ensinara ao longo de vários anos. Sua satisfação vinha de perceber o rapaz cada vez mais seguro na arte da oratória. Articulava com fluência os pensamentos; sua voz era clara, consistente; seus gestos, seguros. Nele não havia timidez, tampouco arrogância. E isso alegrou o mestre. Mas a curiosidade de Jasão não tinha fim. Entre outras coisas, queria saber como os homens haviam surgido. Quíron então contou-lhe a história de Prometeu.

O nome de Prometeu gerou um burburinho na sala.

— Vocês hão de recordar, meus queridos, o que ouviram há pouco sobre os titãs. Entre eles, havia um, de nome Jápeto, que teve dois filhos. Embora fisicamente idênticos, os dois irmãos opunham-se quanto à índole. Um deles era muito esperto; o outro, totalmente ingênuo. Ao primeiro, Jápeto chamou Prometeu, ou seja, "aquele que pensa antes de agir, o precavido". O segundo, batizou de Epimeteu, que significa "aquele que pensa depois". Os dois irmãos estavam deslocados naquele mundo novo e organizado. Prometeu, no entanto, diferentemente dos outros titãs, não era violento. Com seu espírito pacífico e empreendedor, conquistou a simpatia de olímpicos como Atena e Hefesto.

Mas Quíron, contando a Jasão a história, lembrou-o de que Zeus tinha verdadeira aversão pelos titãs, representantes do velho Cosmos. Explicou o centauro:

— Zeus os hostilizava, pois os considerava uma ameaça a sua autoridade.

— Mas e os homens? Você não ia me contar sobre como surgiram os homens? — interrompeu o impaciente Jasão.

— Calma, estou chegando lá — sorriu o centauro. *— Lembre-se, Jasão, de que o Cosmos naquela altura já se apresentava como o conhecemos: no alto, a abóbada celeste, com suas pesadas lumi-*

nárias; embaixo, a terra, com montanhas e vales, bosques e fontes, campos férteis e planícies estéreis. A vida se agitava em todos os cantos: havia peixes no mar, aves no céu e animais terrestres de todos os tipos. Sabendo que jamais seria aceito entre os olímpicos vitoriosos, Prometeu desceu à Terra seguido de seu irmão. Aqui chegando, notou que a semente celeste continuava adormecida. Decidiu então criar um animal semelhante aos deuses. Apanhou argila e banhou-a na água da fonte pura de onde nasciam todos os rios. Assim criou o homem e, equilibrando-o sobre dois pés, voltou seu rosto para as estrelas, à diferença dos outros animais, que só miravam o solo.

— Então ele fez um bom trabalho! — exclamou Jasão.

— Tão bom que Atena, deusa da sabedoria, veio admirar-lhe a obra e insuflar, na cabeça da nova criatura, o sopro divino. Com isso, os homens se tornaram capazes de aprender, e Prometeu, aproveitando esse dom, ensinou-lhes muitas coisas. Aprenderam a subjugar os outros animais, a manejar ferramentas para fabricar arcos e barcos, rédeas para os cavalos, carroças etc. Tal feito causou grande admiração em todo o Olimpo. Os demais deuses espantavam-se com aqueles seres que, embora rústicos e mortais, a eles se assemelhavam. A novidade, porém, não agradou a Zeus.

— Por quê? — indagou Jasão.

— Talvez porque Prometeu tivesse se adiantado a algo que o próprio Zeus tencionava fazer em tempo mais oportuno. Ou porque desconfiava da intenção de Prometeu, que poderia ter criado tão formidável criatura por orgulho e ressentimento, para contestar a autoridade dele, Zeus. E se tal orgulho acabasse sendo absorvido pelo novo ser, como um filho que herda os traços do pai? Nunca saberemos ao certo o porquê do desagrado de Zeus. O fato é que, quando Prometeu foi ao Olimpo pedir para levar o fogo aos mortais, Zeus negou-lhe esse dom, impondo assim um limite ao ambicioso titã.

— Mas, se Zeus negou a Prometeu o dom do fogo, como é que ele existe aqui na Terra?

Dionisio Jacob

— *É que Prometeu não se deixou abater pela negativa. Ele roubou o fogo dos céus.*

— *Roubou? Mas como? Ele não é guardado pela deusa Héstia?*

— *Isso mesmo. O fogo era naqueles tempos um elemento conhecido apenas pelos deuses. Nos banquetes do Olimpo, enquanto Hermes servia a ambrosia, o alimento sagrado, e Hebe, a eterna juventude, enchia as taças dos deuses com o néctar, todos embalados pela música de Apolo, Héstia trazia o fogo para que o contemplassem. Na capedúncula de Héstia, projetada por Atena e fabricada por Hefesto, crepitava, sob a vigilância dos imortais, o fogo eterno.*

— *E como fez Prometeu para roubá-lo?* — quis saber Jasão, interessadíssimo.

— *O fogo não ficava apenas na capedúncula; ele era também usado por Hefesto em sua oficina e pelo Sol, para iluminar a Terra. Prometeu então subiu ao alto do monte Cáucaso para aguardar a carruagem do Sol. Ao vê-la, esticou um longo caule e apanhou um pouco de seu fogo. Com essa semente ígnea, acendeu a primeira fogueira na Terra. Quando Zeus viu o brilho das chamas, ele foi acometido de grande cólera e decidiu castigar Prometeu.*

— *De que maneira?*

— *Quanto a isso, há divergências. Alguns dizem que Zeus, a fim de completar a criação de Prometeu, que só forjara indivíduos homens, encomendou a Hefesto uma estátua à imagem das deusas. Hefesto realizou a tarefa com perfeição. Depois, cada deus emprestou um dom àquela obra esplêndida. Apolo deu vida e harmonia a seus movimentos; Atena, inteligência; Hermes ensinou-lhe a falar e a persuadir; e Afrodite concedeu-lhe todo o encanto do amor. Ela foi chamada Pandora, que significa "a possuidora de todos os dons". Por fim, Zeus entregou-lhe uma caixa na qual estavam aprisionados todos os males do mundo, todas as doenças do corpo e da alma. Enquanto a caixa permanecesse fechada, os homens desconheceriam a aflição.*

— *Isso foi bom, não?*

— *Há quem duvide, pois Zeus pediu a Pandora que desse a caixa de presente a Prometeu com a recomendação expressa de mantê-la fechada para sempre. Pandora cumpriu o trato, mas Prometeu, de natureza precavida, resistiu aos encantos da moça e rejeitou o presente. E também avisou ao irmão, Epimeteu, que tomasse cuidado com as ofertas de Zeus. No entanto, o ingênuo Epimeteu não se conteve e tomou Pandora por esposa. Tudo ia bem até que a curiosidade febril de Pandora tornou-se uma obsessão, e, num momento em que se viu sozinha, não suportando mais o mistério, levantou lentamente a tampa da caixa, apenas um pouquinho, mas o bastante para deixar escapar todos os males!*

— *Todos os males?*

— *Sim, ai de nós!* — Quíron riu da aflição estampada no rosto do discípulo. — *Uma nuvem negra saiu da caixa. A velhice, a doença, a inveja, a vingança, o medo, a miséria... Daí por diante todos os sofrimentos passaram a fazer parte da vida humana, da mesma maneira que ocorrera com o fogo. Quando fechou a caixa novamente, Pandora conseguiu reter apenas a esperança, que ela guardou para sempre como a coisa mais preciosa do mundo.*

— *Mas o que fazia a esperança no meio das coisas ruins?*

— *Boa pergunta, Jasão! Segundo outra versão desta história, Zeus teria pedido aos demais deuses que pusessem na caixa as virtudes mais nobres dos bem-aventurados. Pandora então teria dissipado tais dons, guardando apenas a esperança.*

— *Prefiro essa versão, Quíron.*

— *Eu também, mas a primeira é mais conhecida.*

— *E o que aconteceu com Prometeu?*

— *Zeus o castigou horrivelmente. Ordenou a Hefesto que o acorrentasse a um rochedo no alto do Cáucaso, de onde o fogo divino fora roubado, e todos os dias uma águia lhe devoraria o fígado. A víscera se refaria para que, no dia seguinte, a águia voltasse a devorá-la. E assim o castigo se repetiria indefinidamente. É difícil entender a decisão dos deuses.*

— *Então foi dessa maneira que os homens surgiram* — concluiu Jasão.

— *Assim contam as velhas histórias. Mas, após certo tempo, os homens passaram a viver orientados mais pelo vício do que pela virtude, o que muito irritou a Zeus.*

— *Fora o que Zeus previra ao censurar Prometeu?*

— *Difícil dizer ao certo, querido Jasão. O fato é que Zeus indignou-se com aquele estado de coisas e convocou um conselho com todos os deuses. O brilho do cortejo de divindades ficou gravado para sempre na Via Láctea. Diante do conselho, Zeus comunicou aos imortais sua decisão de aniquilar a perversa raça humana e começar tudo de novo. Ele pensara em incendiar o mundo dos homens com um raio, mas receou devastar o Cosmos. Então, pediu a Éolo, deus dos ventos, que abrisse a jaula em que os aprisionava. Assim eles se abateram sobre a Terra totalmente desgovernados. Apenas o gentil Zéfiro continuou guardado. Nótus, o vento sul, quente e tempestuoso, e Bóreas, o vento norte, frio e violento, uniram-se e escureceram os céus. Juntos, fizeram os mares rugir e a água das nuvens desabar por dias e dias. Posêidon ajudou erguendo as ondas mais alto que as montanhas e retirando os rios dos leitos. O mar engoliu homens e rebanhos, inundou campos, submergiu cidades. Tudo se transformou num imenso mar sem praias.*

— *Não sobrou nada?*

— *Só o monte Parnaso não submergiu. Ali um casal se abrigou: Deucalião e Pirra. Conta-se que, por serem justos e devotos, haviam sido escolhidos para iniciar uma nova era do gênero humano.*

— *Quer dizer que descendemos de Deucalião e Pirra?*

— *Sim, existem lendas sobre isso. Algumas dizem que o filho deles, Heleno, foi o patriarca dos helenos, de quem você descende. E os filhos desse rei, Éolo e Doro, deram início aos eólios e aos dórios* — prosseguiu Quíron, com ar cansado. — *Mas, por favor, querido Jasão, creio que hoje a conversa já se estendeu demais. Saia agora para caçar ou nadar no lago e só volte aqui na hora de dormir!*

Na sala, os mais velhos riram das palavras que Laodemo colocou na boca de Quíron, e Cadmo entendeu que elas expressavam o cansaço do próprio avô. Pela janela, o azul se apagava e a tarde perdia o vigor. De qualquer modo, Moera, mãe de Cadmo, interrompeu a reunião ao entregar a Laodemo uma tisana de ervas prescrita pelo médico e uma papa, que parecia meio insossa, a julgar pela reação do paciente.

Moera era uma mulher poderosa, de rosto forte e vincado. Perdera o marido e o filho mais velho havia seis anos, ambos afogados durante uma tempestade em alto-mar. Depois disso, nunca mais tirou o negro das roupas e redobrou os cuidados para com Cadmo e Ledmo, os últimos filhos que lhe restaram.

Sua sogra, Érgona, que parecia ter a idade da Terra, acompanhava-a com frequência. Agora mesmo era ela quem servia bolinhos de peixe às visitas, desculpando-se pela simplicidade do alimento. O prato, temperado com várias ervas, cheirava tão bem que Laodemo cobiçou o que estava nas mãos de Cadmo. Moera, entretanto, proibiu Cadmo de servir a fritura ao avô, condenado à papa insossa.

Depois todos se levantaram para esticar as pernas. As visitas saíram em busca de acomodação para a noite. Dormiriam na casa de ilhéus, que se mostravam orgulhosos por receber gente importante. As crianças saíram em grande alvoroço. Cadmo ali permaneceu, observando o avô, que engolia o mingau sem graça enquanto contemplava pela janela o espetáculo do mundo.

— Você gostaria de dormir? — perguntou-lhe Cadmo.

— Eu? De modo algum! Se pudesse, saltava fora dessa cama. Passei semanas entrevado aqui.

— Mas basta de histórias por hoje — intrometeu-se Moera.

— Nada disso, querida. Pelo menos minha boca pode mover-se livremente. E ela não está cansada.

***

Uma hora depois, resolvidos os problemas do pernoite, as visitas retornaram. As crianças, percebendo que as histórias recomeçariam, vieram na correria para sentar-se no chão, em torno da cama de Laodemo. Um dos visitantes ilustres, historiador, perguntando ao ancião se ele desejava mesmo prosseguir naquele dia, recebeu olhares contrariados da assistência, ávida por mais narrativas. Mas os olhos brilhantes do contador diziam tudo. Ele apenas respirou fundo e assumiu uma posição mais confortável. Foi o sinal para que todos se ajeitassem em seus assentos.

— Não eram apenas essas histórias que Quíron contava a Jasão — reiniciou ele. — Apesar de satisfeito com os progressos do discípulo, Quíron também se preocupava ao notar certas turvações na personalidade de Jasão, que, embora jovem, começava a se destacar de várias maneiras. Muitas vezes Quíron o levava a uma aldeia próxima para que ele fizesse amigos e pudesse brincar com outras crianças. Nos jogos, ele era imbatível. Ninguém o superava em nenhum tipo de luta nem no uso de arco e flecha. Sem falar de sua grande beleza. Dizem até que uma hamadríade teria caído de amores por ele. Ela habitava um carvalho muito antigo, à entrada da gruta de Quíron, e de lá ficava a suspirar por Jasão, que mal retribuía os olhares da desconsolada ninfa. Decerto isso também contribuiu para aumentar-lhe a consciência do próprio valor. Quíron via com preocupação o sorriso de escárnio que lhe aflorava no rosto ainda imberbe. Ele estava mesmo ficando convencido.

Nesse momento, Laodemo olhou de relance as crianças que acompanhavam a narrativa, identificadas com a meninice do herói, e prosseguiu seu relato:

— Mas Quíron não era o tipo de mestre que educava por meio de reprimendas ou advertências. Achava que esse método de algum modo colocava os alunos na defensiva. Preferia educar através das histórias que, acreditava ele, acabariam por germinar na alma de Jasão. Assim, à noite, após um dia cheio de exercícios físicos e aulas práticas sobre as propriedades das plantas, Quíron contava essas histórias exemplares. Fazia isso enquanto cozinhava ou comiam e mesmo depois, antes de Jasão cair no sono. Com frequência, para ilustrar suas histórias, ele aproveitava o fogo em que preparava os alimentos para criar um teatro de sombras nas paredes da gruta. Servindo-se apenas das mãos e de alguns gravetos e folhas, o centauro deleitava Jasão com essas representações. Outras vezes, entoava as histórias na forma de versos, acompanhado de um pequeno instrumento de cordas, uma espécie bem rústica de alaúde.

Dessa feita, foi o poeta que sorriu ao constatar a antiguidade de seu ofício. Laodemo percebeu e se antecipou:

— Bem, não contarei todas as histórias de Quíron, somente as que Jasão mais apreciava, como a desafortunada história de Faetonte. Vamos, pois, a ela.

Novamente falando como se fosse Quíron na antiga gruta, Laodemo começou:

— *Dirigida por Apolo, a carruagem do Sol atravessa o céu todos os dias. Acostumados a isso, os homens não fazem ideia de como é difícil tal travessia. O deus enfrenta a noite negra e muitos monstros. Quando as portas do oceano se abrem e o Sol refulge, isso é uma vitória. Só sabem disso aqueles que assistem assombrados à façanha da alvorada, como o jovem Faetonte. Quando a deusa Aurora anunciava que o carro do Sol estava próximo, tocando a fímbria do horizonte com seus dedos rosados, o rapaz sentia uma emoção muito forte. Contudo, por mais luz que aquela aparição trouxesse, o coração de Faetonte permanecia nas sombras, e uma amargura sem tamanho assolava sua alma.*

— *Que amargura, Quíron?* — angustiou-se Jasão.

— *A amargura de quem desconhece o próprio pai* — explicou Quíron, tocando num ponto sensível para seu discípulo. — *A ninfa Clímene, mãe de Faetonte, dizia que ele era filho de Apolo, o condu-*

tor da carruagem do Sol. Mas, quando o rapaz se gabava da ilustre ascendência, ninguém o levava a sério, a tal ponto que ele mesmo começou a duvidar do que lhe dissera a mãe, chegando a adoecer por isso. Clímene então, preocupada com o filho, aconselhou-o a procurar seu pai, Apolo, que vivia num palácio no distante Oriente.

— E ele foi? — perguntou Jasão, sem disfarçar a ansiedade.

— Claro, percorreu os sítios mais longínquos numa peregrinação que parecia não ter fim. E quando, numa região inteiramente desconhecida e noturna, começou a duvidar da existência do palácio do Sol, viu ao longe uma belíssima construção, tão brilhante que era preciso abaixar a vista para dela se aproximar. Faetonte chegara ao destino, e seu coração disparou de ansiedade. Desse modo, intranquilo e ofuscado, ele caminhou em direção ao fulgurante palácio.

Nesse ponto, Laodemo fez uma pequena pausa para tomar um gole do amargo chá, aumentando a expectativa da audiência. Mas logo retornou à função, imitando a voz de Quíron:

— E que palácio era aquele! Uma verdadeira fortaleza erguida sobre poderosas colunas, com uma escada de mil degraus. Toda a construção era feita com os mais nobres materiais existentes: o mais alvo marfim, o mais reluzente ouro, as pedras mais preciosas. Tão logo alcançou os gigantescos portões de prata, estes se abriram com estrondo, e o rapaz se viu na presença de Apolo, cuja luz não poderia ser contemplada senão a certa distância. O deus, de expressão serena, estava sentado em seu trono de diamantes e esmeraldas e trajava um manto púrpura. De um lado do trono, encontravam-se as divindades do Dia, do Mês, do Ano, além das velozes Horas. Do outro, as Estações: a Primavera, com sua coroa de flores; o Verão, com suas espigas; o Outono, com suas uvas; e o Inverno, com o rosto vincado e os longos cabelos brancos caindo sobre os ombros. Apolo logo reconheceu o filho, mas mesmo assim perguntou ao rapaz o que ele desejava.

"Desculpe penetrar assim em sua fortaleza, honrado pai, se é que posso chamá-lo desse modo", murmurou Faetonte. "Na terra todos me ridicularizam quando eu, fiando-me no que ouvi de minha mãe, me apresento como seu filho. Então, tudo o que desejo é apenas saber com certeza se o senhor é ou não é meu pai."

"Afaste de seu coração essa sombra, querido filho!", disse o deus com brandura. "Sua mãe não mentiu, você é meu filho. Se nunca nos encontramos antes é porque todo o meu tempo está tomado pela tarefa sem fim de iluminar o mundo."

O rosto de Faetonte se iluminou ao ouvir tais palavras — falou Quíron a Jasão, totalmente absorto pela narrativa. — *E iluminou-se com a luz da alegria mais profunda. Apolo se comoveu com o sorriso pronto e sincero que aflorou no rosto do filho e, para compensar a amargura que lhe causara, disse a ele, com voz terna:*

"Filho, a fim de que não reste dúvida sobre quem é seu pai, peça-me o que quiser! Juro pelas águas do Estige que realizarei seu desejo!".

E Quíron acrescentou:

— *O juramento pelas águas do Estige, rio que corre no mundo inferior, é o mais solene que existe. Impossível voltar atrás. É que Apolo, vendo a simplicidade no rosto do filho, julgou que ele pediria algo razoável, compatível com a humana condição, já que seu maior desejo, conhecer o pai, já havia se realizado. Mas qual o limite para os desejos de um coração? De modo inesperado até para o próprio Faetonte, surgiu lá do fundo de seu jovem peito uma ambição desmesurada: ele desejava simplesmente dirigir a carruagem do Sol.*

Claro que Apolo, no mesmo instante, arrependeu-se da promessa e tentou dissuadir o filho.

"Amado Faetonte", disse o deus luminoso, "mesmo para os outros deuses a travessia celeste é dificílima, quanto mais para um mortal como você. O próprio Zeus jamais me pediu tal coisa. O caminho é cheio de perigos. A ladeira da Manhã é tão íngreme que só

com muito custo os cavalos conseguem galgar-lhe as encostas. Ao chegar à cumeeira do Céu, a altura é tamanha e o abismo é tão vertiginoso que eu próprio receio olhar para baixo. E o que dizer da ribanceira da Tarde? Os cavalos disparam em tal velocidade que são necessárias mãos treinadas para manter o carro sob controle. Até a deusa que abre as porteiras do mar para meu retorno teme que eu despenque lá de cima. E não é só isso: a maquinaria dos astros gira em sentido contrário ao do meu movimento. É preciso muito equilíbrio para coordenar meu avanço com o das esferas celestes. Além disso, meu filho, no alto do céu você terá de enfrentar monstros aterradores: o Escorpião, o Touro, o Leão e outras feras zodiacais ameaçarão seu percurso e assustarão os cavalos. Por tudo isso, eu lhe imploro: esqueça esse pedido. Peça qualquer outra coisa.”

— E a súplica surtiu efeito? — perguntou Jasão.

— O desejo recém-desperto no coração de Faetonte era tão forte que o dominou totalmente. O velho anseio de conhecer o pai já nada significava diante da possibilidade de conduzir o carro solar, projetando sobre a Terra sua imagem vitoriosa. Para tristeza de Apolo, Faetonte exigiu que o deus cumprisse a promessa. Sem saída, ele então preparou o filho para a árdua tarefa. Passou em seu corpo um unguento sagrado para protegê-lo das chamas do Sol e lhe deu os seguintes conselhos:

“Segure as rédeas com força, para que os cavalos não percebam a mudança de condutor. E não exagere no chicote. Os cavalos conhecem o trajeto, mas são fogosos e é preciso contê-los. O segredo maior é conservar o limite da zona mediana. Atente à marca das rodas do carro no éter. Evite igualmente o norte e o sul. E, para que todos se aqueçam por igual, não se distancie muito nem se aproxime demais da Terra. E agora eu peço uma última vez: desista desse capricho imediatamente, porque a Noite já se vai pela porta do Ocidente e eu preciso iluminar e aquecer a Terra”.

Mas, como Faetonte parecia surdo às palavras do pai — prosseguiu Quíron *—, Apolo levou-o às estrebarias celestiais, onde as*

Horas já atrelavam apressadamente os quatro fogosos cavalos. Na banda oriental do Céu, já se via o dedo anular da Aurora tingindo a barra do oceano. Eufórico, Faetonte saltou no carro e segurou as rédeas com força. Os imensos cavalos relincharam e coicearam impacientes. Uma das Horas, conhecida como Exata, abriu as porteiras, e a carruagem partiu em grande velocidade pelas infinitas campinas do espaço. Mas os corcéis perceberam que levavam carga mais leve e que as rédeas não eram manejadas com a mesma destreza. Cada um puxou para um lado e logo se desviaram do caminho habitual. Naquele momento, o sorriso deixou o rosto de Faetonte. Ele foi possuído por forte arrependimento. Subitamente convencido de que não conseguiria controlar a carruagem do Sol, ele quis dar meia-volta, mas os animais não respondiam a seu manejo. Com os solavancos causados pelo galope irregular dos cavalos, as rédeas se soltaram de vez e o descontrole foi total.

Enquanto falava, Laodemo tinha os olhos vidrados, como se olhasse para dentro. Suas mãos se agitavam no ar imitando as revoluções da carruagem solar, e todos na sala sabiam que ele imitava o centauro Quíron, projetando um teatro de sombras na parede da gruta.

— A carruagem agora corria alucinadamente, ora subindo ao topo do Céu, ora descendo em rasantes abruptos, num movimento desordenado. Faetonte empalideceu. Já não podia suportar a fumaça e as cinzas que envolviam a carruagem. Suas pernas tremiam, seus joelhos entrebatiam-se; por onde olhava só via os efeitos do desastre. No Céu, ele colidia com os planetas, jogando uns contra os outros, e, quando descia, queimava o cume das montanhas, estorricava o solo, destruía as plantações, secava os rios, dizimava cidades e países. Até que, não suportando esse sofrimento, a Terra levantou a voz para Zeus, clamando que a poupasse da devastação.

"Rei dos deuses!", ela rogou. "É assim que sou recompensada por meus serviços, por minha fertilidade, minha obediência aos ciclos que me foram impostos? Foi para isso que forneci grãos e plantas, frutos e riachos, pedras e metais? Para ver tudo fundido numa massa informe? E meu irmão Oceano, o que fez para que suas águas evaporassem, matando toda a sua riqueza? E meu antigo consorte, o Céu? Para isso é que foi construída a engrenagem do relógio cósmico? Assim ele logo tombará sobre mim. O que sobrará então? Retornaremos ao antigo Caos?"

As palavras aflitas da Terra calaram fundo no coração de Zeus, que, mais que os outros deuses, temia a volta ao Caos — disse Quíron, olhando bem para Jasão. *— Tanta era a desordem que ele, furioso, atingiu Faetonte com um raio. Apolo, agora livre da promessa que fizera, pôde voltar a comandar o carro e com muita dificuldade colocou-o novamente nos eixos. Mas, quando olhou para baixo, entristeceu-se com a devastação e com o corpo do filho fulminado, flutuando no que restava do rio Erídano. Cobriu a cabeça em sinal de luto e prosseguiu seu eterno trabalho. Enquanto isso, no rio, a mãe de Faetonte, Clímene, e as irmãs dele choravam sobre o corpo do rapaz. Dizem que seu sofrimento foi tanto que elas se transformaram em plantas, e suas lágrimas, em âmbar.*

Um grande silêncio tomou conta da sala ao fim da narrativa. Reforçava-o a penumbra que descera, indicando o início da noite. A avó de Cadmo, Érgona, que não escutara a história, trouxe velas acesas e fez algum comentário deslocado, com voz quase inaudível. Ledmo perguntou:

— E o que Jasão achou dessa história?

— Jasão ouvia tudo com expressão pasmada e, depois, pouco falava — explicou o ancião. — Mas o que mais preocupava Quíron era o orgulho acentuado que ele sentia nascer em seu discípulo. Num herói o orgulho pode causar catástrofe semelhante à de Faetonte.

— E que outras histórias contava Quíron? — quis saber o poeta.

— Há também a história de Dédalo, uma das prediletas de Jasão — comentou Laodemo, atiçando a curiosidade dos ouvintes. — Dédalo era um homem de muitas habilidades. Como arquiteto e escultor, poucos se igualavam a ele. Habitava em Atenas, na época em que o rei Egeu dava início a seu reinado e a cidade ainda era pequena.

— É verdade que foi ele quem começou a figurar as esculturas em movimento, em vez de representá-las paradas, com os braços caídos ao longo do corpo? — perguntou o escultor.

— Não sei ao certo, mas há muitos anos um escultor me garantiu que, antes de Dédalo, as estátuas eram representadas com os olhos fechados. Depois dele, os olhos das estátuas se abriram, retribuindo o olhar de quem as contempla.

O escultor ficou contente com a informação, ao passo que o historiador, cuja interrupção anterior fora menos bem recebida pela plateia, protestou:

— Que tal voltarmos à história?

E foi o que Laodemo fez, reassumindo a voz de Quiron e continuando o relato:

— *Dédalo era dado a extremos: oscilava entre a generosidade mais larga e o ciúme mais mesquinho. Luzes e sombras dividiam-lhe a alma. E esses dois lados revelaram-se ao mesmo tempo quando Perdix, seu jovem sobrinho, entrou em sua vida. A princípio, Dédalo o recebeu com entusiasmo e ensinou-lhe sua arte com grande satisfação. Gostava dos jovens, e seu pequeno filho, Ícaro, era a alegria constante de seus olhos. Órfão de mãe, Ícaro passava os dias com o pai e o primo, mais velho que ele, enquanto este aprendia com o tio as mais diversas artes.*

— *Mas como Dédalo pôde ser considerado mesquinho se era assim generoso?* — indagou Jasão a Quíron.

— *Ocorre, impaciente Jasão, que Perdix logo revelou seu grande talento. Ao tio impressionava a rapidez e facilidade com que o sobrinho absorvia seus ensinamentos. Conforme foi crescendo, sua habilidade prodigiosa passou a encantar todas as pessoas. Assim como o tio, além de engenhoso, Perdix era inventivo. Entre outras coisas, criou o torno cerâmico e o compasso para desenho. E sua fama passou a ofuscar a do tio. Foi quanto bastou para despertar a inveja de Dédalo. Saído da caixa de Pandora, esse sentimento doloroso envolveu-o de tal maneira que sua visão das coisas se turvou.*

Assim, ainda muito jovem, Perdix recebeu a encomenda de fazer uma estátua em homenagem a Atena, deusa que dava nome à cidade. Fez uma obra magnífica, com o corpo esculpido em mármore e detalhes de ouro e prata. O rosto da deusa fitava o horizonte com serenidade e as mãos seguravam armas. As vestes pareciam esvoaçar ao vento que batia no alto da cidadela, onde foi posta a escultura. No dia em que a obra foi inaugurada, toda a população passou para admirá-la, e o prestígio de Perdix apagou de vez o de Dédalo. Este, ao mesmo tempo que apreciava a obra do sobrinho, também sofria por seu sucesso: reconhecia nela a excelência que ele mesmo ensinara. Tudo escureceu, e dentro dele os sentimentos agitavam-se desordenadamente. E aí aconteceu aquela coisa pavorosa...

Em determinado momento, quando os dois estavam sós, próximos do grande despenhadeiro, num gesto impulsivo, Dédalo empurrou Perdix para que o jovem se estraçalhasse contra as rochas lá embaixo.

Um silêncio pesado atravessou a sala, semelhante talvez à mudez de Jasão na gruta do centauro. Laodemo prosseguiu:

— Quíron, vendo o efeito do relato no rosto de Jasão, contou--lhe ainda que Atena, padroeira das habilidades criativas e guerreiras, contrariando o fim trágico reservado ao rapaz, antes que este atingisse o solo, transformou-o na perdiz, ave que evita lugares altos. Condenado pelo crime, Dédalo fugiu para outras terras, levando consigo Ícaro. Acossado pela lei e mordido pelo arrependimento, ele vagou pela Ática. Em todo lugar, sua fama o antecedia, obrigando-o a se esconder. Até que encontrou um reino onde pôde se exilar.

— *Que reino é esse que acolhe criminosos?* — perguntou Jasão, indignado.

— *A ilha de Creta, governada por Minos. À semelhança de Dédalo, Minos era considerado sábio e bondoso por alguns, enquanto outros o julgavam um tirano cruel. Foi seu lado generoso que acolheu Dédalo, contente por abrigar artista tão famoso. Naquela altura, Creta sofria o flagelo de um horrível monstro, metade homem, metade touro, que se alimentava de carne humana. Tal criatura era dotada de grande força, o que impedia sua captura. Chamavam-no Minotauro. O rei Minos encomendou a Dédalo o projeto de uma prisão para o monstro, um lugar seguro, de onde ele jamais pudesse escapar. Grato pela hospitalidade de Minos, Dédalo dedicou-se inteiramente à realização da obra, que ficou conhecida como Labirinto de Creta.*

Dédalo queria construir um lugar em que as pessoas ficassem totalmente sem rumo e cuja saída jamais fosse encontrada. Inspirado nos volteios do rio Meandro, na Frígia, em cujas águas os navegadores se perdiam, Dédalo projetou um edifício intrincado, com corredores tortuosos, que pareciam não ter começo nem fim, desembocando em lugar algum ou devolvendo o caminhante sempre ao ponto de partida. A construção foi um sucesso: depois de pronta, o Minotauro foi atraído ao edifício pelo cheiro de carne e de lá nunca mais saiu. Seus urros ecoavam por toda a ilha.

O rei parabenizou Dédalo e o incumbiu de muitas outras obras, feliz por ter o maior artista daqueles tempos a seu serviço.

Mas, com o passar dos anos e apesar da segurança que ali encontrara, Dédalo começou a sentir-se infeliz em Creta. O arquiteto, que viera de Atenas, onde a liberdade dos cidadãos valia mais que tudo, pôde conhecer o lado tirânico de Minos. Na ilha, nada acontecia in-

dependentemente da vontade dele, e o isolamento geográfico refor-
çava o sentimento de opressão. Nada ali entrava ou de lá saía sem a
permissão de Minos, cujos fiscais eram implacáveis na vistoria dos
barcos. Dali Dédalo não poderia fugir de nenhum modo.

— *E Ícaro?* — perguntou Jasão, curioso quanto ao destino da criança.

— *Ícaro era a única alegria de Dédalo. Ele amava muito o filho,*
de temperamento alegre e brincalhão. O menino vivia metendo os
dedinhos nos trabalhos do pai, muitas vezes arruinando o que este
estava fazendo. Mas Dédalo ria, sem se importar com o estrago. Ain-
da arrependido em relação a Perdix, Dédalo não desejava que Ícaro
saísse ao pai, refém de obscuros anseios de fama. Queria o menino
sempre feliz, conservando no rosto o sorriso tranquilo, coisa que não
ocorreria naquela ilha. Desagradava-lhe o fato de o filho crescer re-
cluso, tendo de ouvir diuturnamente os urros distantes do Minotau-
ro. E Ícaro estava se tornando um moço. Assim, Dédalo idealizou um
meio de fugir da ilha.

— *Mas, Quíron, como eles podiam fugir se Minos controlava*
tudo?

— *Calma, Jasão. Se Dédalo fosse uma pessoa comum, eu prova-*
velmente nem estaria lhe contando esta história. Ele, que era muito
engenhoso, depois de observar o voo dos pássaros, passou a cole-
cionar penas de todos os tipos e tamanhos. Desenhou então uma
estrutura em forma de asa, com a impressionante envergadura das
grandes aves. Pacientemente e em segredo, por meio de fios, prendeu
à estrutura da asa as penas cujas pontas grudou com cera, para que
não se soltassem. Ícaro acompanhava o trabalho do pai com curio-
sidade, mas só quando concluiu a obra Dédalo lhe revelou seu inten-
to: "Que esse rei mandão vigie a terra e o mar. Fugiremos pelo ar!".

— *E eles voaram?* — perguntou Jasão, deslumbrado.

— Compreende-se o encantamento de Jasão — disse Laodemo a sua assistência. — Só em sonhos podemos voar! Apesar do

fogo que nos foi dado por Prometeu, continuamos presos ao solo, caminhando passo a passo, invejando as aves, que lembram os deuses, livres pelo céu. Mas voltemos à gruta do centauro. Quíron falou desse modo a seu discípulo:

— Sim, Jasão, eles voaram. Nas madrugadas silenciosas, antes de a Aurora tocar o firmamento e de Tétis, anciã da águas, abrir as comportas do Oceano para o carro de Apolo, Dédalo experimentava seu invento. Depois, como uma ave ensina o filhote, o pai mostrou ao filho como fazer para alçar voo. Imagine a alegria do menino planando pelo espaço! Tão logo os dois dominaram o mecanismo do voo, Dédalo, muito preocupado, aconselhou o filho com as seguintes palavras:

"Ícaro, preste muita atenção. Vamos levantar voo e atravessar o mar de ilha em ilha até chegarmos à costa da Sicília, onde, creio, estarei livre de perseguição. Você deve se concentrar, pois a travessia é longa. Voe sempre a uma altura moderada. Se descer muito, a umidade do mar tornará as asas pesadas. Em contrapartida, se ultrapassar certa altitude, os raios do Sol derreterão a cera. Ouviu bem? Fique sempre perto de mim. Agora vamos."

E assim, com expressão preocupada, Dédalo vestiu as asas no filho. Ele notara que Ícaro, ansioso por abrir as asas sobre o vasto Oceano, absorvera apenas parcialmente suas recomendações. Certa manhã, mal os primeiros tons de azul tingiram a praia, os dois alçaram voo. Deslumbrados, deixaram para trás os urros do esfomeado e raivoso Minotauro.

A julgar pelo olhar comovido e pelo sorriso involuntário que lhe assomava aos lábios, Laodemo chegava a uma passagem pela qual tinha especial predileção. Voltou a falar como se fosse Quíron:

— Imagine, Jasão, o que sentiam aqueles dois voando naquela manhã tão antiga e, no entanto, tão igual a todas as manhãs. Imagine bem o que representou para eles igualarem-se momenta-

neamente aos deuses. O êxito de Dédalo era de tal ordem que ele decidiu não parar na primeira ilha, mas seguir adiante, pois o dia estalava de tão límpido e planar era fácil. Assim, sobrevoaram a ilha de Samos, depois Delos e Paros. O pai, que de início não tirava os olhos do filho, tranquilizou-se ao ver que ele dominava as asas e acenou para que o seguisse.

Mas Ícaro era apenas uma criança deslumbrada, tomada de grande euforia. E a alma infantil do filho deixou-se levar pelo maravilhamento, esquecendo as palavras do pai, se é que chegou a retê--las. Ele passou então a subir, e subir, e subir, cada vez mais atraído pela luz da grande esfera, que se espraiava pela abóbada celeste.

— E o pai? Não viu o que ocorria? — afligiu-se Jasão.

— Dédalo também se embriagava de azul e gargalhava. No entanto, mais experiente que o filho, mantinha-se numa altura apropriada.

— Dédalo gargalhava?

— Como não haveria de gargalhar? Sentia-se dotado de um poder sobrenatural, criara o que ninguém antes sonhara. Sem falar no fato de que finalmente se libertara do rei Minos e de Creta. Quem poderia segui-lo? Quem poderia alcançá-lo? Assim, ele gargalhava euforicamente sobre as águas. Quando avistou Lebinto ao longe, achou que seria um bom lugar para aterrissarem. Só aí percebeu que Ícaro não mais o seguia. E então se desesperou.

"Ícaro! Ícaro!", gritava Dédalo, tomado de grande receio.

— O calor do Sol derretera a cera das asas de Ícaro! — disse Jasão em tom fatalista.

— Isso mesmo! O menino viu as penas cair e passou a agitar os braços em vão. Logo começou a perder altura. Dédalo não assistiu à queda do filho, mas, com o coração pesado, perto da ilha onde almejava descer, notou algumas penas boiando na água. Pousou então na praia. Pouco depois, as ondas trouxeram o corpo de Ícaro. Desesperado, Dédalo enterrou o filho e batizou aquela região de Icária. Dizem alguns que, naquele momento, uma perdiz pousou junto dele.

Um silêncio cismado tomou conta da sala.

— Bem, agora chega de histórias! Está na hora de o papa descansar! — era Moera, que entrava intempestivamente para encerrar a reunião. Ela se acostumara a chamar Laodemo de papa, modo carinhoso de indicar sua condição patriarcal. De fato, a lua esplêndida, emoldurada pela janela, já ia alta no céu. Era noite plena. Laodemo olhou satisfeito o reflexo da lua nas águas da baía. Depois se voltou para Moera:

— Querida, desejo prosseguir mais um pouco.

— Mas o senhor falou o dia inteiro, papa!

— Eu sei, eu sei. É para compensar os dias que passei calado — disse Laodemo, rindo. — Você está certa, mas juro que não estou cansado. Prometi a todos contar a aventura de Jasão e queria ao menos terminar essa parte da narrativa. E se alguma moira impaciente cortar o fio de minha vida durante a noite?

— Papa!

— Bem... O que eu lhe peço é pouco. Vou mais adiante, isto é, se meus ouvintes não estiverem com sono.

A reação foi imediata. Todos queriam absorver as histórias ao máximo. Até as crianças, embora naturalmente exaustas, insistiram em ficar.

Moera, capitulando, disse que, em todo caso, estava na hora de comerem alguma coisa. Desculpou-se por não poder oferecer nada além do pirão de peixe que o médico recomendara a Laodemo, mas convidou todos para um almoço bem melhor no dia seguinte.

A comida foi acompanhada de pão de centeio e vinho caseiro bem aguado, que as crianças adoçaram com melaço. O relato prosseguiu entre pequenas garfadas.

— Enquanto isso, Jasão crescia. E, apesar da pouca idade, seu físico já era de homem feito. Quíron então decidiu que era chegada a hora de iniciar seu discípulo nos mistérios de Deméter. Pela primeira vez, o aluno sairia em viagem. O olhar do jovem ardia de brilho pela aventura. Quíron queria aproveitar para levá-lo até o monte Parnaso, no centro do mundo.

— Por que o monte Parnaso? — quis saber um dos presentes.

— É que o centauro queria mostrar a Jasão uma visão surpreendente, que raríssimos mortais haviam alcançado e que acreditava coroar seus ensinamentos. Assim, os dois deixaram a gruta e partiram sob os suspiros da ninfa Clea, a hamadríade apaixonada. Caminharam dias e dias, parando apenas para comer alguma ave. Em certa altura, atravessando um bosque cerrado, Quíron pediu a Jasão que não tirasse os olhos do solo até que tivessem deixado aquele lugar. Jasão obedeceu ao mestre, mas quis saber o motivo daquela ordem.

— *Este é um bosque de Ártemis* — explicou Quíron. — *Acompanhada de seu séquito de ninfas, ela vem banhar-se na fonte que sai da gruta. Agora fique em silêncio e siga em frente!*

— *Por que você está falando assim, Quíron?* — quis saber Jasão.

— *Tudo na natureza precisa ser respeitado. Aliás, existe um mito muito interessante sobre esse assunto. Você já ouviu a história de Erisícton, Jasão?*

— *Não. Que história é essa?*

— *Erisícton era um homem grosseiro que morava num reino da Tessália. Desprezava os deuses e todas as divindades. Um dia, ao precisar de madeira, recordou-se de um gigantesco carvalho que ficava no centro de um bosque consagrado a Deméter. Era um carvalho antigo e imponente, que dominava a mata e era guardado por uma hamadríade que, apesar da aparência jovem, nascera com aquela árvore e com ela morreria. Ao redor de seu tronco outras dríades vinham dançar e celebrar sua existência. Alheio a tudo isso, Erisícton ordenou a seus servos que cortassem o carvalho. Como estes hesitassem, pegou ele mesmo o machado e iniciou o trabalho. Logo no primeiro talho, ouviu-se um gemido profundo, e do local onde o machado penetrara começou a jorrar sangue. Todos em volta ficaram horrorizados, e um dos servos mais velhos ousou repreender Erisícton, tentando retirar o machado de suas mãos. Em fúria, o mercador matou o pobre velho e disse a todos que ninguém o impediria de terminar aquele trabalho.*

— *E a hamadríade?* — perguntou Jasão, lembrando-se de Clea.

— *Suplicou a Erisícton que parasse com aquilo, pois ela, a quem Deméter muito estimava, morreria com a árvore. De nada adiantou. Os demais servos, com medo de Erisícton, ajudaram-no a cortar a árvore. O estrondo da queda ressoou nos confins da mata. As dríades, revoltadas, vestiram-se de luto e foram até Deméter, pedir à deusa das colheitas que castigasse Erisícton por aquela profanação.*

Deméter imaginou mesmo um castigo muito cruel: fez com que a Fome, uma divindade terrível, irmã do Frio, do Medo e do Tremor, dominasse Erisícton. Na verdade, ela pediu à Fome que tomasse as entranhas de Erisícton.

— *Já imagino o que aconteceu ao homem, Quíron. E, apesar de tudo, começo a sentir pena dele.*

— *Você adivinhou bem, Jasão. Aquele homem e seu reino foram assolados pela fome. Por isso, respeitar a natureza, seus ciclos e seus ritmos é tarefa das mais sagradas. Veja esses bosques, Jasão. Já imaginou um mundo sem eles?*

— *Não faço ideia de como seria!*

Laodemo percebeu que aquela narrativa impressionara sua audiência. Com um sorriso sutil, prosseguiu:

— Quíron e Jasão, embalados por velhas histórias, continuaram a caminhar. O mestre procurava educar seu discípulo por meio dessas narrativas, pois todas elas tinham sempre um ponto em comum: a questão do orgulho. O orgulho era o grande inimigo dos heróis, e ele estava educando Jasão justamente para tornar-se um herói. Assim, contou novamente a lenda do dilúvio universal, quando toda a espécie humana desapareceu, menos um casal. Esse casal deu origem a uma nova humanidade, surgida das pedras.

— Das pedras?! — espantou-se Ledmo.

— Sim, o casal que, por decreto divino, sobrevivera ao dilúvio passou a atirar as pedras sobre os ombros. E, quando as pedras caíam no chão, transformavam-se em homens e mulheres da nova humanidade: fortes para o trabalho e duros de coração!

Todos na sala riram desse comentário, até mesmo Moera, que agora integrava a assistência. Érgona, a seu lado, apenas fazia companhia à nora, pois seus ouvidos fracos não lhe permitiam acompanhar devidamente as histórias.

— Assim, meus queridos, de história em história, Quíron e Jasão chegaram à beira do monte Parnaso, no centro do mundo. Fazendo suspense, Quíron começou a subir pela encosta, com Jasão atrás. A curiosidade teve o dom de renovar as energias do jovem príncipe, cansado da viagem. Como vocês sabem, aquela montanha se abre em dois picos, um dos quais dedicado a Apolo e às musas e venerado pelos poetas. Ali existe a fonte Castália, ninfa amada por Apolo que se transformou naquele manancial da mais pura água. Já ouviram falar dela?

Somente os adultos assentiram. O poeta comentou:

— Tanto quanto sei, essa fonte tem a fama de inspirar a imaginação poética. Quem dela bebe sente imediatamente aquele entusiasmo que propicia a boa realização. A imaginação fica exaltada, as imagens jorram e as palavras fluem. E a música que acompanha a poesia também surge com facilidade. Quando tal efeito se dissipa, a pessoa é oprimida pelo cansaço, como se tivesse realizado um trabalho titânico. Mas eu, pobre de mim, nunca consegui achar essa fonte! — confessou entre risos.

— Talvez porque você não tenha encontrado um guia como Quíron. A verdade é que, sem ele, Jasão talvez encontrasse a fonte, mas nunca chegaria ao topo da montanha. Isso porque, logo que eles mataram a sede com aquela água fabulosa, deixaram a fonte

Castália para trás e se embrenharam num bosque fechado, que desnortearia qualquer um. E o pior veio em seguida: alcançaram um aclive muito íngreme, árduo de escalar. A partir daquele ponto, não se viam mais pessoas. Apenas centauros e oréades vagavam pela região. Estas nem pareciam sentir o esforço da escalada, pois eram a própria alma daquela montanha. Os centauros, além do imenso vigor físico, possuíam cascos que se adaptavam bem ao terreno pedregoso. Para vocês terem ideia da dificuldade da escalada, o ar foi se tornando tão rarefeito que Jasão sangrava pelo nariz. Quíron acabou levando-o no dorso, através de pinguelas, sobre precipícios vertiginosos.

— Mas aonde ele queria levar Jasão afinal? — impacientou-se Ledmo.

— A um lugar a que poucos tinham acesso, uma gruta situada no cocuruto da montanha, de onde se podia enxergar o círculo total das coisas. Sei que é difícil entender, mas peço que soltem a imaginação neste momento. Pensem numa gruta cavada bem no cimo daquela montanha muito alta, uma gruta toda feita de cristais, que, como lentes, ampliavam as coisas mais distantes. Após ter se recuperado da forte tontura causada pela subida, Jasão quase perdeu o fôlego ao olhar a paisagem que se descortinava. Era como se dali pudesse vislumbrar tudo.

— Mas tudo o quê? — insistiu Ledmo, falando pelos demais.

— Para começar, as montanhas do mundo. Dali, ele podia avistar esses gigantes que protegem os vales e que se erguem até a borda dos céus. Viu o monte Olimpo em toda a sua glória. E, ainda mais distante, na Trácia, ele podia ver o monte Ródopo, em cujas alturas Ares se encarapita quando, olhando para baixo, procura onde despejar sua fúria guerreira. E, ainda além, Jasão olhava as extremidades do mundo apenas virando a cabeça de um lado para o outro: ali, o monte Atlas, que sustenta o peso da abóbada celeste; lá, o longínquo Cáucaso, onde Prometeu foi acorrentado.

Laodemo agora erguia os braços para o alto, como se desenhasse no espaço a configuração de grandes cordilheiras encadeadas sobre a Terra.

— E, após ter se encantado com a visão dessas alturas, Jasão viu também todos os rios e nascentes, pois aquelas montanhas eram como anciões de cuja boca fluía a nascente dos rios. Ele observou as fontes todas, os lagos profundos, os mares menores, todas as águas que vão alimentar o Oceano ancestral que envolve o mundo. Além de toda essa geografia imponente, Jasão via a atividade incessante dos mundos, e tal coisa só era possível naquele lugar central, de ar rarefeito e cristais. Ele testemunhou a atividade incessante de Deméter germinando a terra, ouviu o riso dos deuses no banquete do Olimpo, alcançando até mesmo as sombras melancólicas do mundo inferior, chefiado por Hades. E, justo no momento em que Jasão contemplava isso tudo, o firmamento foi atravessado de ponta a ponta pela caprichosa deusa Íris, fiel mensageira de Hera, que, deixando no céu um rastro colorido em forma de arco, coroava a visão do círculo total das coisas.

A descrição de Laodemo foi feita num crescendo, em tom incisivo, e encerrada com nova pausa, pois o silêncio é sempre impactante após uma enxurrada verbal. Apesar de aparentar cansaço, via-se nele a disposição de ir até o fim do relato. Reiniciou-o então com voz pausada:

— Bem, meus queridos, depois de ter apreciado essas coisas e participado da iniciação nos mistérios, Jasão e Quíron retomaram o caminho para a gruta do centauro, onde Jasão passara a infância. Durante o caminho, o discípulo quase não falou. Quando o fazia, era sempre com perguntas muito difíceis de responder. O fato é que o jovem parecia acossado por dúvidas.

— E quem traça o destino das coisas, Quíron?

— O Destino é a divindade mais misteriosa de todas. Dizem os

antigos que nasceu da Noite e do Caos. Dele pouco se sabe, a não ser que comanda todos os enredos, todas as sortes. Nada lhe escapa. Somente os deuses podem ler o livro de seus planos, traçados na noite dos tempos, mas nem o próprio Zeus é capaz de revogar-lhe os desígnios. Os homens podem adivinhar certas linhas de seus planos pelos oráculos, porém a linguagem deles é turva, cumpre decifrá-la, e nem todos conseguem fazê-lo. Lê-se na entrada de um santuário na Frígia: "o Destino é inflexível e inexorável". E suas ministras são as moiras, já lhe contei sobre elas.

— Lembro-me da que fia os destinos...

— Cloto. Sua roca desce do Céu à Terra.

— ... e daquela que enfia a linha no fuso.

— Láquesis.

— E a que corta o fio quando a vida se encerra?

— Átropos.

— Mas, Quíron, se Zeus e o Destino foram gerados depois do Cosmos, quem criou o Caos? Quem inventou tudo? Quem estava antes?

— Jasão! — gargalhou Quíron. *— Você está exigindo um pouco demais deste pobre centauro. Bem, assim como você, alguns acham que deve ter havido alguém antes. Tanto que existe na Ática um templo devotado ao Deus Desconhecido, a quem muitos levam oferendas.*

E prosseguiu Laodemo:

— Acontece, meus queridos, que, apesar do conselho de Quíron, Jasão entrou numa fase cismadora. No auge da adolescência, seu lado melancólico começava a manifestar-se. Tudo o irritava. Passava horas deitado na gruta, olhando para o teto, sem mexer um único músculo, como se estivesse morto. Era agressivo com Quíron e, muitas vezes, punha em dúvida seus ensinamentos. Seu humor era o pior possível. O centauro achou então que era hora de revelar a verdade sobre sua origem e de como ele e seus pais haviam sido traídos por Pélias, o tio impostor.

Ao ouvir aquilo, Jasão, num estado de profunda revolta, saiu correndo e foi ocultar-se na parte mais obscura do bosque que cercava a gruta. Seu ódio era tanto que até as dríades que ali dançavam ficaram murchinhas e foram procurar local mais propício às coreografias.

— Então todo o trabalho de Quíron foi inútil? — perguntou Leucoteia, uma das meninas presentes.

— Engano seu. Experiente, o centauro sabia lidar com tais situações. Esperou Jasão esfriar a cabeça e absorver as informações sobre seus pais. Após alguns dias, o discípulo voltou à gruta. Tinha outra aparência, sem sombra de melancolia. Tudo nele era entusiasmo e vontade realizadora. Parecia ter mesmo amadurecido naquele breve intervalo. Sorriu sem graça para Quíron e lhe deu um longo abraço.

— *Meu bom Quíron* — disse, comovido —, *está na hora de eu partir e lutar pelo que me pertence.*

— *Está mesmo na hora, caro Jasão. Tudo o que eu podia fazer por você já fiz. Ensinei-lhe tudo o que pude e contei-lhe todas as histórias da longa tradição de nossa terra. Você está preparado. Cuide--se e seja feliz.*

— E assim se despediram — concluiu Laodemo, satisfeito por ver a plateia tocada. — Jasão agradeceu muitíssimo a dedicação do sábio centauro e, dando as costas à gruta onde crescera, ganhou a estrada, sem mesmo notar os acenos que Clea, a hamadríade, lhe lançava.

Naquele momento, por mais que tentasse, Laodemo não conseguiu reprimir um longo bocejo. A noite ia alta. Algumas crianças já ressonavam. Ele sorriu:

— Dizem que o deus Sono mora numa gruta próxima da Ciméria. Perto daquela gruta, o carro do Sol não passa, o galo não canta e as flores nunca se abrem. Dentro dela existe um córrego murmurante, em cujas margens brotam ervas entorpecentes. Bem no fundo, no canto mais escuro, o deus repousa numa cama de ébano. Em volta da cama, seus filhos, os mais diversos sonhos, brincam com a deusa Vigília. São pequenos deuses alados, uns alegres, outros apavorantes, confusos, premonitórios. O mais suave deles se chama Morfeu. Ele nos envolve docemente e nos carrega em suas asas enquanto dormimos. Espero que esse deus gentil nos rapte nesta noite.

Depois disso, todas as visitas se levantaram e agradeceram a generosidade do anfitrião. Moera ajeitou a cama de Laodemo e o ancião logo estava roncando, exaurido pelo esforço do dia. Então, ela despertou Érgona, que cochilava na cadeira, e Ledmo, que "desmaiara" no chão, e carregou ambos para seus quartos.

Cadmo disse que passaria a noite ao lado do avô. Quando todos se retiraram, improvisou uma cama no chão, ao lado da de Laodemo. Antes que o sono viesse, olhou demoradamente o velho contador de histórias. Como ele acordaria no dia seguinte? Abusara, sem dúvida. Estaria em condições de contar mais histórias? As respostas não vieram, mas o sono, sim.

2

Os Argonautas

Na manhã seguinte, Cadmo foi despertado por um raio de sol. A primeira coisa que fez foi verificar se o avô estava bem, mas encontrou a cama vazia. A mãe, no entanto, logo o tranquilizou com um sorriso discreto, indicando o exterior da casa. Pressentindo a boa saúde do avô, Cadmo saiu correndo.

De fato, Laodemo caminhava a passos curtos pela horta, onde costumavam conversar horas a fio. Laodemo abriu os braços, sorridente.

— Veja, Cadmo, que dia esplendoroso!

A horta se situava numa parte elevada do terreno, mais ou menos na altura do telhado da casa. Além das hortaliças, havia também macieiras e oliveiras, que sombreavam toscos bancos de pinho e uma imponente mesa de carvalho. Uma mureta baixa de pedra, protegida por uma acácia, defendia o terreno de um barranco e delineava o mar, que, daquela altura, parecia mais solene.

Sem dúvida, um sítio extremamente agradável, tanto que Laodemo manifestou o desejo de passar o dia ali, pois havia muito não saía de casa. Já tomara o mingau receitado pelo médico e agora roía lentamente um naco de cenoura, segurando-o numa mão, enquanto a outra se apoiava numa bengala.

Caminhou alegremente ao lado do neto, até que as pessoas do dia anterior começaram a chegar, ansiosas por saber como ele passara a noite. Ao constatar seu ótimo estado de humor, foram ficando, aguardando pacientemente por mais um dia de velhas histórias. O poeta, o dramaturgo, o filósofo, o escultor e o historiador pareciam determinados a aproveitar totalmente a capacidade narrativa de Laodemo. Todos eles teciam altos elogios à hospitalidade do povo da ilha. Estavam descansados, alimentados e admirados com a beleza da paisagem. O que começara como uma viagem de pêsames se transformara num inesperado passeio.

Cadmo e Moera arrumaram um lugar confortável, com muitas almofadas, para que Laodemo se sentasse sob a acácia. E todos o rodearam, exatamente como no dia anterior, mas agora ao ar livre. O contador de histórias apanhou uma maçã e aspirou intensamente seu perfume. Depois, olhando seu fiel público, iniciou:

— Meus queridos, aqui estou eu, pronto para viver mais um dia! É espantoso dizer isso, acreditem. E, como ontem, vou gastá-lo inteiro com vocês e com os heróis que, nas histórias, vivem eternamente. Principiei por desembaraçar um novelo de enredos complicados puxando um fio que me levou muito longe. Agora, com a ajuda de vocês, puxarei outra ponta. Lembrem-se de que Pélias, tio de Jasão, usurpara o trono de Iolco, cidade fundada pelo avô do herói. Como Esão morrera aparentemente sem deixar herdeiros, Pélias usufruía um poder que ele imaginava vitalício. É isso mesmo?

Um silencioso gesto de assentimento se refletiu no rosto atento de cada ouvinte. Sem pressa, Laodemo aspirou uma vez mais o aroma da maçã e prosseguiu:

— Mas a tranquilidade de Pélias não era completa; do contrário, não viveria consultando oráculos para saber o que o Destino lhe reservava. Chegava mesmo a viajar léguas e léguas a fim de ouvir as profecias de algum sacerdote poderoso. Uma dessas viagens o levou até um templo consagrado a Ártemis, em Tegeu, na Arcádia. Ali chegando, participou das cerimônias de purificação, pagou as taxas devidas e realizou os sacrifícios necessários. Depois disso, a pitonisa o recebeu, sentada em sua trípode, acima de um buraco no chão através do qual fluíam os vapores proféticos. Pélias perguntou-lhe se havia a possibilidade de ele ser destronado algum dia. Envolvida pelos vapores, a pitonisa entrou em transe. Seus olhos reviraram, sua boca se retorceu. Por fim, ela disse:

— *Um príncipe herdeiro o destronará. Proteja-se do homem com um pé descalço!*

Todos na horta riram, menos Moera, que temia muitíssimo os oráculos. Érgona também os temia, mas, sem escutar o que Laodemo dissera, riu apenas para não parecer deslocada.

— Ora, Pélias voltou para casa bem confuso — continuou Laodemo —, vocês hão de convir. Que príncipe herdeiro? Não havia mais herdeiros em Iolco. E aquilo de proteger-se de alguém descalço, então? Pélias sabia que a linguagem dos oráculos era obscura e demandava interpretação. Mas nenhum dos sábios que consultou soube decifrar o enigma. O oráculo vazou do círculo mais íntimo do rei para toda a população, por fofoca dos criados, e não houve artesão ou criador de porcos que não tentasse decifrar a charada. Com o tempo, porém, como não se cumpria, o vaticínio foi caindo no esquecimento. O próprio Pélias deixou de recear por seu futuro, achando que perdera tempo indo à Arcádia.

Após outra pausa e outra cheirada na maçã, Laodemo disse:

— Voltemos agora a Jasão. Nosso herói se despedira do centauro Quíron e seguira na direção de Iolco. Vinha como um rústico que se criara nas matas, entre ninfas e animais. Seus cabelos longos caíam em cachos desgrenhados sobre o rosto e sua roupa era a mais simples possível: uma túnica grosseira e sandálias de tiras de couro que ele mesmo fabricara. Apenas isso.

Carregava também um arco, a aljava com as flechas e uma grande faca amarrada à cintura. Antes de abandonar a mata, foi atacado por uma pantera, que conseguiu matar, mostrando força e coragem surpreendentes. Com a pele do animal, fez uma capa, que jogou sobre os ombros, o que lhe emprestou um ar ainda mais selvagem. Mais adiante em seu caminho, encontrou um rio não muito fundo, o qual teria de atravessar. Topou com uma velhinha, que também queria passar para o outro lado, mas tinha medo de se afogar. Ele então abriu um sorriso generoso e carregou a velha senhora nos braços até a outra margem.

Aquela, no entanto, não era uma velhinha qualquer... Na verdade, Jasão levava ninguém menos do que Hera, mulher de Zeus e rainha do Olimpo, disfarçada de anciã. Inimiga de toda infidelidade familiar, ela penetrara no coração de Pélias e antipatizara com o que viu ali. Soube que Esão fora sábio ao ocultar seu filho homem, pois aquele rei postiço, apegado como era ao trono, certamente tramaria contra a vida do sobrinho.

Mas Hera também queria conhecer Jasão. Queria saber se o jovem era merecedor de seu divino apadrinhamento. Ficou muito satisfeita ao constatar a generosidade do príncipe herdeiro e ao perceber em seu olhar uma natureza honesta e franca.

Entretanto, durante a travessia, a deusa fez com que seu peso aumentasse, o que obrigou Jasão a esforçar-se mais para cruzar o rio. Quando chegou ao outro lado, estava espantado com o fato de que uma velhinha pudesse pesar tanto. Ela agradeceu e se foi, sem revelar sua identidade. Jasão, esquecido já do incidente, seguiu caminho. Contudo, meus queridos, notem: no esforço de carregar a deusa, Jasão perdeu uma sandália no lodo do rio. E foi assim que chegou a Iolco: com um pé descalço!

As crianças que ouviam a narrativa de Laodemo reagiram a essa informação de modo eufórico. Mas a voz que se ouviu em seguida foi a de Moera:

— Papa, você vai ou não vai comer essa maçã? Isso já está começando a me afligir.

— Não, querida — respondeu Laodemo, rindo (aliás, como todos os outros). — Seu cheiro é tão bom... E a cor! Não quero cravar meus poucos dentes nela, ao menos por enquanto. Mas retornemos a nossa história.

Quando Jasão chegou a Iolco, a cidade estava em festa: Pélias oferecia um sacrifício solene a Posêidon. Todos admiraram aquele jovem de grande beleza, vestido de modo extravagante. Seu tamanho e porte o destacavam na multidão. Era impossível não notar sua presença, mesmo com as ruas coalhadas de gente. Até que alguém reparou que ele tinha um pé descalço e a notícia se alastrou pela cidade como Zéfiro, o vento suave, alisando o capim alto: não houve quem não comentasse o fato. Em pouco tempo, Pélias já tinha conhecimento da chegada do jovem com uma sándalia só e pediu que o levassem até sua presença.

— *Quem é você? De onde vem?* — Pélias perguntou, procurando esconder seu receio.

— *Meu nome é Jasão. Sou filho de Esão e fui criado na caverna do centauro Quíron. Agora que me tornei adulto, vim reclamar a herança que me é devida.*

Claro que Pélias se impressionou com aquilo. Um pé descalço, o príncipe herdeiro... O oráculo estava ali, inteiro, confirmado na figura de um jovem que impunha respeito. Era possível avaliar sua força só com o olhar. O aspecto selvagem também intimidava. E o que Pélias poderia fazer? Todo o reino agora sabia que o filho de Esão estava vivo! Todos conheciam o oráculo e reverenciavam aquela criatura vinda dos bosques. Qualquer atitude de Pélias contra o jovem o exporia imediatamente. Ainda assim, aquele homem queria permanecer no trono, que já se adaptava tão bem a seu corpo. O raciocínio do rei dava giros velozes, buscando uma saída para reverter a situação. Mas, vejam bem, em nenhum momento Pélias perdeu a compostura.

Laodemo, que costumeiramente encarava a plateia, sustentando o interesse também com o olhar, agora adotava outra tática. Falava olhando para a maçã, girando a fruta nas mãos, contemplando seus diversos ângulos, analisando sua textura, sua cor, como se aquilo propiciasse uma atitude mais introspectiva. Sua voz se tornou então mais cálida e reflexiva:

— Acontece que Pélias, meus queridos, era um homem do mundo. Aperfeiçoara-se na arte de ler no rosto das pessoas o que elas possuíam de força ou de fraqueza. E reconheceu imediatamente no rosto de Jasão a ingenuidade, a falta de malícia e até a insegurança de quem nunca pisara numa cidade nem sabia o que era a corte. Quíron se esmerara em ensinar a seu discípulo a sabedoria das coisas altas, mas não da realidade dos homens, que ele próprio tampouco conhecia. Por isso, Pélias sorriu por fora e por dentro. O sorriso interno era de satisfação por descobrir um meio para lidar com aquela pessoa. O sorriso externo era de fingimento, de um tio comovido pelo encontro com o sobrinho que julgava morto.

O narrador parou de contemplar a maçã um segundo e lançou um olhar furtivo em direção ao público. Notou no rosto dos pequenos e das mulheres uma revolta antecipada. Vendo que ia pelo caminho certo, voltou a olhar a maçã e prosseguiu:

— Assim, Pélias abraçou Jasão e disse que aquele reino era seu por direito e que transbordava de felicidade ao abraçar o filho de seu irmão. Todos em volta se emocionaram com a largueza daquele gesto. O próprio Jasão se encantou com a simpatia do tio, que o levou para conhecer o palácio, segurando-o pelo braço com ternura, mostrando cada aposento, cada objeto, cada pessoa, como se dissesse que tudo aquilo pertencia ao rapaz. Por cinco dias aquele encontro foi comemorado com grandes festas, que não se restringiram ao palácio, ganharam também as ruas, para onde Jasão foi levado, sendo em seguida aclamado como o futuro rei, conforme previra o oráculo. O coração do príncipe cresceu de felicidade. Mesmo quando o tio o chamou para uma conversa séria e lhe fez um estranho pedido, ele de nada desconfiou. E que pedido foi esse? Pélias pediu a Jasão que empreendesse uma perigosa viagem em busca do tosão de ouro! Aquele era seu último pedido antes de deixar o trono.

— Tosão de ouro? — perguntou Ledmo.

— É, Ledmo. O tosão, também chamado velocino, de ouro era na verdade a pele de um cordeiro sagrado. Um animal miraculoso que, entre outras coisas, podia voar! Não vou contar essa história agora, para não confundir vocês, misturando com a dos Argonautas. O fato é que, depois de um tempo, esse cordeiro foi sacrificado, mas seu pelame, isto é, o couro com a lã dourada, foi guardado, tornando-se um dos tesouros mais cobiçados do mundo.

— Por quê?

— Porque, querido Ledmo, além de conter ouro do Olimpo, ele possuía propriedades mágicas. Era tão precioso que ficou guardado numa gruta da Cólquida, sob os cuidados de um dragão. Ninguém conseguia chegar perto desse tesouro.

Laodemo olhou atentamente para as crianças, que haviam redobrado a atenção com a entrada do cordeiro voador. Moera, por sua vez, levantou-se e já ia saindo da horta quando foi interpelada por Laodemo:

— Querida Moera, você está saindo assim por ter se chateado com o fato de eu ainda não ter comido a maçã ou por já conhecer demasiadamente a história?

— Conheço a história e adoraria ouvi-la mais uma vez, mas preciso cuidar do almoço. Logo estaremos com fome de algo além de histórias — disse ela em tom de gracejo antes de partir.

Laodemo sorriu afetuosamente e, antes de prosseguir, deu por fim uma dentada na maçã. Esse gesto, que foi aplaudido por Ledmo, provocou risos. A manhã ensolarada parecia influir no humor de todos. Para coroar aquele momento, um bando de aves marinhas passou fazendo grande estardalhaço. O ancião permaneceu alguns instantes apreciando o barulho dos pássaros com um interesse quase infantil. Em seus olhos havia um brilho discreto. O dramaturgo, percebendo isso, cutucou o escultor, e os dois sorriram.

— Retornemos agora a Jasão e seu tio Pélias — retomou Laodemo depois que as aves se foram. — Julgando o caráter do sobrinho, Pélias percebeu sua impulsividade, seu temperamento heroico. Sabia que o rapaz almejava realizar grandes feitos. Por isso descreveu em minúcias a história do velocino de ouro. E explicou:

— *Amado sobrinho, o velocino pertenceu inicialmente a um membro de nossa família, sangue de nosso sangue, que veio a casar-se com a filha de Etes, rei da Cólquida, a qual lhe deu filhos, seus primos. Bem, esse nosso parente, segundo ouvi, morreu naquela terra distante em condições misteriosas. Portanto, aquele tesouro é nosso, pertence a nossa família. Entende aonde quero chegar, Jasão? Sei que peço algo que só um homem muito valente pode fazer. O tesouro tem de voltar para nossa família!*

— E Jasão caiu nessa? — ironizou Cadmo, que já conhecia bem a história.

— Como eu disse, Pélias era astuto e suas palavras encontraram eco no espírito desarmado e juvenil de Jasão. Claro que ele queria ser o valente defensor do tesouro familiar! Fora educado por Quíron para ser herói. Além disso, ansiava por um grande feito antes de sentar-se ao trono de Iolco. Havia nele uma imensa fome de aventura. Portanto, disse ao tio que iria à Cólquida buscar o velocino de ouro.

Pélias sorriu novamente por fora e por dentro. O sorriso externo era de contentamento pela coragem do sobrinho; o interno se devia à intuição de que ele dificilmente retornaria com vida daquela perigosa viagem.

E por que Pélias achava que poderia ludibriar o oráculo? Porque a Cólquida era um lugar muito distante e os raros aventureiros que lá chegaram alcançaram-na pelo caminho mais longo, por terra. A travessia marítima era perigosa: todos que a haviam tentado foram engolidos pelas águas. Se viajasse por terra, mesmo com os cavalos mais velozes, Jasão levaria muitos anos para retornar. Isso se conseguisse enganar o dragão que guardava o velocino e escapasse ileso das mãos do rei Etes. Sim, Pélias tinha motivos para respirar aliviado. E o que vocês acham que Jasão decidiu? Ir por terra ou por mar?

"Por mar!" foi a resposta quase em uníssono, revelando total confiança na coragem do herói. Só uma garotinha ousou um quase inaudível "por terra", desafinando o coro entusiástico.

— Sim. Ele se arriscou a ir por mar. O fracasso dos que o haviam antecedido desafiava-lhe a alma heroica. E a educação que recebera de Quíron aparelhou-o para a difícil viagem. Aceitando impulsivamente a proposta de Pélias, Jasão agora agia com prudência e cálculo: consultava pessoas, pesava possibilidades, amadurecia um plano. Naqueles tempos não havia em toda a Grécia nenhuma embarcação tão grande e resistente como as que hoje levam homens a terras distantes. Os barcos eram pequenos, feitos de tronco de árvores, pouco maiores que os botes e canoas, razão pela qual naufragavam com frequência. Após muito pesquisar, chegou aos ouvidos de Jasão o nome de Argos, o maior construtor de barcos que então havia, xará do gigante de cem olhos. O herói procurou-o e lhe expôs seu plano: construir uma embarcação que levasse cinquenta ou mais pessoas à remota Cólquida. O construtor assombrou-se ante a enormidade da tarefa.

Laodemo disse essas últimas palavras apontando o mar que se descortinava daquele ponto, no alto da ilha. O mesmo que servira de palco à lendária aventura.

— Se é certo que Argos se assustou com o pedido, é certo também que acabou sendo picado por aquele inseto que produz a febre da audácia, inseto cantado pelo poeta, geralmente enviado pelos deuses. Nesse caso, por uma deusa em particular: Hera, que havia tomado o partido de Jasão. Usando seu prestígio de rainha do Olimpo, pediu a Atena que inspirasse Argos na construção do barco. A deusa da sabedoria obedeceu e soprou na mente do armador o desenho do primeiro grande navio, extraordinário não apenas na estrutura, mas também nos detalhes. Destacava-se, em particular, a madeira falante, oriunda dos bosques sagrados de Dodona, retirada de um carvalho com propriedades oraculares e colocada junto ao mastro do navio.

Enquanto Argos construía a fantástica nave, Jasão foi pedir a Quíron conselhos e ajuda para a empreitada. Precisava recrutar heróis dispostos a participar daquela aventura pioneira. Tendo sido mestre dos maiores heróis, o centauro imediatamente espalhou a notícia por uma rede de outros centauros e ninfas. Em pouco tempo, começaram a chegar a Iolco os mais valentes homens daquele tempo, uma verdadeira floração heroica.

O entusiasmo tomou conta da plateia, principalmente dos mais jovens, animados com a incidência de tanta bravura num mesmo lugar. O próprio narrador agora parecia falar num tom altivo, influenciado pelo ânimo empreendedor de Jasão.

— Imaginem a reação do povo de Iolco ao ver o navio pronto! Foi uma revelação, como se o futuro se materializasse. As pessoas ficavam olhando horas a fio a embarcação imensa, belíssima, ornamentada com entalhes artísticos, as velas enfunadas, majestosas. Houve até quem chegasse a chorar diante daquele sonho de grandeza e também quem passasse dias no porto, sem conseguir voltar para casa, aguardando a partida.

E aproveitem para imaginar agora o espanto de Pélias ante a portentosa nau. Aquele homem esperto calculara bem a ingenuidade de Jasão, mas não a envergadura de seu espírito. Pélias talvez desejasse que o impulsivo guerreiro se dirigisse a Cólquida e deparasse algum rochedo no caminho; entretanto, o que via era a coisa mais espetacular produzida naqueles tempos: a materialização do anseio de aventura que corria no sangue daquela gente!

Afastando-se do Laodemo de instantes atrás, que falava sem olhar para o público, contemplando a maçã ou admirando as aves, o contador de histórias agora parecia inflamado. Discursava, tomado pela visão e usando palavras largas:

— A sublime embarcação recebeu o nome de seu construtor, Argos, termo que também evoca velocidade. Fora projetada para ser ágil sobre as ondas. Tanta inteligência havia sido posta naquela obra que o navio, embora imenso, era leve. Podia ser carregado nas costas por aquela elite de guerreiros fabulosos que chegava todos os dias ao porto da Tessália, onde a nau estava. Esses heróis logo foram batizados de Argonautas pela eufórica população.

Todos queriam participar da viagem inaugural. O navio, projetado para cinquenta pessoas, já tinha todos os lugares ocupados. Seria um tanto cansativo repassar os nomes de cada um daqueles cinquenta heróis, a maioria discípulos de Quíron, assim como Jasão. Cito apenas alguns para dar uma ideia do que era o grupo: Peleu, pai de Aquiles; os irmãos Castor e Polideuco; Neleu, pai de Nestor; Meleagro; o famoso Héracles e seu amigo Hilas; Pirítoo, que se tornaria grande amigo de Teseu na maturidade; o próprio Teseu, quase adolescente. Isso para não falar de Orfeu, o cantor abençoado. Jasão foi aclamado por todos como líder da expedição, e Linceu acabou sendo escolhido piloto, por ter olhos privilegiados.

Porém, mesmo com o navio pronto e tripulado, Jasão não se precipitou oceano afora. Aguardou pacientemente a melhor época para lançar-se ao mar. Isso se deu no mês de maio, quando as Plêiades refulgiram no céu. O soberano Pélias organizou uma grande festa de despedida, que ele esperava ser definitiva. Conta--se que dezenas de moças jovens, em idade de casar, ao tomarem conhecimento daquele afluxo de heróis, desabalaram de suas pátrias rumo ao local onde o navio estava ancorado. Quando a nau Argos zarpou rumo a Cólquida, muitas delas desmaiaram ou foram tomadas por acessos de riso ou de choro histérico. Todo o povo ficou observando o navio partir: jamais algo assim singrara as águas. Permaneceram numa contemplação silenciosa e reverente até a Argos transformar-se num pequeno ponto no horizonte e depois desaparecer como um sonho.

***

A simples menção do nome de Héracles entre os tripulantes da nau foi suficiente para causar alvoroço nos mais jovens. Era de longe o preferido e o mais conhecido entre os heróis, não apenas na Grécia: os latinos o chamavam Hércules.

— Peço agora que imaginem a nau no início da viagem — prosseguiu o narrador. — Pensem no estado de ânimo daqueles cinquenta heróis, todos jovens, cheios de energia e confiança, incapazes de supor que o Destino tivesse traçado a derrota em seus passos. Entre eles havia todo tipo de bravo, de príncipes a semideuses, como os gêmeos Castor e Polideuco. Outro tripulante de que não podemos nos esquecer é o divino cantor Orfeu, filho de Apolo com a mais bela e importante das musas, Calíope, responsável por inspirar a eloquência e a poesia heroica.

Orfeu recebeu dos pais a lira e o dom da criação. Ninguém resistia ao encanto de sua música. Quando ele tocava a lira, até os animais selvagens tornavam-se brandos e sentavam-se a seu lado como gatos preguiçosos. Sob os acordes de Orfeu, as árvores agitavam-se com mais prazer do que quando embaladas por Zéfiro. Mesmo o reino mineral, bruto e ensimesmado, era amaciado pelas notas da lira. As rochas adquiriam por breves momentos a consciência de participar da vida universal. Tamanha era a força de sua música que, mais tarde, quando sua amada Eurídice veio a falecer, ele desceu até o Hades e comoveu aquele império soturno a ponto de umedecer as faces das Erínias. Mas isso foi depois, bem depois. Naquele momento, Orfeu ainda era, como Jasão e tantos daqueles heróis, um jovem em sua primeira missão.

Naquele momento, um coro de vozes jovens exigia que Laodemo falasse mais sobre Héracles. O contador sorriu e disse:

— Peço calma para que minha memória de velho não acabe atropelando as narrativas e me enrolando nesse novelo complicado. De fato, Héracles foi tão importante e realizou tantas coisas que talvez seja o caso de falar dele mais tarde, com mais vagar. Até porque ele abandonou a expedição antes de esta chegar ao fim. Teseu é outro que merece ser mencionado mais longamente. Se Átropos, que segura o fio de minha vida, não for impaciente com a tesoura, talvez eu possa falar sobre essas excepcionais criaturas. Por enquanto, atenhamo-nos à primeira grande travessia marítima.

Mas, antes que Laodemo prosseguisse, ocorreu nova interrupção.

Acabava de chegar à horta, introduzido por Moera, o sacerdote Télias, que habitava uma ilha próxima e, ao saber do restabelecimento de Laodemo, veio lhe fazer uma visita. Era também um homem de idade avançada, cujas barbas longas e acinzentadas impunham respeito. Sua expressão era de total espanto, pois cinco dias antes viera visitar Laodemo e partira com a sensação de tê-lo visto pela última vez.

— Definitivamente, Télias, os deuses não me querem. Talvez me achem insuportável. "Que fique ali, contando suas histórias!", deve ser o comentário no Hades. Assim, dou-me ao luxo de contrariar meu médico fazendo aquilo de que mais gosto.

Télias, que também admirava Laodemo, abraçou-o sorrindo, com tapinhas nas costas. Recuperado do espanto, sentou-se entre os demais, com a firme disposição de passar aquele dia luminoso ouvindo os relatos do ancião. Moera, por sua vez, voltou para dentro da casa com seu ar severo e atarefado.

— Amigo Télias — reiniciou Laodemo —, contava eu para esse público tão paciente a história de Jasão e do velocino de ouro. Estava exatamente na parte em que a Argos, com as velas enfunadas por ventos trácios, parou na famosa ilha de Lemnos.

— Ahhh! — disse o sacerdote, com visível prazer.

— Pois bem. Algo terrível acontecia nessa ilha. Só havia mulheres ali!

— E o que há de tão terrível nisso? — perguntou o escultor, provocando risos.

Laodemo sorriu com malícia e respondeu:

— Não há uma só vez em que eu conte essa passagem sem que alguém faça tal pergunta. Até me habituei a fazer uma pausa para que o comentário venha, seguido por risos. Pensando melhor, houve uma vez, sim, em que faltou o eterno engraçadinho. Fiquei esperando a frase e perdi a concentração!

Todos riram, e o escultor enrubesceu.

— Obrigado! — disse Laodemo, com uma piscada amigável. E reiniciou o relato:

— Acontece que as mulheres estavam sós porque haviam assassinado seus maridos. Ah! Agora já não parece tão engraçado. Os tais maridos haviam mandado buscar, sem que se saiba o porquê, outras mulheres na Trácia. Isso revoltou as mulheres de Lemnos e as arrastou numa cólera cega e homicida.

Quando tudo terminou, elas foram tomadas de arrependimento e pavor, como se o sopro das Erínias em seus corações as tivesse engajado num delírio coletivo. A filha do rei local, uma bela jovem de nome Hipsípile, talvez por ser solteira e por amar muito seu pai, não participou do massacre silencioso na escuridão da madrugada. Antes, salvou o rei, lançando-o às ondas numa caixa, para que ele escapasse ao ódio feminino. Como era a princesa, passou a governar sobre as mulheres. O temor de todas elas era que a ilha, sem homens para defendê-la, fosse um dia atacada. Assim, quando viram a fabulosa nau Argos aproximar-se, temeram um saque e se armaram. Mas os Argonautas, acenando com bandeira branca, enviaram um mensageiro, que explicou quem eram e o que queriam.

O público de Laodemo naquele segundo dia era mais numeroso. Além dos ilustres visitantes, das crianças e dos jovens, havia mais vizinhos, principalmente mulheres. Estas acompanhavam com vivo interesse o drama das mulheres de Lemnos, o que não passou despercebido pelo dramaturgo.

— Ora, meus queridos. Quando aquelas mulheres souberam que no navio encontravam-se os maiores heróis da Grécia, que não desejavam senão descansar alguns dias, para o que pediam permissão do modo mais polido, foram tomadas por grande júbilo. E uma expectativa secreta incendiou-lhes a imaginação: a possibilidade de aqueles homens permanecerem em Lemnos. Com anuência da rainha Hipsípile, resolveram esconder dos Argonautas o hediondo crime, temendo retaliações. E assim deram permissão de desembarque aos cansados tripulantes. Não contentes, foram recebê-los usando as melhores roupas de que dispunham, todas ataviadas e perfumadas. Também foi preparado um banquete de recepção, com as honras cabíveis. Mais tarde, fizeram-se oferendas aos deuses, e a dança e a música tomaram conta das ruas até alta noite.

Para os Argonautas, foi decerto uma surpresa agradável. E muitos deles consideraram com alguma seriedade a proposta de se fixarem naquela ilha de clima ameno, solo fértil e belas mulheres. Por incrível que pareça, o mais inclinado a isso foi o próprio Jasão. Entre ele e Hipsípile houve um amor à primeira vista, ao qual Jasão, de temperamento franco e transparente, entregou-se sem reservas, tendo sido correspondido. Vocês sabem como as paixões são exclusivas. O amor de Jasão por Hipsípile afogou seu impulso aventureiro. As partidas eram sempre adiadas, a espera dilatava-se mais e mais. O próprio velocino de ouro já não parecia tão atraente. Muitos dizem que os Argonautas ficaram meses naquela ilha. Há quem fale até em dois anos! E isso, para a alegria de Pélias, que se refestelava em seu trono lá em Iolco, achando que Jasão naufragara.

Os navegantes pareciam felizes com aquela circunstância fortuita. Alguns já haviam até tomado esposa, fixado residência e lavravam a terra. Os mais sérios administravam a cidade, planejando edifícios públicos e templos, enquanto outros dedicavam-se a agradáveis passatempos.

O mais enfurecido com tudo aquilo era Héracles. Certo dia, ele reuniu todos e, com sua voz poderosa, exigiu que seguissem viagem. Dirigindo-se especialmente a Jasão, perguntou se ele havia esquecido o objetivo da empresa.

Como acontecia sempre que citava Héracles, Laodemo percebeu a agitação dos jovens e resolveu canalizar aquela energia:

— Ora, Héracles impunha respeito. Lembram-se do impacto da figura de Jasão chegando a Iolco? Pois Héracles era ainda mais impressionante. Sua figura imensa se destacava na proa da Argos: sua silhueta se distinguia a grande distância, confundida talvez com um mastro do navio. E que mãos! Pareciam feitas de granito e não de carne. Havia nele, é certo, algo de rústico. Não era belo como Jasão, mas seu rosto, de barbas fartas e olhar penetrante, possuía uma força incrível. Alguns companheiros de viagem faziam troça sobre a suposta rivalidade entre Héracles e Jasão. E os mais dispostos a permanecer em Lemnos viam na reação de Héracles um sinal de ciúme pelo fato de Hipsípile ter caído de amores pelo sobrinho de Pélias.

De todo modo, os Argonautas escutaram com interesse o que Héracles tinha a dizer durante a reunião que Teseu organizou com muita diplomacia e bom-senso. O rapaz convocou os companheiros para uma votação a bordo do navio. Foi uma boa estratégia, pois muitos dos heróis, retornando à nau, recuperaram o sentido da missão. O encantamento foi rompido. Apenas Jasão seguia em conflito. Convenhamos, ele nunca amara assim uma mulher, e ela era lindíssima.

— *Decida-se, Jasão!* — exigiu Héracles, após ter convencido os demais. — *Se quiser ficar, fique. Nós vamos em frente.*

Foi uma escolha difícil. Talvez, por um momento, ele tenha cogitado ficar em Lemnos com a bela Hipsípile. Mas, cada vez mais, seu olhar se demorava contemplando a nau da sacada do palácio. Via os companheiros ultimando os preparativos para seguir viagem e ouvia a lira de Orfeu entoar acordes encorajadores. A princesa, percebendo isso, revelou a nobreza de seu caráter instando-o a partir.

— *Os deuses o amparem, querido Jasão* — disse ela, firme e corajosa. — *Que lhe deem tudo, todas as glórias, o velocino de ouro e o trono de Iolco. Se desejar, esta ilha e o trono de Lemnos são seus. Meu amor você já tem.*

Imaginem como Jasão estava emocionado ao despedir-se de Hipsípile. Tanto que prometeu voltar com o velocino de ouro só para ela. Contudo a jovem princesa, de espírito maduro apesar da pouca idade, intuiu que, longe de Lemnos, o coração do herói se apaixonaria outras vezes com a mesma intensidade. Despediu-se dele com carinho, mas certa de que ele a esqueceria e de que estavam se vendo pela última vez.

Laodemo saboreou por alguns instantes o olhar melancólico de seu público, também ele dividido entre o amor e a aventura. Depois lançou um olhar demorado para o oceano, cujas águas iam escurecendo à medida que se afastavam da baía, passando do turmalina ao roxo. Percebendo que os outros aguardavam a continuação da história, sorriu sem graça e retomou o fio:

— E lá se foi a Argos, belíssima, singrando as águas. Ninguém vindo de tão longe tinha navegado entre a Trácia e a Frígia como eles naquele momento. Já não havia a mesma euforia do início. Alguns talvez pensassem que teria sido melhor ficar na tão agradável ilha de Lemnos. E Jasão com frequência voltava o rosto para trás, com expressão nostálgica. A presença de Orfeu foi então fundamental, pois ele conhecia todos os acordes: os que consolavam, os que davam esperança e os que provocavam entusiasmo. E foi entusiasmo o que todos sentiram quando o navio chegou ao Helesponto. Estavam no caminho certo para a Cólquida, o que levantou o moral da tripulação. Haviam realizado um grande feito, já podiam autodenominar-se heróis. Então avistaram outra ilha, maior e mais selvagem que a de Lemnos. Era conhecida na região como ilha de Cízico, na verdade, o nome de seu rei, homem de bom caráter, generoso, mas que tinha um grande problema nas mãos.

O território da ilha que ele governava era também ocupado por seres monstruosos, gigantes remanescentes da Idade do Bronze, que hostilizavam os fiéis súditos de Cízico. Tanto que o rei erguera muralhas para proteger seu povo do ataque daqueles monstros, sem evitar, porém, que eles invadissem territórios, matando muitas pessoas, saqueando rebanhos e destruindo plantações. Todas essas coisas, entretanto, não transformaram o bom monarca num homem amargo. Pacientemente, ele procurava reparar os estragos e tocar a vida. Quando os habitantes da ilha viram a Argos atracar, maravilharam-se. Foram avisar Cízico, que recebeu os heróis com grande hospitalidade. Tempos antes, consultando um oráculo acerca dos gigantes, o rei fora aconselhado a receber amigavelmente o nobre exército "e a jamais pegar em armas contra ele". Então, ao conhecer os Argonautas, Cízico exultou, julgando que o oráculo havia se cumprido. Assim, abriu os braços para Jasão, tratando-o como se ele fosse o general de um grande exército. Levou-o pelo braço a seu palácio e ofereceu aos Argonautas um lauto banquete, com carnes e vinhos da melhor qualidade.

Como a manhã já ia adiantada, com o sol já achatando as sombras na horta, a menção à comida apressou a narrativa, pois a plateia também parecia faminta. Mas a fome, que poderia atrapalhar a concentração, na verdade acrescentou sabor ao banquete narrado:

— Encantados, os Argonautas aceitaram com prazer o convite de Cízico para pernoitar na ilha. O único que se irritou foi Héracles, que temia outro longo adiamento. Emburrado, recusou-se a pousar no palácio e foi dormir no próprio navio, sinalizando disposição para zarpar no dia seguinte, sem mais delongas.

A ausência de Héracles entristeceu Cízico, mas não o ofendeu. Quando soube das aventuras na ilha de Lemnos, compreendeu-lhe melhor as razões. Homem experiente, ele percebeu também a dor da perda que afligia Jasão e tratou-o como a um filho, com ternura paternal e conselhos sobre a vida.

No dia seguinte, Héracles teve mais um motivo para se irritar. A manhã já ia adiantada e nada de a tripulação aparecer. Virou-se então para Hilas, seu jovem servo, e pediu-lhe para avisar a todos que o vento era propício. Héracles não sabia que Cízico levara Jasão e seus homens ao ponto mais alto da ilha, a fim de que pudessem se situar e escolher o melhor caminho para a Cólquida.

Todavia, na noite anterior, enquanto todos participavam do banquete e Héracles dormia no navio, os gigantes, atraídos pelo cheiro de comida e pela visão da nau, vieram do outro lado da ilha e bloquearam o porto com grandes rochas. Hilas, vendo o que se passava, voltou correndo e avisou Héracles. Este, do navio mesmo, iniciou o combate, alvejando os monstros com flechas certeiras. Quando perceberam o que se passava, os outros heróis desceram desabalados em direção à nau. Uma batalha sangrenta teve início na praia e durou o dia todo. Os ilhéus, animados com a força dos heróis, engrossaram a armada. No fim da tarde, todos os gigantes haviam tombado, como grandes carcaças de baleias. Uma euforia sem limite tomou conta da população. O oráculo se cumprira. E, se não fosse a carranca de Héracles na proa do navio, os Argonautas seriam arrastados a novas comemorações. Satisfeitos, contudo, pelo triunfo espetacular, levantaram âncora ainda no escuro e, guiados pelas Plêiades, ganharam o mar aberto.

Palmas vieram do público jovem, especialmente das crianças. Laodemo sorriu ao ver que todos estavam envolvidos. Mas então alterou bruscamente o tom:

— Mas, no meio da noite, a deusa Tempestade apagou as estrelas e dominou o firmamento, cercada de nuvens. Com rosto furibundo e cabelos desgrenhados, orquestrou os elementos numa fúria louca e desenfreada: por toda parte raios faiscavam, ondas se erguiam, ventos sopravam em direções opostas. Os tripulantes tiveram de usar toda a força e a habilidade para não soçobrar. Foi Orfeu quem conseguiu acalmar os ventos, tocando a lira em meio à tormenta. E todos regozijaram-se quando os olhos impressionantes de Linceu avistaram uma praia. Conquanto não mais chovesse, as nuvens ainda ocultavam a lua, cobrindo tudo de escuridão.

Desorientados, os Argonautas julgavam aproximar-se da Frígia e, por precaução, desembarcaram armados. No entanto, sem saber, haviam retornado à ilha de Cízico. Dessa infeliz casualidade resultou uma lamentável tragédia. O povo da ilha, imaginando que era atacado por piratas no meio da noite, pegou em armas. Jasão ordenou aos Argonautas que se defendessem. Outra violenta batalha teve início. Quando Jasão notou o vulto dos gigantes ainda caídos na praia, ordenou que a batalha cessasse. Era tarde demais: os heróis haviam dizimado grande parte da mesma população que os recebera com festa no dia anterior. E, com horror, Jasão retirou sua lança do peito de Cízico, o bondoso rei, agora morto!

Quando amanheceu, todos foram tomados pela dor. A tragédia não tinha um culpado, a não ser a tempestade e as trevas noturnas. Sob um céu chapado de nuvens cinzentas, Argonautas e sobreviventes ergueram-se em lamentos. De todos, Jasão era o mais arrasado. Carregou o rei Cízico nos braços e enterrou-o. Chorava feito uma criança, pois parecia estar enterrando o pai que jamais conhecera, o velho rei Esão. Os heróis ajudaram os habitantes a realizar um grande funeral em honra dos que haviam tombado. Por mais de três dias ninguém pensou em seguir viagem. Até mesmo Héracles, impaciente em outras ocasiões, parecia abalado. Já sofrera revés semelhante em relação ao pai de Hilas, o servo que o acompanhava. Matara-o após uma violenta discussão e, sentindo-se culpado, adotou seu filho, a quem acabou por se afeiçoar. Por isso podia compreender a profunda dor de Jasão. Mas, quando Teseu fez ver ao chefe da expedição que era preciso seguir adiante, este lhe respondeu:

— *Não tenho mais condições de liderar a nau. Meu erro foi grande. Não deveria ordenar a luta naquelas condições.*

— *Você agiu corretamente, Jasão. Estávamos sendo atacados* — replicou Teseu.

Mas algo se quebrara dentro do herói. Já não possuía a inteireza de quando deixara a gruta do centauro Quíron. Tampouco os ensinamentos do mestre pareciam ter serventia naquele momento. Rompera-se nele a confiança de que toda a sua existência transcorreria sob bons augúrios. Estava à mercê dos erros, das desorientações e, pela primeira vez, sentiu-se um monstro diante da viúva e dos filhos de Cízico. Inseguro, pensou em entregar a Teseu a liderança da expedição, ao que todos os heróis se opuseram, exigindo de Jasão que reunisse forças para seguir viagem. Incentivado pelos companheiros, Jasão reagiu. Pediu perdão aos habitantes da ilha e ordenou o embarque dos tripulantes. Logo aquela terra ficou para trás, sem, contudo, desaparecer jamais da lembrança, como comprova, aliás, esta história narrada por gerações e gerações.

**

Na horta, o calor era grande. A paisagem já não possuía a transparência das primeiras horas da manhã, e o próprio mar perdera a profundidade, pois as cores esmaeciam na luz excessiva. Iniciou--se na assistência uma sutil movimentação em busca de sombra. O ancião aguardou que todos se acomodassem, sondou sinais de cansaço entre os ouvintes, mas não percebeu nenhum declínio no interesse, razão pela qual voltou a falar:

— Dizem que a Fama é uma deusa veloz. Sempre na dianteira, ela anuncia aos demais a chegada de seus favoritos. Quando, após ter navegado em silêncio por vários dias, a Argos chegou a Quios, na baía da Bitínia, era como se já fosse esperada. De algum modo misterioso, a notícia sobre os valentes Argonautas chegara àquela parte do mundo. Todos foram ao porto admirar o belo navio. E, quando souberam quanto ele já navegara, muito se espantaram. De qualquer forma, a parada seria breve: precisavam apenas abastecer-se de mantimentos, que a Cólquida ainda ia longe.

Tudo correria bem não fosse o sumiço de Hilas, servo de Héracles. Uns diziam que havia sido morto por piratas; outros, que animais selvagens o teriam despedaçado. Existe mesmo uma versão, meus queridos, segundo a qual ele teria sido raptado por uma ninfa apaixonada. O fato é que Héracles, tomado de intensa aflição, saiu correndo e desapareceu da vista de todos. Na cidade, alguns garantem ter ouvido a quilômetros de distância seu berro de dor.

Preocupada, Moera olhava o grupo do alto da escada que dava para a horta. Ela queria fazer uma pausa para o almoço. Mas Laodemo, que odiava interromper as histórias arbitrariamente, desejava avançar até um ponto mais propício. Por isso ele se tranquilizou quando Moera, após certo tempo olhando (e talvez contando os convidados), desceu a escada que levava à cozinha. Laodemo então prosseguiu:

— A bordo do navio todos se perguntavam o que fazer. Ninguém sabia quando Héracles voltaria e aguardavam de Jasão uma atitude. Depois de muito pensar, o líder decidiu partir, mesmo sem o maior herói. Mas Télamon, revoltado, acusou-o de traição, com as seguintes palavras:

— *Teme por acaso que a fama de Héracles supere a sua? É por isso que o abandona? Sem a força dele, todos nós perdemos.*

Jasão procurou argumentar, dizendo que Télamon se enganava. Mas o calor da discussão quase os conduziu a um duelo. Isso só não aconteceu graças à pronta intervenção dos demais guerreiros, que os detiveram. As opiniões, porém, se dividiam: cada qual escolhia seu lado. Em breve, a gritaria tomou conta da Argos. Nem o moderado Teseu foi capaz de restabelecer a ordem. No auge da confusão, quando o convés da Argos estava prestes a tornar-se palco de uma luta descomunal, Idmon deu um grito tão feroz que paralisou todos. O jovem adivinho trazia os olhos vidrados e o rosto endurecido. Entrara em transe ao ver a deusa Íris, mensageira dos olímpicos, atravessar o céu enquanto uma águia passava. Quando voltou a si, disse com voz cheia de autoridade:

— *A vontade de Zeus é que Héracles tome outros caminhos. De outra natureza serão seus feitos!*

Laodemo proferiu essa frase com voz soturna. Depois retomou o tom habitual.

— Imaginem, meus queridos, o efeito desse pronunciamento. Grande consternação e arrependimento tomaram conta dos heróis. Aqueles homens que enfrentaram os gigantes sem pestanejar não tinham forças para levantar os olhos. Télamon foi o primeiro que tentou, pedindo desculpas a Jasão pelo destempero. Jasão apertou sua mão com firmeza, e levantaram âncora em seguida.

— E Héracles não aparece mais? — a vozinha decepcionada de Ledmo, porta-voz das crianças, provocou o riso dos mais velhos.

— Sim, meu querido Ledmo, Héracles se separa nesse ponto da expedição e vai seguir seu próprio caminho. Infelizmente, preciso ater-me ao que aconteceu.

O fato é que a Argos prosseguiu sua viagem vitoriosa, chegando a lugares cada vez mais distantes e selvagens. Houve novas paradas e novos embarques. Mas, apesar das disputas e discussões, a camaradagem entre os heróis foi crescendo. Numa península distante, o rei de um povo selvagem desafiou os heróis para uma luta. Polideuco, o insuperável pugilista, derrotou o arrogante homem e foi muito aclamado pelos companheiros. Noutras terras, travaram novos combates contra populações hostis e sempre se saíram vencedores. E como não venceriam? Apesar da falta de Héracles, ali se encontravam os maiores e mais fabulosos heróis existentes. Alguns eram invencíveis na espada; outros, no arco e flecha; outros, na lança; outros, ainda, no corpo a corpo. Reunidos, era quase impossível derrotá-los!

E assim seguiram, por mares distantes, em direção a Bizâncio. Remavam durante os dias quentes e descansavam nas noites calmas e estreladas, quando o desenho das constelações dava-lhes a certeza de singrar distantes águas. Seguindo as Ursas, sempre acima do horizonte, o grande Órion e seu cão Sírius, atravessaram o Bósforo e chegaram ao longínquo Ponto Euxino. Mas a Cólquida continuava distante. Nem os olhos de Linceu conseguiam divisar aquela terra misteriosa. Extenuados de tanto remar, os Argonautas desembarcaram uma vez mais numa praia desconhecida, que alguns julgavam ainda parte da Bitínia. Eram as terras do amaldiçoado rei Fineu, que usara indevidamente o dom da profecia concedido por Apolo, deus dos oráculos. Seu castigo foi terrível: além da cegueira, a fome, pois as Harpias não o deixavam comer em paz. As Harpias, como vocês sabem, são seres repelentes, com corpo de pássaro e rosto de mulher, e cujas faces cavadas as fazem parecer sempre famintas. Suas garras afiadas se cravam mortalmente nas vítimas, que elas atacam com gritos estridentes, despencando das alturas mais vertiginosas: "*Ááááááá!*".

Laodemo gostava de imitar sons enquanto narrava. E, com voz bem esganiçada, imitou o de uma Harpia especialmente para os menores, que riram para afastar o medo. O esforço o deixou um pouco rouco, e foi assim que ele prosseguiu a narrativa:

— Mal o pobre Fineu começava a se alimentar, era atacado por esses bichos, que levavam toda a comida. Aquilo que não podiam levar sujavam e empesteavam com seu cheiro insuportável. Assim, tudo o que se relacionava a alimento recordava-lhe o fedor das sobras de comida que era obrigado a ingerir para sobreviver. Quando os Argonautas aportaram, Fineu era só pele, osso e desespero. Um antigo oráculo dizia que ele seria salvo apenas com a chegada de parentes. De fato, alguns deles encontravam-se entre os Argonautas, o que muito emocionou o velho cego. Tratava-se de Calais e Zetes, filhos de um primo de Fineu. Os dois, revoltados com o estado dele, lançaram-se no encalço das horrendas aves, mas não conseguiram matá-las, pois eram ágeis e logo levantavam voo. Os outros Argonautas não podiam interferir, para não contrariar o oráculo. A luta era desigual: as Harpias, grandes e numerosas, eram consideradas cães de Zeus, que de algum modo as protegia. Entretanto, a simples coragem dos dois foi o suficiente para que a maldição se extinguisse e as Harpias se fossem. Íris uma vez mais apareceu no céu com a boa-nova, aclamada por todos os Argonautas.

— E o velho finalmente comeu? — perguntou um dos meninos.

Uma gargalhada geral atravessou a horta, sinal de que a fome apertava.

— Sim, comeu, sim. Bastante. E com muita satisfação! — respondeu o narrador, rindo também. — Pareceu-lhe que sonhava ao ver toda aquela comida limpa, quentinha, cheirosa. E mandou servir aos heróis um banquete farto, com as melhores iguarias. A alegria reinava agora naquela terra livre das Harpias. Os Argonautas gozaram bons momentos: após oferecer sacrifícios aos deuses, alegraram-se com vinho e cantaram melodias felizes, acompanhados pela lira de Orfeu. Jasão também parecia recuperado de tantas tristezas. Afinal, era admirado por seus companheiros, que o incentivavam a seguir em frente. Pensando nisso, partilhou com Fineu os planos de chegar à Cólquida e conquistar o velocino de ouro.

— Caro Jasão — disse-lhe o profeta cego, com sorriso franco —, jamais esquecerei a passagem de vocês por esta terra. Mas, como a visão do futuro não me é estranha, posso dizer com satisfação que você chegará a seu destino. Antes, porém, os Argonautas terão um grande desafio: ultrapassar o rochedo das Simplégades. Depois disso, a viagem não terá grandes obstáculos.

Imaginem vocês como os heróis vibraram ao escutar aquelas palavras proféticas. Muitos queriam zarpar imediatamente, mas um vento nordeste os reteve ali por mais um mês. Tempestades horríveis se seguiram. O firmamento parecia fechado para sempre, e o azul, uma tênue reminiscência. Enfarados, levantaram preces e oferendas aos deuses, até que a porteira dos céus se abriu e os cavalos da carruagem do Sol trotaram para fora das pesadas nuvens.

Fineu, comovido, despediu-se de todos. Os Argonautas remaram com muita vontade em direção ao Oriente. E então ouviram um barulho estrondoso, umas pancadas tão brutais que, com receio de ensurdecer, todos tamparam os ouvidos: eram as Simplégades, previstas por Fineu.

Naquele momento, Moera, que viera se esgueirando entre as pessoas, cutucou o ombro de Laodemo e disse:

— Papa, a comida está pronta.

— Ainda não, querida. Deixe-me terminar esta parte.

— Papa! Está todo mundo faminto!

— Só mais um pouquinho, por favor. Faço um sinal para você.

Não fosse o fato de ter escapado da morte milagrosamente, talvez Laodemo não conseguisse dobrar Moera. Ela apenas suspirou, resignada, e foi aguardar o "sinal" do pai sob uma árvore próxima enquanto ouvia o relato.

— As Simplégades eram dois rochedos flutuantes, imensos! Viviam à deriva e entrechocavam-se intermitentemente, espatifando tudo o que se enfiasse entre elas. Cena muito brutal e aterrorizante. E curto era o intervalo de tempo entre as colisões. Como ficavam à entrada do Ponto Euxino, não havia jeito de evitá-las. O barulho estrepitoso encobria o som da lira de Orfeu. Por um momento, alguns dos tripulantes foram tomados de pavor ante a visão das rochas monumentais.

Instruído por Fineu, Jasão levou uma pomba e soltou-a nas proximidades dos rochedos. Ela passou entre os dois velozmente.

Com a mão, Laodemo desenhou o voo da pomba.

— Quando os rochedos colidiram, levaram somente algumas penas da cauda da ave. Os Argonautas calcularam então suas possibilidades, que eram mínimas. Tão logo se afastaram novamente,

Jasão ordenou a todos que remassem com fúria, impelindo a ágil embarcação numa velocidade jamais vista. A meio caminho, os rochedos já se aproximavam muito rapidamente, escurecendo o interior da nave com sua sombra, como se uma noite ameaçadora caísse sobre os heróis, que não esmoreciam. Comovidas pelo esforço, Hera, madrinha de Jasão, e Atena, protetora do navio, decidiram colaborar, dando mais velocidade aos remos. Finalmente, o Sol iluminou o barco e, quando as Simplégades enfim se chocaram, destruíram apenas o madeirame da popa, causando um dano pequeno. Exultantes, os Argonautas seguiram viagem cantando. E que canto! Que voz potente eles elevavam aos céus! A partir daí, como Fineu predissera, não ocorreram mais perigos. Passaram por muitas montanhas e costearam a terra das Amazonas, avançando até avistar o Cáucaso, onde puderam vislumbrar parte do corpo de Prometeu, ali acorrentado. Logo alcançariam a Cólquida.

Laodemo fez o aguardado sinal para Moera, que saiu a passos rápidos na direção da casa.

— Será um prazer contar a vocês o que se passou na Cólquida, mas antes vamos comer!

Todos se levantaram, satisfeitos, esticando as pernas, espreguiçando-se, comentando passagens do relato sob o olhar satisfeito do contador de histórias.

***

Foi um belo almoço. Diversas vizinhas, amigas de Moera, colaboraram cozinhando e emprestando pratos, tigelas e copos, especialmente aquelas que estavam recebendo os "estrangeiros". Duas coisas estavam em jogo: impressionar os que vinham de fora com a hospitalidade da ilha e expressar a alegria genuína pelo restabelecimento de Laodemo. Havia muito tempo não se comia tão bem naquela casa.

A grande mesa de carvalho foi coberta por uma toalha de linho que estalava de tão branca. Tanta alvura realçou as cores das tigelas de salada em tons de verde, amarelo e roxo, como bem notara o dramaturgo, surpreso com a quantidade e a variedade de quitutes, que não paravam de chegar. Toda hora aparecia um prato novo: coelho cozido; chuletinhas de cordeiro com salsa e mariscos; caracóis acebolados com vinho e alcaparras; muitos pescados, como anchovas fritas. O cheiro mais característico era o do alho, forte, rústico. E tudo cozido sempre no azeite de oliva.

Além das carnes, chegavam pratos com lentilhas, cogumelos, cebolas fritas, beterrabas assadas, pão recheado com tomate, frutas secas, legumes grelhados, queijo de cabra. E também sopa de feijão-branco, caldo de frutos do mar e uma estranhíssima sopa de maçã, que muito intrigou o poeta. O vinho, sem ser de primeiríssima qualidade, era agradável e farto. Cada casa da vizinhança contribuiu como pôde para o banquete.

Cadmo acompanhou o avô e sentou-se a seu lado à mesa, cuidando para que ele se limitasse ao mingau receitado pelo médico.

— Isso é uma tortura! — comentou o historiador, penalizado.

Laodemo apenas sorriu. Falara o dia todo e queria poupar a voz para a noite. E, embora não pudesse comer a maior parte daqueles pratos, a reunião dos aromas o comovia. Aspirava o ar carregado de condimentos variados, com os olhos outra vez umedecidos. Os demais comeram com bastante apetite, experimentando um pouco de cada prato e conversando animadamente. O sacerdote ocupou um assento ao lado de Laodemo, curioso por mais detalhes sobre sua recuperação. Disse-lhe que, no dia seguinte, gostaria de oficiar um sacrifício para agradecer aquela melhora miraculosa. O contador de histórias aconselhou-o a acertar os detalhes com Moera.

De sobremesa, serviu-se um iogurte de leite de cabra, adoçado com mel, além de frutas diversas. Aos poucos, uma quietude sonolenta se apossou da mesa. Só se ouviam ao fundo as vozes das crianças correndo pela horta. Uma garota de uns dez anos, alta para a idade, empoleirada numa oliveira, dramatizava: "Jasão não me ama... Jasão não me ama...", imitando Clea. As amigas riam de suas caretas histriônicas. O poeta notou que o sarcasmo era endereçado a Ledmo, que a tudo assistia irritado — estava naquela idade em que as meninas são demônios.

Com um gesto, Cadmo pediu silêncio e apontou Laodemo, que cochilava na cadeira, recostado num travesseiro. Os outros, em respeito, foram se levantando e procurando algum lugar na sombra para descansar. O escultor logo ressonava. O dramaturgo e o poeta permaneceram conversando baixinho, encostados numa árvore, até cochilarem também. O filósofo, que sofria de problemas digestivos, achou por bem dar uma caminhada e desceu a longa escadaria que ia dar na praia. E o historiador bocejava tanto que Moera o levou para a sala, onde ele se escarrapachou e até babou no sofá.

**

Quando a aragem da tarde soprou mais forte, afastando o calor, e as sombras começaram a se alongar lentamente sob as árvores, todos já se encontravam a postos olhando para um reanimado Laodemo, que reiniciou de onde parara:

— Antes de tudo, pensemos na alegria daqueles guerreiros a bordo da Argos. Eles haviam chegado à Cólquida! Para muitos, essa proeza inédita já representava a vitória, uma vez que a disputa pelo velocino de ouro dizia respeito apenas a Jasão e sua família. E, por falar em família, quando o navio estava prestes a aportar, deu-se um fato extraordinário. Um jovem se aproximou num batel e pediu para falar com o capitão daquela magnífica embarcação. Quando soube o nome do navio, exclamou:

— Deve ser algum sinal dos deuses! Também me chamo Argos e sou filho de Frixo, o mesmo que trouxe à Cólquida o velocino de ouro!

— *Então somos primos!* — exclamou Jasão. — *Nossos avôs, Creteu e Atamante, eram irmãos!*

— *Por Hécate!*

O jovem Argos ergueu as mãos para o alto. Sua expressão, entretanto, era assustada. Quando soube o objetivo de Jasão, empalideceu. Todos no navio notaram e pediram ao jovem que lhes dissesse o que os aguardava naquela terra inteiramente desconhecida.

— *Meu avô Etes é um velho cruel e egoísta que reina pelo medo. Os cólquidos acreditam que ele é filho do Sol e o temem. Seu poder nesta terra não tem limite.*

Imaginem o espanto de Jasão ao ouvir essas palavras! Pélias lhe dissera que o rei Etes acolhera Frixo como filho, dando-lhe uma de suas filhas como esposa. Argos, porém, deu sua versão da história:

— *De fato, caro Jasão, meu avô acolheu meu pai, Frixo, como filho. Também é verdade que Etes lhe deu uma de suas filhas por esposa. Mas não agiu tão generosamente com a posteridade de meu pai. Até hoje tenho dúvidas se ele não foi bem acolhido apenas para que o valioso velocino ficasse na Cólquida. De qualquer maneira, desde que meu pai morreu, vítima de uma doença misteriosa, a crueldade de Etes só fez crescer. Ele é velho como o mundo e desconfia de que todos querem roubar-lhe o trono, o velocino, tudo o que ele possui. Está totalmente tomado pelo demônio da suspeita. Não come nada sem que um criado antes prove e, se desconfia de alguém, manda matar mesmo sem provas.*

— *É horrível o que você me conta, Argos! É por isso que estava fugindo?*

— *Sim, a pedido de minha mãe, pois meus irmãos já foram mortos por Etes. Ele passou a achar que desejamos o trono da Cólquida e planejamos envenená-lo. Assim, mandou assassinar meus irmãos mais velhos.*

— Entendo seu pavor, primo. Mas com seu pequeno barco você não iria longe nessa viagem, acredite. Muitos são os perigos e logo adiante você se espatifaria contra os rochedos voadores. Fique aqui neste navio: eu lhe darei proteção e você voltará conosco. No entanto, só sairei daqui quando tiver cumprido minha missão.

— Isso é loucura! — exclamou Argos. — Os cólquidos são numerosos e todos sairão em defesa de Etes. Além disso, o velocino é guardado por um dragão invencível. Você jamais escapará com vida. Dê meia-volta e considere-se feliz por não terminar seus dias neste país horrendo, dominado por um tirano sem piedade!

Laodemo mirou a assistência. Mesmo sabendo que ninguém cogitava a renúncia de Jasão, o narrador quis criar ainda mais expectativa:

— Pensem, meus queridos, no impacto das palavras de Argos sobre a tripulação. O debate brotou feroz. Desde o início, estavam cientes de que partiam em busca do velocino. Mas, agora, a consciência do risco parecia pesar sobre o julgamento. Estavam exaustos, e o enfrentamento de vários perigos baixara-lhes a resistência. Como eu disse, alguns deles consideravam que o velocino não era mais tão importante e que a chegada à Cólquida, por si só, assinalava o êxito da empreitada. Contudo, a grande maioria ainda apoiava Jasão, que, muito comovido, tomou a palavra:

— Companheiros, ninguém está obrigado a lutar pelo velocino. Por toda a minha existência serei grato a vocês. Cheguei até aqui e tenho de ir até o fim. Agradeço aos que quiserem lutar comigo, mas não nos precipitemos. Pedirei o velocino ao rei Etes. Eu lhe exporei minhas razões. Creio que ele pode aceitá-las.

— Ele nunca as aceitará! — explodiu Argos. — Não ouviu o que eu disse sobre o temperamento de meu avô?

— Se ele não aceitar pacificamente, entraremos em combate. Voltarei e faremos um plano. Mas insisto em antes conversar com o rei. E vou agora mesmo.

Vejam que Jasão em muitos aspectos continuava o mesmo. Nada mais difícil de mudar do que um temperamento. É certo que amadurecera durante a longa viagem. Ele já havia se dado conta de que seu tio Pélias dera-lhe aquela missão com o intuito de vê-lo longe e, quem sabe, até morto durante a travessia. De todo modo, acreditava que poderia convencer o rei Etes. Assim era Jasão: apesar das pancadas da vida, algo de ingênuo subsistia em sua alma. Ele acreditava que o rei deveria ceder à razão de que o velocino pertencia de direito a sua família!

Pensando assim, Jasão foi ao palácio real. Para sua surpresa, Argos, seu primo, resolveu acompanhá-lo, assegurado pela força de Jasão e de todos aqueles heróis. A coragem da dupla enterneceu Hera, que, agindo em favor de seu protegido, fez com que uma neblina densa inesperada envolvesse a manhã. Ocultos por esse manto gasoso, os dois chegaram ao palácio sem que ninguém notasse sua aproximação.

— Caro Laodemo — interrompeu o historiador —, ouvi uma versão dessa história na qual o rei Etes era considerado um deus.

— Existem muitas versões, algumas até conflitantes. Quanto a mim, depois de muito escutar e muito narrar, acabei selecionando a que me parecia mais razoável. Se Etes fosse mesmo um deus, não temeria a morte nem precisaria de tantos cuidados para proteger seu tesouro, não é verdade? Fiquemos, pois, com o Etes muito humanamente apegado a seu poder, como o próprio Pélias e como, aliás, todos que, ao sentar-se num trono qualquer, não desgrudam mais dele!

Os mais velhos soltaram uma gargalhada e Laodemo continuou:

— Mas, se me permite prosseguir, antes de falar com Etes Jasão teve outro encontro muito importante. Argos o apresentou a sua mãe, Calcíope, que estava acompanhada de Medeia, filha caçula de Etes, dotada de grande beleza. Calcíope deu um grito ao ver o filho, que julgava já distante e salvo, e o abraçou. Enquanto Argos explicava à mãe o ocorrido, Medeia não conseguia tirar os olhos de Jasão. Apaixonara-se por ele no momento em que o vira. E, embora soubesse pelas palavras de Argos que se tratava de um inimigo de seu pai, jurou em segredo que o teria para si.

Desse modo, Jasão foi levado por seu primo Argos à presença do rei Etes. Quando o viu, logo percebeu que muito pouco conseguiria daquele homem. A realidade superava de longe a descrição de seu primo. Etes era velhíssimo. Não tinha cabelos no alto da cabeça, mas os fios que começavam na fronte iam até a cintura, longos, finos e muito brancos. A face cavada combinava com o restante do corpo, esquelético. Lembrava a magreza do pobre Fineu, fruto, porém, de outra causa: a avareza. Todos lhe faziam medo, não permitia que os criados cuidassem dele, o que talvez explicasse as unhas longuíssimas. No entanto, o que mais impressionou Jasão foram os olhos pequenos e obcecados, eternamente vigilantes.

— Meu avô, este é Jasão, capitão do maior navio já construído — disse Argos. *— Chegou esta manhã a nosso porto e deseja falar-lhe.*

Qual não foi o susto de Etes ao ver, bem ali a sua frente, surgido do nada, aquele guerreiro de aparência poderosa. E, quando Jasão lhe falou da Argos, da tripulação com os maiores heróis da Grécia, de seu desejo de levar o velocino, Etes sentiu-se em seu pior pesadelo. Era tudo o que ele mais temia. Ainda por cima, achava que seu neto, Argos, agora unido ao exército invasor, cobiçava-lhe o trono. O pavor tomou conta de Etes a ponto de ele achar que seria assassinado ali mesmo, apanhado de surpresa pelos dois conspiradores. O velho rei tremia de ódio. Em pouco tempo, porém, percebeu que havia no forasteiro algo apaziguador. Pediu algumas horas para pensar, e Jasão, para desespero de Argos, concordou.

— Mas o que Argos queria que Jasão fizesse? Matasse o rei? — Uma voz indignada ecoou em meio à assistência. Era uma vizinha, que passara despercebida até aquele momento. Laodemo apreciava esse tipo de comentário, cuja carga emocional alimentava a narrativa.

— Exatamente! O que Jasão poderia fazer? Ordenar a seus companheiros o ataque imediato? Isso não combinava com sua índole. Assim, ele aguardou pacientemente. Enquanto esperava, teve um segundo encontro, aparentemente fortuito, com Medeia. Ela passava com um vaso nas mãos quando se esbarraram. A verdade é que também ele se impressionara com a princesa. Embora fosse tia de Argos, Medeia tinha a mesma idade do sobrinho, pois era filha temporã. E havia em seu rosto algo de perturbador que Jasão não conseguia identificar. Sua expressão geral era a de uma jovem inocente como Hipsípile, o que transparecia em seus gestos, no modo de andar, em sua jovialidade, na melodia da fala. As duas possuíam o mesmo tom de cabelo e o penteavam de forma parecida. Mas nos olhos de Medeia havia sombras e um peso: era como se ela tivesse atravessado todas as idades do mundo e visto os dois lados de cada coisa. Na verdade, meus queridos, Medeia era uma feiticeira!

Ante o silêncio da assistência, ele prosseguiu:

— Na Cólquida, as crenças eram diferentes. Havia uma estranha mistura entre os deuses nossos conhecidos e outras divindades muito velhas, da linhagem noturna. Refiro-me àquela Noite ancestral, da qual falava Quíron. Muitos dos cultos a tais divindades ocorriam nas profundezas da terra, em cavernas iluminadas por tochas, palco de sangrentos sacrifícios. Medeia era sacerdotisa de Hécate e também participava desses ritos lunares, onde aprendeu os segredos da magia.

Vocês hão de concordar comigo que nada há mais abominável neste mundo do que feitiçaria, bruxaria e todas essas coisas feitas às escuras com intenções vis. É espantoso saber que aquela moça, de aparência simples e encantadora, boa filha, boa irmã, não apenas participava desses ritos arcaicos, como também era uma das mais poderosas feiticeiras da Cólquida.

Agora, sim, toda a plateia estava em sintonia com Medeia. Laodemo olhou por alguns instantes o sol que se punha lançando tons vermelhos sobre as águas e as ilhas. Mas sua história o chamava:

— E, não se sabe se por algum sortilégio ou por graça da paixão, Jasão e Medeia logo se beijavam. Foram, porém, interrompidos pela chegada de Argos, que trazia o anúncio de que o rei Etes queria falar com Jasão. Medeia, preocupada, acompanhou o grupo até a sala onde o rei, agora mais calmo e até sorridente, se dirigiu a Jasão com estas palavras:

— *Caro Jasão, parente de Frixo, que tratei como a um filho, tomando-o por genro... Também fui amado por Frixo, que me deu o velocino de ouro a fim de protegê-lo da cobiça de seus parentes. Sei que esse é o maior tesouro de toda a Terra e muitos príncipes de nações próximas tentaram sem êxito furtá-lo. Agora vem você da longínqua Tessália, no mais poderoso navio já construído, com os mais valentes heróis da Grécia, tirar-me à força o que me pertence. Pois bem, dou-lhe o velocino! Mas primeiro você terá de mostrar sua valentia. Se aceitar submeter-se a algumas provas, terá o tesouro sem luta. Caso se recuse, revelar-se-á indigno do tesouro e só o levará passando por cima de meu exército. O que lhe parece?*

As crianças estavam hipnotizadas. E vibraram quando o herói aceitou a proposta do rei. Laodemo cerrou os punhos, canalizando aquela energia.

A espada e o novelo

— Tinha de aceitar. Afinal, a peleja pelo velocino era apenas dele. Honesto até o fundo da alma, Jasão só pediria ajuda aos heróis seus amigos em último caso. E continuou pensando desse modo mesmo quando soube da dificuldade da prova, toda ela envolvendo a feitiçaria mais negra, como era normal naquela terra.

Havia na Cólquida muitos monstros. Nas cavernas profundas viviam dragões, como aquele que vigiava o velocino. E nos campos pastavam touros ferozes e gigantescos, com cascos mais duros que o ferro e ventas que lançavam fogo. A primeira prova exigia que Jasão domasse duas dessas feras selvagens, atrelando-as ao jugo e obrigando-as a arar o solo. Ninguém jamais fizera isso. No entanto, a façanha não parava por aí. Ele teria ainda de semear a terra não com meras sementes, mas com dentes de dragão. Destes brotaria imediatamente uma safra de guerreiros sanguinários dispostos a matar o semeador.

Mesmo percebendo que o ladino rei Etes lhe propusera uma tarefa quase impossível de cumprir, Jasão aceitou a prova. Ora, talvez o tesouro não valesse tudo aquilo, ou talvez Jasão fosse movido por algo mais valioso do que o próprio tesouro que buscava. Entretanto, sem o velocino, prova concreta de seu esforço, se sentiria fracassado. Eis o rigoroso fruto da educação heroica que recebera de Quíron. O problema já não era Pélias, Etes ou os companheiros de jornada. O problema era o próprio Jasão: ele não podia voltar atrás se quisesse cumprir seu destino heroico.

Mas ele precisava urgentemente de ajuda. Onde encontrá-la sem arriscar a vida dos companheiros? Naquele momento, Hera e Atena voltaram a inspirar seus protegidos. De que modo? Imaginem duas cenas simultâneas: num aposento do palácio de Etes, Argos aconselha Jasão a pedir ajuda a Medeia, feiticeira de grandes poderes; noutro aposento, Calcíope implora à mesma Medeia que use de magia para facilitar a fuga de Argos, seu último filho vivo. Calcíope está certa de que Etes matará Argos após o fracasso de Jasão. Medeia promete ajudar mais por amor a Jasão que a Argos, traindo o próprio pai.

Laodemo descreveu cada uma das duas cenas virando-se para um lado e depois para o outro, demarcando com o corpo os espaços distintos em que as ações se passaram. Depois se virou para uma terceira direção:

— Agora imaginem nova cena: Jasão e Medeia se encontram num terceiro aposento. Ele diz que soube, por Argos, ser ela uma feiticeira poderosa. Pede a ajuda dela para superar as provas. Conta-lhe que, se não conseguir, haverá uma luta sangrenta entre seus homens e os de Etes. Clama auxílio não só para si, mas em nome das esposas, mães e filhos dos heróis que aguardam por eles na Grécia. Medeia, embora decidida, titubeia, fazendo-se de indecisa, e lhe diz que, se fizer isso, será amaldiçoada pelo pai e viverá como uma miserável na própria terra. Jasão promete levá-la para a Grécia, torná-la sua esposa e rainha de Iolco. Garante-lhe que será admirada pelos gregos por ter salvado seus maiores filhos. Medeia aprecia tais palavras.

Na verdade, aquilo era tudo o que ela mais ansiava ouvir. Exultante, considera Jasão em suas mãos. Hera fica igualmente satisfeita, apesar de não gostar dos bruxos. Que Medeia ajude Jasão a vencer as provas e a destronar Pélias é o que importa. Atena também se regozija: seus Argonautas levarão o velocino daquela terra de deuses obscuros e cavernosos. E não se sabe mais nesta altura, meus queridos, se o jogo avança por vontade dos homens ou se estes são apenas peões no tabuleiro dos deuses. E assim foi feito. Medeia deixou Jasão a fim de preparar um sortilégio que o tornasse vencedor da terrível prova. Jasão foi ao navio contar a seus companheiros o que se passara no palácio. Mas agora... um momento, por favor. É que...

O ancião interrompeu a história para apreciar o pôr do sol. Outros também o acompanharam, acomodando-se em lugares estratégicos. Era bonito de ver, como são em geral os ocasos. Mas, nas últimas semanas, não houve um só dia em que não ocorresse aquele espetáculo. E o que todos ali admiravam naquele momento, mais do que o anoitecer, era vê-lo refletido no rosto sorridente de Laodemo. Riam da intensidade quase infantil com que o velho homem se entregava à contemplação.

Em poucos minutos o sol era apenas uma língua amarelada no horizonte, até que desapareceu por completo. Em seguida, Moera chegou com lamparinas de azeite para iluminar a parte da horta onde todos se reuniam aguardando a noite. O ar refletia um lusco-fusco, uma luminosidade quase irreal. O contador de histórias voltou a seu lugar e retomou do ponto exato em que havia parado:

— No dia seguinte, todos foram ao campo onde a prova se daria. Os heróis gregos chegaram armados. Do outro lado, postou-se o exército de Etes, igualmente armado e hostil. Menos impressionante que o grego, o exército cólquido assustava pela quantidade de combatentes e por seu alarido selvagem. Etes sentou-se num palanque alto, no trono cravejado de pedras fulgurantes. Tudo em sua roupa indicava que ele levava a sério o fato de os cólquidos o julgarem o próprio Sol. Agia de forma mistificadora, hierática... e confiante! Tinha absoluta certeza de que o único herói vivo capaz de dar conta daqueles touros seria Héracles, cuja fama já atravessara o Cáucaso. Mas Héracles não estava presente.

E Jasão, onde estava? Numa caverna próxima ao palácio, com Medeia. Naquele profundo desvão da montanha, com cheiro de terra úmida nos pulmões, Jasão deixava que Medeia lhe passasse por todo o corpo um unguento mágico, enquanto ela sibilava, na língua cólquida, preces a Hécate. O próprio Jasão pouco sabia dessa divindade lunar. Quíron lhe ensinara que Ártemis também é a Lua, mas seu lado brilhante e belo. Hécate é seu lado sombrio e nefasto, que preside malefícios. Ela só anda nas sombras da noite, sem nunca ser vista pelos homens. Mas é pressentida pelos cães, que ladram e uivam a sua passagem.

Essas últimas palavras arrepiaram as crianças, principalmente as menores, que, embora amedrontadas, não queriam parar de ouvir a história da sombria Medeia.

— Depois de passar nele o unguento encantado, Medeia explicou a Jasão que aquilo lhe daria, por algumas horas, a força que homem algum, nem mesmo Héracles, jamais possuíra. Além disso, ele ficaria imune ao fogo e nenhuma arma ou garra lhe penetraria a pele. Ela o aconselhou quanto ao que fazer quando, do solo semeado com os dentes de dragão, brotassem guerreiros. Disse que ele deveria jogar no meio deles uma grande pedra redonda que havia no centro do terreno. Embora sem entender a razão, Jasão acatou as palavras de Medeia, que o dominava de modo quase hipnótico. Subjugado por aquela magia, confiava mais nela do que em si mesmo. Antes de saírem, Medeia pediu a Jasão um juramento confirmando suas promessas, o que ele fez sem pensar.

A princesa então tomou assento no palanque onde se encontravam o rei e sua família, e Jasão chegou ao campo, aclamado por seus companheiros. A um sinal de Etes, as porteiras se abriram e dois daqueles gigantescos touros entraram. Faziam um barulho que se assemelhava a uma fornalha, e o fogo que soltavam pelas ventas enchia o campo de uma fumaça fétida. Naquele momento, os Argonautas temeram pela sorte de Jasão. Entretanto, protegido pelo unguento de Medeia, o herói se aproximou dos touros sem receio. O fogo de um deles o atingiu em cheio, mas nada lhe causou. Uma exclamação coletiva explodiu no ar, vinda de todas as partes do campo. Etes, chocado, levantou-se. A multidão cólquida que assistia à cena se impressionou ainda mais, julgando que o herói gozava da proteção dos deuses. Tal impressão foi reforçada pelo gesto seguinte de Jasão...

O herói fez algo inimaginável: repeliu o ataque dos touros com uma força impressionante, atirando-os no chão um após o outro. Em seguida, segurou um deles pelo chifre e o arrastou, como se fosse um pequeno cabrito, atando-lhe o jugo. Fez a mesma coisa com o outro. As bestas, subjugadas por aquela força sobrenatural, tornaram-se mansas, aceitando docilmente que Jasão lhes acariciasse o dorso. Então, ele prendeu os animais ao arado e começou a sulcar o terreno como um camponês. Um silêncio de espanto tomou conta do campo. Não se escutava a menor respiração. Tão assombroso fora aquele feito que até os companheiros de Jasão não acreditavam. Apenas Medeia sorria discretamente enquanto admirava a vitória de seu escolhido. Etes, lívido, levantou-se novamente e ordenou que um soldado entregasse a Jasão o capacete com os dentes de dragão. Não esperava ter de fazer isso, pois achava que os touros dariam cabo do herói.

O soldado se aproximou timidamente de Jasão, tremendo como se estivesse diante de um deus, e, com uma reverência, entregou-lhe o capacete. Sem esperar, Jasão passou a semear os dentes de dragão nos sulcos que cavara. Não tardou muito para que do solo brotasse a colheita fantástica. Novamente os Argonautas temeram pelo pior ao ver surgir um batalhão de guerreiros de lama, com raízes no lugar de veias e lanças fabricadas com algum metal desconhecido, extraído do seio da terra. Lanças cujas pontas lembravam os dentes do dragão dos quais tinham se originado. E não paravam de brotar. Logo formaram várias fileiras e cercaram Jasão.

Com a força ampliada pelo unguento, o herói arremessava alguns deles longe, esfacelando-os, mas logo eles se recompunham. Não havia nem o que machucar naqueles guerreiros. Eles não eram indivíduos, apenas uma legião que terminaria por sufocar o herói, enterrando-o vivo. Lembrando-se do conselho de Medeia, Jasão avistou a grande pedra redonda no centro do terreno.

Laodemo fez um gesto largo como dizendo que a pedra ocuparia quase todo o terreno em que eles estavam agora.

— Seria necessária a ajuda de todos os Argonautas para erguer aquela pedra. Mas Jasão levantou-a sozinho e atirou-a entre os guerreiros de terra. Como Medeia previra, os guerreiros esqueceram Jasão e passaram a brigar pela pedra, destruindo-se uns aos outros, de modo que, em pouco tempo, a pedra estava coberta daquela lama disforme. Sim, meus queridos, o terrível exército retornara a seu estado original.

Alguns meninos exultaram tanto com a passagem que Laodemo foi contagiado e passou a falar em tom enfático:

— Os companheiros de Jasão passaram a gritar, cheios de júbilo pela façanha. Mas Etes, no mesmo instante, percebeu que o herói só podia ter feito aquilo com a ajuda de feitiçaria. Virou-se e agarrou Medeia pelo pulso. Com a outra mão, começou a estrangulá-la, gritando palavras de ódio contra a traidora. Ao perceber o que acontecia, Jasão correu até o palanque e arremessou o rei ao solo, fazendo-o cair em um dos sulcos feitos pelo arado. Tal acontecimento paralisou o exército cólquida, habituado a ver em Etes o deus Sol. O herói então agarrou Medeia, que, em seus braços, parecia ter o peso de uma folha, e pediu-lhe que o levasse até onde estava guardado o velocino. Aproveitando a confusão do momento, os dois correram até a gruta onde o dragão que nunca dormia velava o tesouro mais cobiçado da terra.

A história chegava ao ponto culminante. Como narrador experiente, Laodemo sabia que deveria empregar todos os seus recursos naquele momento. Assim, alterou o tom de voz e o ritmo da narração, que vinha desenfreado. Passou a falar pausadamente, acentuando cada palavra, dando ênfase a cada nuança.

— E lá estava, meus queridos, o velocino, o tosão, o velo de ouro! Brilhava na semiescuridão da gruta com luz sobrenatural.

Fulgurante em seu ouro olímpico. Belíssimo! Ao ver aquela preciosidade, Jasão entendeu na hora por que tantos o desejavam, por que sua lenda percorrera todo o mundo conhecido, chegando mesmo às regiões mais distantes. Seu dourado possuía origem divina, mais puro e mais brilhante do que qualquer metal da Terra. O olhar parecia aderir àquele objeto, como para reter sua imagem faiscante nas retinas. Dizem que Etes, todos os dias, passava muitas horas naquela gruta admirando o velocino. Mas o dragão, em face do intruso, emitiu um chiado ensurdecedor e arremeteu contra ele num bote quase fatal, não fosse a agilidade de Jasão, que se esquivou do ataque. Entretanto, a luta seria longa, dado o tamanho da criatura. Ao mesmo tempo, os soldados de Etes, despertos do susto, se aproximavam. Medeia usou seus sortilégios uma vez mais. A fim de dominar a fera, ela preparara uma poção que, soprada nos olhos do dragão, o faria cerrar as pálpebras pela primeira vez em sua vigilante existência.

— E Jasão levou o velocino? — indagou Ledmo, ansioso.

— Sim, meu querido. Veja você que situação... Enquanto Medeia enfeitiçava o dragão, Jasão lutava sozinho contra os soldados, investido de força descomunal graças ao unguento. Quando a princesa saiu da gruta trazendo o velocino, o herói já estraçalhara todo o destacamento de soldados cólquidos. Jasão novamente carregou Medeia nos braços como se levasse uma flor.

Ao dizer isso, Laodemo surrupiou uma flor de um vaso próximo para demonstrar ao público a incrível força de Jasão naquele momento.

— Ele atravessou o campo onde os touros, agora mansos, pastavam alheios ao combate dos Argonautas com os soldados de Etes. Mesmo em minoria, os heróis gregos defendiam-se com bravura, sem se deixar acuar pelos cólquidos. Procuravam escapar por uma passagem que os levaria de volta ao navio quando Jasão apareceu trazendo Medeia, que segurava o velocino de ouro. O rei Etes, ainda imundo de terra, ao ver o inimigo e a filha ordenou a seus comandantes que os perseguissem. E o herói, depositando a princesa no galho de uma grande árvore, a fim de protegê-la, foi ajudar seus companheiros. Imaginem o pânico que sua chegada criou nas hostes adversárias. Graças a ele, os inimigos foram dispersos, de modo que os gregos puderam partir em retirada. Jasão os seguiu, não sem antes colher a flor que deixara no alto da árvore, Medeia, a qual, por sua vez, aguardava aquele gesto com impaciência.

Laodemo, divertido, brincava com a flor nas mãos. Com a fuga dos Argonautas, o ritmo das frases voltou a se acelerar.

— Desse modo, os heróis alcançaram a nave Argos, ancorada no porto. Alguns deles tombaram durante a fuga. Outros foram feridos, como Jasão, cujo ombro foi transpassado por uma flecha cólquida, o que significava que o sortilégio de Medeia estava expirando. Por conta disso, ela já não era tão leve em seus braços. Nos últimos metros, caminharam lado a lado e apressadamente, pois os soldados inimigos, sempre muito numerosos, se reorganizavam. Uma vez a bordo, a tripulação treinada levantou âncora imediatamente. Os cólquidos ainda tentaram perseguir os gregos em barcos menores, mas a estupenda nave Argos deixou-os muito atrás, ganhando o mar aberto, para grande euforia de todos. Ali estava o tosão! Haviam conseguido!

— E eles conseguiram voltar? — perguntava de novo o impaciente Ledmo.

— Você nunca está satisfeito?! — riu Laodemo, beijando de leve a testa do neto. — Sim, querido, eles voltaram. Mas não pense que foi uma volta tranquila.

Admeto lembrou que o profeta Fineu, aquele que os heróis haviam salvado das Harpias, dissera-lhes que evitassem o caminho da ida. Eles obedeceram a esse conselho, mas, como conheciam bem pouco aquela região, vagaram perdidos. Antes de abandoná-la, ainda escutaram um suspiro de dor vindo do Cáucaso: era Prometeu, cujo fígado acabava de ser arrancado mais uma vez pela implacável águia de Zeus.

Abandonaram o Ponto Euxino, costeando as terras da Paflagônia, no centro-norte da Anatólia, e penetrando em sinuosos rios, como o Hális e outros. Dizem que estiveram no Erídano, no Ródano, e que desaguaram no mar Tirreno. Tantas coisas contam, algumas tão contraditórias, que é impossível saber a verdade. Diz-se que os Argonautas enfrentaram numa ilha o gigante que guarda a porta da Europa; noutra encontraram Circe, tia de Medeia, feiticeira da mesma estirpe, mas ainda mais poderosa. Conta-se que foram atraídos por um redemoinho colossal do qual só conseguiram escapar por intervenção da própria Tétis. E fala-se ainda sobre como a madeira profética, usada no mastro principal da nave, vibrou e falou, indicando o caminho a seguir.

Depois de vagar por mares distantes e dar uma grande volta, alcançando o Peloponeso, a nave Argos retornou às águas conhecidas do Mediterrâneo. E foi por elas reconhecida! Quero dizer com isso que, por onde passavam, os Argonautas eram aclamados. Em toda terra ou ilha por que passavam eram saudados como reis! Multidões acorriam para ver a maravilhosa nau. Jasão amarrara o velocino à grande vela da nave para que seu fulgor sobrenatural anunciasse a vitória.

Imaginem, então, a silhueta poderosa daquele navio singrando as águas: o sol batendo em cheio no velocino, cujo brilho cegava os que, a distância, contemplavam-no admirados. Tudo agora parecia possível, com o engenho e o auxílio dos deuses. Ninguém duvidava desse auxílio, e o velocino era sua maior prova! E, se por toda parte houve festas celebrando a vitória de Jasão e a reconquista do tesouro perdido nas terras da Cólquida, se por toda parte os Argonautas foram recebidos como príncipes, imaginem em Iolco. Pensem no desconsolo de Pélias, no porto, vendo a nave Argos aproximar-se em toda a sua glória! A aventura dos Argonautas chegara ao fim!

Os mais jovens se levantaram sorridentes, satisfeitos com o desfecho, mas aparentando grande cansaço. Haviam permanecido ali apenas pelo poder encantatório de Laodemo e por não saber quando haveria outra ocasião como aquela.

Muitas vizinhas passaram a chamar pelos filhos, mas ninguém partiu sem antes se despedir carinhosamente do velho contador, agradecendo-lhe as horas de encantamento. Ele também se mostrava cansado, embora não exausto. Seu rosto parecia jovial e seus olhos brilhavam sob o céu estrelado: ali estavam todas as constelações que sempre haviam guiado os marinheiros, alegrando as noites escuras com o aceno de seus sóis, as mesmas estrelas que ele via quando garoto.

Entre bocejos, Ledmo veio beijar o avô. Apenas um pequeno grupo permaneceu. Afinal, ainda era cedo, e, com a brisa marinha, a temperatura estava muito agradável. Moera trouxe alguma comida que restara do almoço. E vinho. O filósofo, o historiador, o poeta, o escultor e o dramaturgo fizeram uma roda e conversavam animadamente. Télias, o sacerdote, pousaria na casa de Moera, de onde chegava ladeado por Cadmo, que se juntou ao avô.

— Caro Laodemo, seria abuso de nossa parte pedir alguns esclarecimentos? — perguntou o dramaturgo.

— Acho que Laodemo falou demais por hoje! — interveio o sacerdote.

— Não, Télias... — replicou Laodemo. — Deixe-me em paz! Já não basta Moera? Ademais, fiquei devendo a nosso amigo um esclarecimento sobre Medeia, não é isso?

— Isso mesmo — respondeu o dramaturgo, sorrindo satisfeito.

— E também sobre Jasão — completou o poeta. — Gostaríamos de ouvir sua versão sobre o que houve com Jasão após o retorno.

Laodemo levantou-se, caminhando lentamente até onde o grupo se encontrava. Sentou-se entre eles, que logo abriram espaço para que o contador pudesse ser visto por todos. Télias e Cadmo se aproximaram. O menino estava muito feliz por poder ouvir um pouco mais o avô e orgulhoso de estar entre adultos. Por isso permaneceu o tempo todo com uma expressão séria e atenta.

— Minha versão, como já expliquei, nada mais é do que uma mistura de outras versões, com tempero meu. Só espero que tal sopa não tenha o gosto do mingau impingido por meu médico.

— De modo algum! — disse o historiador, sorrindo, assim como os outros. — Ninguém passaria um dia inteiro, como nós passamos, comendo um mingau insosso. Você nos serviu um banquete. Mas ainda queremos a sobremesa.

— Só temo que essa sobremesa seja um pouco amarga, meu amigo! — Laodemo suspirou e tornou-se muito compenetrado. Parecia pesar as palavras. — É até bom que os pequenos tenham ido. Eles não iam gostar muito da vida posterior de Jasão, que pouco tem de heroico.

Após a aventura com os Argonautas, Jasão permaneceu em Iolco e casou-se com Medeia, conforme prometera. E ela lhe deu filhos. Mas, segundo eu penso, ele tornou-se um refém nostálgico daquela viagem, constantemente assediado pela lembrança da nau Argos singrando os mares, de Orfeu cantando na proa, dos perigos compartilhados, da eterna tensão, do velocino enfim conquistado. Talvez Quíron já tivesse percebido esse traço no comportamento de seu discípulo, acentuado agora pelo fim da aventura.

Vejam: Pélias continuava no trono. O tio velhaco sempre dava alguma desculpa para não passar o cetro. Discorria sobre a necessidade de preparar sua saída, de terminar uma obra na cidade, coisas vagas que adiavam o momento de entregar seu amado poder. E Jasão parecia não se importar. Talvez o cargo administrativo o aborrecesse. Pensem em quantos pequenos interesses estavam envolvidos naquele trono de Iolco, quanta bajulação, quanta suscetibilidade, quantos detalhes burocráticos, quanta preocupação com obras menores... Diante disso tudo, talvez ele tivesse perdido o entusiasmo de governar. Era um herói! Possuía alma larga,

Dionisio Jacob

apreciava horizontes abertos, amplidão. Depois do velocino, o que mais poderia motivar Jasão?

— E Medeia? — cobrou o dramaturgo.

— Vamos lá... Medeia, diferentemente do esposo, era ambiciosa e não estava totalmente feliz em Iolco. A Cólquida não tinha a importância da Grécia, mas era imensa. Ela era a princesa de terras intermináveis. Agora estava presa numa cidade que nem era a mais importante da Grécia, Iolco... virada de costas para o Egeu, incrustada naquele Golfo da Pagaseia! Para piorar, as filhas de Pélias não se davam com ela. Medeia sempre se sentira uma intrusa naquele reino de deuses olímpicos, estranha representante de uma terra supersticiosa.

Ela também era o tipo de mulher que faz as demais se acautelarem. Havia nela uma vaga ameaça, uma agressividade difusa, mesmo quando estava bem. Sentia saudades de sua terra, de suas irmãs, principalmente de Calcíope, cujo filho ela, Medeia, salvara. Sentia falta dos ritos subterrâneos, do mundo soturno em que crescera. À diferença de Jasão, Medeia não ambicionava aventuras em terras distantes, mas sim o poder concreto de reinar sobre uma cidade. Mesmo na Cólquida, ela talvez tivesse se imaginado rainha após a morte de Etes, pois não havia mais varões na família. E Jasão prometera torná-la rainha na Grécia, lembram-se?

Vejo os dois em intermináveis discussões íntimas. Vejo Jasão atemorizado com a cólera de Medeia, toda crispada. Nisso ela em nada recordava a doçura de Hipsípile, esquecida em Lemnos.

— E ela amava Jasão? — perguntou o dramaturgo, imaginando o casal no recesso do quarto, tamanha a intimidade com que Laodemo os descrevia.

— Eu diria que sim, amava-o. E profundamente. Como lhes contei, eles tiveram filhos que fizeram a felicidade de Jasão. Ele adorava aquelas crianças. Tornou-se um bom pai, paciente, amigável, tranquilo. Mas Medeia se irritava demais com ele, julgando-o muito

A espada e o novelo

complacente para com o tio. Queria que Jasão tomasse de vez o trono, que era seu por direito.

Imaginem agora Jasão, que fora criado nos bosques selvagens e aprendera coisas altas e nobres, lidando com essa situação de pequenas suscetibilidades. Quando não era Medeia a cobrá-lo, era Argos, reivindicando o velocino que fora de Frixo, seu pai. Ou Acasto, filho de Pélias, que participara da expedição, se tornara amigo de Jasão e agora tinha uma rixa com Argos. A presença de Argos na corte do pai enciumava Acasto, ainda mais porque Medeia o protegia. E o ciúme era agravado pela arrogância deste em relação ao tesouro. O filho de Pélias lembrava que, não fossem Jasão e os Argonautas, o velocino ainda estaria na Cólquida e que Argos de nada podia reclamar, pois fora salvo da sanha de Etes. E aí vinha Medeia novamente resmungar das filhas de Pélias, do descaso com que a tratavam, discriminando-a por sua origem bárbara.

As filhas de Pélias também reclamavam indiretamente, mas de modo que suas críticas chegassem a Jasão. Diziam que Medeia era péssima mãe, que não cuidava dos filhos, que vivia num constante mau humor e que detestava todos no palácio. Alarmavam-se por saber que ela era feiticeira e contavam que os criados a viam vagar pelas noites em lugares ermos. E vinha o próprio Pélias, com seu sorriso bajulador, homenagear Jasão com mais um banquete, mais uma festa pública para o grande herói de Iolco. Nesse passo a conquista do velocino completou dez anos e toda a cidade saiu às ruas para ver o tesouro dependurado na sacada do palácio.

Mas, passada a celebração, reiniciava-se o drama da ciumeira. Novamente vinha Acasto invectivando Medeia, tomando o partido das irmãs. Ouvira dizer que Medeia, ainda na Cólquida, matara o próprio irmão por meio de um sortilégio quando soube que o trono que desejava estava reservado a ele. Ao tomar conhecimento dessa história, Medeia se descabelou, defendendo-se aos gritos, sem acreditar que o marido pudesse, por um momento só que fosse, ter dado ouvidos ao mentiroso Acasto. Ela andava de um lado para o outro, dizendo, entre chorosa e agressiva, que não havia ninguém por ela naquela terra maldita... Ninguém! Nem mesmo Argos, seu sobrinho, que se calava em vez de defendê-la. Acusava as filhas de Pélias de ardilosas, falsas, prepotentes, perversas. E todos pareciam estar com a razão quando falavam. Pelo menos era o que sentia Jasão, cuja honestidade natural fazia com que escutasse atentamente cada queixa, aflito por ver que ninguém cedia um centímetro de seus interesses pessoais.

Laodemo mudou de tom, como fazia sempre que precisava explicar melhor um ponto da história:

— Mas pensemos um pouco nas filhas de Pélias. Não conheço seus nomes, nem sei exatamente quantas eram: duas, três, quatro? Prefiro pensar na existência de uma entidade coletiva: as filhas de Pélias. Vejo-as caminhando sempre juntas, costurando, passeando pela cidade, fazendo suas refeições, olhando com medo aquela Medeia ameaçadora, capaz de irromper inesperadamente em fúria. E quando o pai morresse? Impossível evitar que Jasão finalmente subisse ao trono. Então Medeia se tornaria rainha de Iolco e as oprimiria da mesma maneira que foi por elas oprimida. Agora, queridos, pasmem ao ver Medeia a conversar com elas no gineceu onde se arrumam: não brigam, não discutem, não se agitam. Ao contrário, conversam e sorriem! Parecem amigas de infância... O sorriso é talvez um pouco ácido, um pouco forçado, ainda assim, sorriso. Nessa amizade diplomática, elas falam sobre amenidades, sobre cabelos e cremes. Medeia criava loções e emplastros de beleza, que as filhas de Pélias não usavam, com medo de algum feitiço. Contudo, viam com espanto o rosto sempre viçoso de Medeia, sem as rugas naturais da idade. Temiam seus poderes...

— E Medeia assassinou mesmo o irmão? — quis saber o poeta.

— Não se sabe ao certo — suspirou Laodemo, que odiava interrupções em certos momentos da história. — Verdade ou mentira, o fato é que a suspeita existia. Imagino Jasão observando o sono agitado da esposa, pensando se ela teria cometido tal infâmia. Mesmo que não, ela parecia capaz daquilo. As sombras profundas no olhar da esposa traíam uma revolta permanente, uma fome não se sabe do quê, ou, antes, um desconforto eterno, como uma ferida interna que nunca parasse de sangrar. Quando essa suspeita chegava ao auge, Medeia surpreendia o marido: tornava-se subitamente carinhosa, como se duas mulheres se revezassem no mesmo corpo. Talvez por isso Jasão se afastasse de todos. Os criados o viam sempre no porto, caminhando pelo convés da nave Argos, que se transformara num monumento, inspirando o projeto de outras embarcações. Solitário no navio, Jasão devia recordar-se de seus companheiros de viagem. Onde estariam? Chegavam notícias dos feitos de Héracles, de Teseu, de grandes atos heroicos. Mas suas próprias façanhas eram coisa do passado. Quando ele conseguiria juntar novamente todos aqueles heróis? E a juventude, quem lha devolveria? Os unguentos de Medeia podiam apenas retardar sua velhice... E então Pélias morreu! — disse Laodemo, inesperadamente.

— Medeia teve algo a ver com isso? — perguntou, quase afirmando, o dramaturgo.

— Existem muitas versões. A mais narrada é aquela em que Medeia fez um carneiro velho remoçar após tê-lo esquartejado e cozinhado com ervas mágicas. Ele saiu da panela como um cordeiro novo. As filhas de Pélias, espantadíssimas ao testemunhar aquele feitiço, pediram então a Medeia para rejuvenescer o pai delas, que se encontrava em idade avançada. Medeia aproveitou-se da situação e mostrou-lhes como fazer, mas não forneceu as ervas necessárias, de modo que Pélias foi esquartejado em vão pelas próprias filhas!

— Sempre acho horrível essa parte — falou Moera, que tinha vindo trazer mais comida.

— Concordo inteiramente, minha querida, mas a história é assim. Outras versões, porém, acham pouco provável que as filhas de Pélias tivessem confiado em Medeia. Há quem afirme ainda que essa passagem escabrosa foi uma invenção de Acasto para horrorizar o povo de Iolco, indispondo-o contra Medeia. Pretendia assim que ela fosse expulsa da cidade, levando Jasão consigo e liberando o trono para ele, Acasto. De qualquer modo, Pélias morreu de forma não natural. Há quem diga que foi sendo envenenado lentamente, dia após dia, ou que tombou repentinamente, sem conseguir respirar, após beber uma água preparada com ervas. Vocês sabem: coisas assim sempre acontecem onde existem tronos. Não importa se Pélias foi morto direta ou indiretamente por Medeia, desejosa de coroar seu amado e tornar-se ela própria rainha, ou por Acasto e suas irmãs, a fim de incriminar Medeia e afastar Jasão do poder. O fato é que Pélias morreu, confirmando assim a predição do oráculo.

Com a boca seca, Laodemo lançou um olhar guloso na direção de um copo de vinho. Piscou maliciosamente para Cadmo e tomou um gole, contando com a discrição do neto, que sorriu inibido. Moera, porém, viu tudo e, por precaução, levou o vinho embora. O contador reiniciou:

— De qualquer modo, Acasto e as irmãs levaram a melhor. Jasão foi embora de Iolco sem nunca sentar-se ao trono. Ele e a esposa fugiram para Corinto, temendo a ira da população diante do crime hediondo atribuído a Medeia. Jasão já não queria o trono maculado e não conseguia amar uma mulher com fama de assassina.

O dramaturgo, um tanto decepcionado, voltou a interromper o ancião:

— Prefiro pensar em Medeia como uma princesa virtuosa que se perdeu pelo amor de Jasão e lidou a seu modo com aquela corte inescrupulosa.

— Disso ninguém o proíbe — respondeu laconicamente Laodemo, vendo que o dramaturgo tinha a boca de quem iria alongar--se. — Muitos pensam como você. Já eu a vejo entre sombras, capaz de atos extremos impensáveis para uma alma singela.

E, por falar em alma singela, em Corinto Jasão voltou a se apaixonar por uma doce criatura, de grande beleza, a princesa Glauce, filha de um rei chamado Creonte. Talvez fosse mesmo a juventude o que o herói buscava, voltando o rosto para trás: na direção da travessia, da nau, do velocino e de uma Hipsípile para sempre perdida numa ilha dos inícios, naquele tempo fabuloso em que tudo acontece pela primeira vez.

Esse era o Jasão em Corinto, meus queridos: um homem nostálgico do herói que havia sido, cada dia mais distanciado da esposa, envolvido com um novo amor, que não conseguia ocultar. Por seu turno, Medeia perdera tudo: não era mais princesa da Cólquida, nem seria rainha em Iolco, e em Corinto já não era sequer esposa. Ao descobrir que o marido se casaria novamente, crispou-se toda, tomada por uma cólera tão profunda, tão desesperada que a Jasão ela pareceu envelhecer num minuto, como se todos os sulcos que os unguentos haviam ocultado por anos a fio tivessem se aberto em seu rosto de uma só vez.

Foi nesse momento que ela suplicou a Jasão, olhando-o no fundo dos olhos. A ele ofertara tudo: juventude, amor e filhos. Entregara-lhe o velocino e lhe salvara a vida; traíra o próprio pai e a Cólquida, indo refugiar-se numa terra estranha, onde a maltrataram. Cometera atos bárbaros para que Jasão fosse justiçado. Depois de todas essas coisas, ele iria trocá-la por outra? No entanto, vendo que suas súplicas de nada adiantavam, deu um grito doloroso e saiu correndo. Então, não sendo mais princesa, rainha ou esposa, dali para a frente seria a senhora dos sortilégios, a feiticeira, a sacerdotisa de Hécate, a sombria. E invocou malefícios terríveis. Procurou Jasão uma vez mais para pedir desculpas, novamente doce e delicada, como sabia ser. Disse-lhe que voltaria à

Cólquida com seu sobrinho Argos e que perdoara Jasão por tudo. Deu-lhe ainda um presente de casamento: um vestido muito bonito para Glauce. E chorou antes de partir. Jasão, crédulo por natureza, acreditou em Medeia, como outrora acreditara em Pélias e em Etes. Mas, quando Glauce usou o vestido pela primeira vez, seu sangue sumiu, ela ficou branca como o mármore e tombou ressecada e morta. Jasão deu um berro de horror e partiu imediatamente em busca de Medeia.

A vingança terrível, porém, não havia terminado: ela envenenou também os filhos que tivera com Jasão e fugiu pelo céu enluarado, num carro puxado por um dragão, enquanto o herói chorava sobre os cadáveres.

Após a conclusão de Laodemo, novo silêncio. Um silêncio fruto mais do escândalo que da reflexão. Era preciso tempo para assimilar o susto, superar o terror daquelas imagens. Então, quase involuntariamente, todos passaram a olhar em volta, admirando a noite serena, quente, estrelada. Uma noite calma e cotidiana. Uma noite comum. E todos sentiram ao mesmo tempo um sutil arrepio de prazer por estar ali. Cadmo aproveitou para levar o avô, agora realmente exausto, até a cama. Aos poucos, os outros também partiram, calados.

O último a sair foi o poeta, que ficou ainda algum tempo perambulando pela horta, contemplando o rastro da lua no mar. Assombrava-se por ver aquela paisagem tão física, tão distante do remoinho de imagens e emoções que ainda agitavam sua alma. Pareciam dois mundos estanques: de um lado, a paisagem; do outro, as histórias de Laodemo. Mas não era aquele o mar dos Argonautas? A paisagem não era o corpo daquelas histórias? E as histórias? Não eram a alma daquela paisagem? Tudo isso pensou o poeta antes de ir dormir.

3

Floração heroica

No dia seguinte, todos despertaram bem cedo, com vontade de ouvir Laodemo.

Aquilo que se iniciara como uma visita fúnebre transformara--se num evento festivo, ainda mais com aqueles dias belíssimos. E o contador de histórias fora o primeiro a despertar, ansioso por mais aquela jornada, que começava tão clara quanto a anterior. Quando Cadmo foi procurá-lo, ele já caminhava pela horta, comendo uma fruta e jogando conversa fora com Ledmo, que o instava a contar histórias sobre Héracles.

Moera acabava de chegar do cercado, onde ela e Télias haviam escolhido o carneiro para o sacrifício de logo mais. Cadmo apontou para o avô, que ria alto.

— Acho que ele sarou!

A mãe fez então uma expressão séria.

— Não se anime, Cadmo. Pode ser apenas uma melhora. Os deuses às vezes concedem uma melhora para que o doente se despeça...

O rapaz lançou um olhar duro para a mãe. Apanhou da mesa um bolinho de cevada e foi ter com o avô. Moera suspirou: precisava ser tão severa sempre? Era seu jeito. Não gostava de alimentar ilusões, de acalentar falsas esperanças. De qualquer modo, sentiu vontade de ir atrás de Cadmo e dar um beijo de bom-dia no filho. Mas não foi, pois o conhecia melhor do que ninguém: quando amuado, tornava-se brusco e rejeitava afeto.

Logo todos chegaram: as visitas ilustres e também os vizinhos de sempre, trazendo crianças e adolescentes. Por causa do sacrifício, havia mais gente do que no dia anterior. Uma pequena multidão acompanhava o sacerdote Télias e o carneiro paramentado até a costa ocidental da ilha, onde havia um templo de Héstia, deusa do fogo eterno. Era uma construção muito antiga e um pouco arruinada. Em seu centro, uma chama ardia dia e noite, alimentada pelos próprios habitantes. Era velha conhecida das embarcações noturnas que cruzavam aquelas águas e a viam bruxuleando no alto da ilha.

Laodemo, com a ajuda de uma bengala improvisada, ia à frente, ao lado de Cadmo. Ali, num altar próximo, o sacerdote realizou o sacrifício erguendo o animal pelo pescoço e degolando-o, após dizer palavras de oferecimento. O sangue esguichou no altar, como tinha de ser. Sob olhares silenciosos, o sacerdote retalhou o carneiro, separando a carne da gordura e dos ossos. Depois, tanto os ossos como a gordura foram depositados na pira. Em alguns minutos, uma fumaça se erguia como oferenda pela melhora de Laodemo.

A porção comestível seria o banquete daquele dia. Enquanto parte da assistência retornou para o povoado no outro lado da ilha, Laodemo permaneceu com o grupo de crianças, jovens e adultos que queriam escutá-lo. Sentaram-se nos degraus do templo, observando o declive do terreno e o mar lá embaixo. Um choupo produzia a sombra necessária. O poeta e o filósofo se encostaram ao tronco, ao passo que algumas crianças menores preferiram encarapitar-se num ou noutro galho mais resistente. Próximo dali, um jovem pastor que tomava conta de seus cabritos aproximou-se, curioso.

Ledmo arrancara do avô a promessa de que ele falaria de Héracles naquele dia.

— Prometo que de hoje não passa! — disse Laodemo, sorrindo.
— Mas antes queria falar de outros heróis.

— Por que havia tantos heróis naquele tempo? — perguntou Ledmo.

Os mais velhos riram e olharam para o contador, que gargalhou.

— Começamos bem o dia hoje! Já ouvi homens sábios falar sobre isso. Há muitos anos, numa de minhas perambulações, fui parar em Halicarnasso e lá um sacerdote, até parecido com nosso Télias, explicou-me a seu modo essa questão. Lembram-se de quando eu contei sobre o grande dilúvio que se abateu sobre a Terra?

Verificando que todos se lembravam, Laodemo prosseguiu:

— Pois esse sacerdote me garantiu que daquele lodo da terra surgiram muitos monstros, bestas horríveis, uma geração de criaturas da Terra sem a sementeira do Céu. Eram seres grotescos que traziam a marca do Caos, pois mesclavam no mesmo corpo partes de vários animais. Como para Zeus é insuportável tudo o que possui essa marca caótica, ele ordenou aos deuses que se unissem aos homens para libertar as cidades desses seres viscosos e medonhos, gerando assim uma raça de semideuses que pudessem auxiliar a humanidade nessa tarefa. Eis a teoria do sacerdote de Halicarnasso, confirmada pelo provérbio segundo o qual os céus mandam os guerreiros mais luminosos nos tempos mais sombrios. Vamos nos fiar nisso!

— Dizem que ainda há dragões na Panfília! — Ledmo voltou à carga, satisfeito por dar a todos essa informação importante.

— Acredito — respondeu Laodemo, sempre olhando o menino com visível expressão de carinho. — Quem sabe você não dará conta dos últimos? Mas agora vamos voltar a desenrolar nosso complicado novelo de histórias, com tantas pontas soltas. Puxarei duas delas...

A primeira nos leva até Perseu, filho de Zeus e da ninfa Dânae, portanto um semideus. Foi perseguido pelo avô, o rei Acrísio, pois um oráculo alertara o monarca de que um neto seu seria o instrumento de sua morte. Como Pélias, Acrísio procurou se desvencilhar das profecias: encerrou a filha Dânae e o neto numa arca, que mandou atirar ao mar. Mas, como não queria o Destino que o filho de Zeus se afogasse, flutuaram até uma terra distante, onde um pescador os acolheu e os levou ao rei do país. Quiseram os deuses que a arca os conduzisse à ilha de Sérifo, terra do rei Polidectes.

Polidectes era um bom homem e se apaixonou por Dânae. Desposou-a e educou Perseu com muitos cuidados. Ao crescer, o jovem já evidenciava sua origem divina e era admirado por todos. Foi então que o reino de Polidectes foi assolado por Medusa, a mais pavorosa das górgonas, seres monstruosos.

Ao contrário da noite anterior, quando terminou a história de Jasão falando aos adultos, agora o contador dirigia-se aos mais jovens, atiçando-lhes prazerosamente a imaginação.

— Medusa fora uma moça muito linda, mas orgulhosa de sua beleza a ponto de se tornar arrogante. Admirava seus cabelos e os penteava por horas em frente ao espelho. Ousou se comparar a Atena, e por esse orgulho descabido foi severamente castigada pela deusa, que transformou seus cabelos em agressivas serpentes que viviam se enroscando e exibindo os dentes cheios de peçonha, a língua bífida. O rosto de Medusa também se deformou de modo tão pavoroso que o olhar humano não conseguia suportar tamanha feiura: quem a olhasse se transformava em pedra, assim... na mesma hora! A pessoa, homem ou mulher, virava uma estátua de granito, paralisada numa pose de absoluto terror.

Transmutada em górgona, Medusa, cujo orgulho não arrefecera, incendiou-se de um ódio profundo por seu destino. Passou então a caminhar pelo reino de Polidectes exibindo sua desgraça, atirando na cara de todos sua vileza. Assim, o pânico tomou conta daquelas terras. Por onde quer que se andasse era possível encontrar estátuas humanas. Imaginem um reino onde em todo lugar se viam esculturas obsessivamente dedicadas a espelhar o pavor. O olhar delas transmitia a sensação de que a pessoa vira algo além do que o espírito humano era capaz de suportar. Uma feiura imensa, ou a mistura de todas as fealdades físicas e morais na mais horrenda criatura que já caminhou sobre a terra. E aquele caminhar lento e ressentido provocava pânico e devastação.

Foi aí que Perseu, com a impetuosidade de um jovem herói, disse a Polidectes que, a fim de agradecer a generosidade do rei, livraria Sérifo daquela desgraça decapitando a górgona.

Claro que Polidectes aceitou a oferta de Perseu, apesar de Dânae, mãe do herói, descabelar-se toda pedindo que o filho não se entregasse àquela empresa impossível. Pensem no estado daquela ilha, pensem na população petrificada aos poucos, nos caminhos repletos de estátuas com expressão horrorizada. Que esculturas eram aquelas?

Então Laodemo dirigiu-se ao escultor:

— Caro amigo, você conseguiria criar algo assim?

— De modo algum! As estátuas, conforme aprendi, não foram criadas para amedrontar. Quando benfeitas, mostram equilíbrio, serenidade, e elevam o espírito em vez de despertar as Erínias.

— Bem dito. Mas aquelas, como afirmei, despertavam os medos mais antigos, os pesadelos que se escondem sob o leito de ébano do deus Hipnos! Despertavam o receio de tudo o que se oculta na sombra e na escuridão, daquilo que faz as pessoas apertarem o passo quando a noite desce e as nuvens impedem a lua de clarear os caminhos. O pressentimento de um sussurro quase inaudível, um riso baixo e perverso, de todas essas coisas que deviam estar fechadas na caixa que a curiosidade de Pandora destampou...

Percebendo que algumas crianças começavam a se agitar demais, Laodemo resolveu interromper seu sadismo de narrador:

— Mas como Perseu faria aquilo? Como decapitar a górgona sem precisar olhá-la para não virar estátua também? Pensem nisso... Não é nada fácil decepar alguém de olhos fechados!

Uma gargalhada sacudiu as crianças, um riso nervoso que compensava a sensação de medo. O ancião prosseguiu:

— Perseu era querido pelos deuses, de modo que Atena lhe emprestou seu escudo, e Hermes, suas sandálias aladas. Assim ele poderia voar e observar o monstro de cima, sem contemplar seu rosto. E foi o que ele fez imediatamente. Logo avistou Medusa caminhando pela ilha com seus passos lentos e ameaçadores. Testemunhou um pobre homem petrificar-se ao defrontá-la inesperadamente e espreitou quando a horrenda górgona retornou para a caverna em que se escondia. Desceu então das alturas em que se encontrava e foi pousar na entrada daquela gruta, um sítio horrível, com muitas estátuas de gente, a maioria de guerreiros que, como Perseu, tinham a intenção de matar o monstro. Foram, contudo, petrificados, com a espada em punho e o escudo erguido. No rosto, o conhecido pavor.

Diante dessas estátuas, e inspirado por Atena, Perseu teve uma ideia simples. Entrou na caverna lentamente e de costas, de modo a não olhar a górgona. O escudo que levava, de bronze luzidio, refletia o ambiente, mas não com a nitidez de um espelho. Ele via tudo embaçado, e desse jeito pôde localizar Medusa como uma sombra, sem ver sua face em detalhes. Percebeu apenas uma silhueta e um resfolegar nojento: ela dormia um sono sem descanso, repleto de aflições.

Aproximando-se mais, ele conseguiu chegar até uma distância em que pôde virar-se de olhos fechados e desfechar um golpe certeiro de espada. A cabeça da górgona rolou no chão e as serpentes imediatamente morreram, não sem antes soltarem silvos desesperados. Mas o sangue que esguichou daquela cabeça fez surgir do solo uma criatura espantosa! Uma criatura verdadeiramente espantosa! E digo mais: incrivelmente espantosa!

Laodemo perscrutou o rosto dos menores para verificar se havia gerado expectativa suficiente. E aí completou, incisivo:

— Um cavalo!

E sorriu ao perceber a decepção dos menores. Os maiores, assim como os adultos, sorriam também; sabiam que a decepção fora intencionalmente provocada por Laodemo, que, depois de aguardar um tempo, prosseguiu, com expressão compenetrada:

— Mas não um cavalo qualquer. Não... Era imenso. Branco. E alado! Isso mesmo: de seu dorso nasciam duas asas enormes.

— Enormes de que jeito? — perguntou Ledmo, que, após a ligeira decepção, voltara a se interessar pela narrativa.

— Imagine um cavalo normal. Aquele tinha o dobro do tamanho e asas maiores que as da águia, capazes de suportar uma criatura muito pesada em seu dorso. Além do mais, como eu disse, ele era de um branco que ardia na vista, com a crina levemente castanha. Era um magnífico animal, sem dúvida, mas incrivelmente agressivo. Tão logo surgiu já começou a bufar, pular e dar coices para todo lado. Só não atingiu o rosto de Perseu graças à proteção do escudo de Atena! Dava para ver que não era um cavalo qualquer, não só pelas asas, mas também pela força. De tão potentes, seus coices começaram a destruir as paredes da caverna. Fragmentos de rocha espalhavam-se pelo chão e lascas voavam perigosamente em todas as direções. Por sorte o cavalo, depois de muito escoicear, acabou encontrando a saída da caverna e, uma vez ao ar livre, abriu as asas, ganhando espaço entre as nuvens.

— E Perseu? — Ledmo era o porta-voz das outras crianças.

— Ele estava livre. Já tinha matado Medusa! — disse um colega de Ledmo, de nome Milos, quase da idade dele. Era irmão de Milto, este, sim, coetâneo de Ledmo.

Laodemo via sempre aquele bando de crianças e jovens andando juntos, mas só alguns ele conhecia pelo nome. Além desses irmãos, havia Learco, um pouco mais velho do que Cadmo. Outro que vivia na casa de Moera era Iolau, um gordinho de uns treze anos. Das meninas, as mais frequentes eram Leucoteia, a que no dia anterior imitara Clea na horta, e Antinoé, mais velha.

— Livre? — prosseguiu Laodemo, respondendo a Milos. — Bem, vamos acompanhar os passos de nosso herói... Ele havia decapitado Medusa, mas o que faria com aquela cabeça, que, embora morta, continuava medonha? Decerto ainda transformaria as pessoas em estátua. Perseu nem a olhava, pensando em enterrá-la ali mesmo, no chão da caverna. Mas e se ela continuasse gerando outras criaturas estranhas? Decidiu por fim levar a cabeça para um lugar muito longínquo, distante de tudo. Segurou-a pelos cabelos-serpentes e, sem olhar para o rosto repugnante, abandonou a gruta e ganhou os ares.

— E o cavalo alado? — insistiu Ledmo.

— O cavalo tomou o rumo dele e desapareceu. Vamos deixá--lo um pouco de lado enquanto nos ocupamos de Perseu, certo, Ledmo?

Como o herói não queria que ninguém mais se transformasse em estátua, foi procurar um sítio remoto para esconder a careta da górgona. Voou, voou, voou até o mais distante ocidente, ali onde a carruagem do Sol termina sua viagem diária. Aqui, meus queridos, os fios do novelo de histórias se embaraçam. Alguns contam que Perseu chegou até o reino de um velho titã, de nome Atlas. Esse homem gigantesco possuía muitos rebanhos e tomava conta de um jardim onde os frutos e as árvores eram de ouro. Como Perseu estivesse cansado, pediu pousada. Atlas, quando soube que aquele homem era filho de Zeus, negou-lhe hospitalidade. Isso porque certa feita um oráculo — sempre eles! — vaticinara que um filho de Zeus um dia lhe roubaria as maçãs de ouro. Poucas coisas são mais ofensivas aos deuses e aos homens do que a falta de hospitalidade. Conta-se, então, que os dois iniciaram uma discussão violenta, partindo para a luta corporal. Mesmo um herói como Perseu sairia perdendo no confronto com um titã. É aqui que as versões divergem um pouco. Muitas dizem que, para não ser massacrado por Atlas, Perseu mostrou a ele o rosto de Medusa, transformando-o no monte Atlas, a montanha que segura a abóbada celeste. Mais adiante vou lhes contar uma aventura de Héracles que envolve Atlas, uma aventura na qual o titã tem destino diverso. Mas deixemos isso para mais tarde e sigamos com Perseu em seu voo aos confins da Terra.

— Afinal, Atlas virou montanha ou não virou? — quis saber Milos.

— Para todos os efeitos, virou. Que o titã petrificado fique lá, sustentando os céus! Acompanhemos agora o voo do herói ao país dos etíopes.

Esse país era governado pelo rei Cefeu e pela rainha Cassiopeia, mulher tão orgulhosa de sua beleza quanto Medusa havia sido. Mas, em vez de ofender a deusa Atena, Cassiopeia se comparava às ninfas marinhas, as belas nereidas, filhas do deus Nereu. Por desmedido orgulho, o reino etíope foi engolido pelas águas e um monstro marinho, de proporções gigantescas, invadiu-lhe a zona costeira.

Era uma criatura abissal, horrorosa, com olhos malignos, injetados de sangue. Em sua bocarra voraz enfileiravam-se dentes pontiagudos entre os quais era possível ver cadáveres humanos despedaçados. Do mesmo modo que Medusa, aquele monstro assolava o país. Destruía toda e qualquer embarcação que se aproximasse, impedindo o comércio e isolando os habitantes, que tampouco podiam pescar. A população irou-se contra seus dirigentes, causadores daquele mal. Consultando um oráculo, Cefeu e Cassiopeia ouviram o triste veredicto: a maldição só se extinguiria se eles entregassem ao monstro sua filha virgem, uma adolescente chamada Andrômeda.

— Mas por que logo a menina? — indignou-se Leucoteia.

— Os oráculos revelam a vontade dos deuses, nem sempre compreensível aos humanos. E muitas vezes, por suas faltas, os homens são obrigados a entregar aos deuses o que eles têm de mais puro e caro.

O fato é que os pais se desesperaram, pois amavam a filha mais que tudo. Andrômeda era uma moça belíssima! Seus olhos brilhantes, sua pele de ébano e seu porte nobre causavam viva impressão em todos. Principalmente em Frineu, príncipe de um reino próximo, a quem Andrômeda fora prometida em casamento. Mas, ao ver o reino etíope amaldiçoado e a própria noiva na iminência de ser devorada pelo monstro, Frineu abandonou reino e noiva. Cefeu então não teve escolha: ordenou que acorrentassem a jovem Andrômeda num penhasco na praia.

De uma elevação próxima, ele e Cassiopeia ficaram vendo a filha gritar com medo de que o horrível monstro emergisse das águas profundas a qualquer momento. Ela soluçava e gemia. As lágrimas banhavam-lhe o rosto. Conta-se que os cabelos do rei embranqueceram todos de uma só vez à visão da filha acorrentada. E toda a luz se apagou em seu coração. A mãe, arrependida, ajoelhada, varada de dor, pedia aos deuses para morrer no lugar de Andrômeda.

Foi essa lamentável cena que Perseu deparou ao sobrevoar aquela terra, impressionando-se tanto pela dor dos pais como pela beleza da filha. Apaixonou-se então por aquela jovem desamparada, com os pulsos acorrentados à rocha. E em seu coração decidiu que a salvaria mesmo que morresse na empresa. Naquele momento, o peixe monstruoso emergiu. Seu tamanho era tal que as águas refluíram em ondas imensas, deixando ver o fundo do oceano. Embora assustado, o herói não perdeu tempo. Sabia que o rosto de Medusa nada causaria àquele ser de sangue frio. Teria de atacá-lo com sua espada.

Graças à sandália alada de Hermes, sobrevoou então o monstro e o feriu várias vezes no dorso. Apesar de grande, o animal não possuía agilidade fora da água e não pôde deter as investidas aéreas de Perseu. Foram necessários vários golpes de espada até que o bicho fosse perdendo a força. Já não havia parte dele que não esguichasse sangue. Por fim, num gemido rouco, o enorme peixe virou de barriga para cima e morreu. Extenuado, Perseu voou até onde estava Andrômeda e com sua espada partiu a corrente.

Laodemo se comoveu ao ver a expressão de alegria de seu público mais jovem. Mas foi uma comoção íntima, que não transpareceu para os outros. Sorriu e continuou:

— E naquele momento, meus queridos, Zeus, feliz pela ação nobre e heroica de seu filho, obrigou Nereu a revogar sua maldição. No mesmo instante as águas que inundavam o reino refluíram para o leito do mar e um júbilo imenso se apossou de todos. A alegria foi coroada pelo casamento de Perseu com a bela Andrômeda, união, como não poderia deixar de ser, abençoada pelos pais da jovem. Entretanto, quando as bodas eram festejadas em meio a muita festa, o príncipe Frineu apareceu reclamando a noiva.

— Estúpido! — Leucoteia não pôde conter sua revolta.

— De fato, todos se revoltaram com aquela aparição inesperada. O pai de Andrômeda disse que a promessa fora rompida no momento em que o noivo abandonou a princesa à própria sorte.

Mas Frineu não aceitou o argumento. Disse que, viva, a noiva continuava sendo sua. Claro que Perseu reagiu sem saber que Frineu viera prevenido para a festa. Trouxera um contingente numeroso de soldados com a intenção de raptar a noiva se fosse preciso. A um gesto dele, os soldados armados cercaram o lugar. Era iminente o combate entre os convivas e os homens de Frineu, combate numericamente desigual em favor dos soldados. Perseu, antevendo uma grande tragédia, pediu à família da noiva e aos convidados que se retirassem.

Angustiada, Andrômeda não queria abandonar seu salvador. Mas Perseu a tranquilizou. Tendo diante de si apenas inimigos, ele retirou de uma bolsa de couro a cabeça de Medusa e a ergueu bem alto. No momento em que viram a górgona, os soldados inimigos se transformaram num exército de estátuas. Frineu, escondido covardemente atrás deles, estranhou o silêncio. Chamou por seus homens e, ao tocar em seus corpos endurecidos, não acreditou. Apavorado, virou-se para pedir misericórdia ao herói e deparou o rosto de Medusa: ficou perenizado em granito, com os braços e o rosto numa expressão de súplica.

Os jovens reagiram com grande entusiasmo, conversando entre si. Leucoteia, que parecia mais envolvida com a história, perguntou:

— E aí eles casaram ou a festa teve de ser adiada?

— Casaram, sim, minha querida. E foram muito felizes. Perseu herdou o reino de Polidectes e findou seus dias de herói governando com justiça e bondade ao lado de Andrômeda. Ele devolveu as sandálias a Hermes e o escudo a Atena. Esta ficou também com a cabeça da górgona, que traz presa ao escudo para intimidar os olhares levianos.

Perseu reinou com equidade, sendo amado por todos. Apenas um último incidente marcou sua vida. Certa vez, convidado pelo rei dos pelasgos para uma competição esportiva, escolheu participar das provas de lançamento de disco. Um de seus lançamentos saiu da rota e acabou ferindo letalmente um ancião. Este, acreditem, era o rei Acrísio, avô do herói, aquele que o atirara às águas para escapar ao oráculo que predizia sua morte pelas mãos do neto.

O poeta cochichou para o dramaturgo e o filósofo que Laodemo atenuara um pouco a parte da luta com Frineu. Conforme outra versão, o ex-noivo de Andrômeda causara uma carnificina na festa. O historiador observou que a grande quantidade de variantes dos relatos permitia isso. Mas a verdade é que o contador, à diferença da noite precedente, quando falou para os adultos, parecia se dirigir aos jovens naquela manhã, e com evidente prazer. A presença das crianças e do sol o alegrava, assim como os demais adultos, que se divertiam tanto com os relatos como com a reação da assistência mirim.

— Mas, se Perseu foi feliz, esse não foi o destino de outro grande herói — prosseguiu Laodemo.

— Héracles?

— Não, Ledmo. Ainda não se trata de Héracles. Ânimo firme, que eu chego lá! Falarei agora de Belerofonte, um jovem valoroso e, por isso mesmo, muito apreciado pelos deuses. Ele, cujo nome verdadeiro era Hiponous, foi o primeiro a domar os cavalos selvagens e colocá-los a serviço dos homens. Também foi ele quem os atrelou à brida, inventando a carruagem. Por isso tornou-se famoso. Mas, durante uma caçada, matou sem querer seu irmão Beleros. Após o ocorrido, teve de fugir, pois muitos o acusavam de ter agido voluntariamente. Esse fato pertence a um passado obscuro, mas o infortúnio o marcou por toda a vida. Tanto que passou a se chamar Belerofonte, que significa "matador de Beleros".

O historiador sorriu, surpreso, mostrando desconhecer essa versão da história, e continuou a ouvir o ancião.

— Assim, fugindo de seu crime, alcançou as terras argivas, onde foi bem recebido pelo rei, que acreditou em sua inocência e se sentiu honrado por receber o famoso domador de cavalos. Contudo, um novo infortúnio ocorreu naquele lugar: a rainha se apaixonou por Belerofonte. Como este fosse indiferente a suas investidas, a mulher encheu-se de ódio e mentiu ao rei, dizendo que Belerofonte a estava assediando. O monarca entristeceu-se e ficou com o coração dividido: gostava do rapaz, mas agora o ciúme o atormentava. Ainda assim não teve coragem de atentar ele próprio contra a vida de Belerofonte, coisa que a esposa lhe pedia com insistência. Enviou então o herói a seu sogro, Iobates, na distante Lícia, e, por meio de uma carta, incumbiu este da morte daquele.

Iobates possuía um temperamento bondoso e hospitaleiro. Quando Belerofonte chegou à Lícia, após uma longa travessia marítima, o monarca logo percebeu que se tratava de um jovem incomum e admirou sua grande inteligência e capacidade. Imaginem então, meus queridos, sua surpresa ao receber o herói com aquela sentença de morte. Ora, Iobates era justo, e a carta, muito vaga para uma acusação tão séria. De qualquer modo, era um pedido de sua filha e do marido dela. Como negar-se a atendê-los? O rei angustiou-se. Não queria enfurecer os deuses sujando suas mãos com o sangue de um jovem valoroso...

— Mas enfureceu? — indagou Ledmo, sempre ansioso.

— Digamos que ele tenha encontrado uma solução. Naqueles tempos remotos, a Lícia também não estava imune ao ataque de horríveis monstros que, como eu disse, infestavam não só a Grécia, mas toda a Terra, de cujo ventre haviam nascido. Quando Belerofonte lá chegou, o interior daquele reino estava sendo devastado pela Quimera, besta híbrida com cabeça de leão, corpo de cabra e cauda de dragão. Expelia fogo pelas narinas e pela boca e se alimentava de qualquer coisa viva que encontrasse pela frente. Era tão grande e poderosa que todas as tropas enviadas por Iobates para exterminá-la tinham sido destroçadas. Alguns guerreiros em busca de fama também haviam tentado matá-la sem êxito. O rei da Lícia deu então a Belerofonte a missão de acabar com a Quimera. O bravo aceitou, mesmo sabendo que o desafio superava suas forças mortais. Contou, no entanto, com a ajuda dos deuses, que premiaram sua bravura dando-lhe o cavalo Pégaso, aquele nascido do sangue de Medusa. Disso vocês se lembram, não?

Os rostos dos menores, bastante intrigados, moveram-se afirmativamente.

— Pois então... Desde o momento em que saiu coiceando da caverna de Medusa, Pégaso errou pelo céu e pela terra, provocando sempre muito estrago com sua ferocidade. A deusa Atena viu o bicho e se afeiçoou a ele. Por que a deusa se afeiçoaria ao fruto de uma monstruosidade, ele próprio um animal híbrido? Talvez porque o cavalo fosse alado, e asas são sinal de natureza superior, da gloriosa liberdade olímpica. O fato é que Atena capturou o cavalo alado e, serena e sábia como é, adestrou-o pacientemente, tornando-o dócil e querido nas alturas do Olimpo. Por fim, batizou-o Pégaso. Depois, as musas o levaram para o monte Hélicon, onde habitam. Diz-se que, de um coice dele numa rocha da montanha, jorrou a fonte Hipocrene, tão cara aos poetas como a Castália, no Parnaso. Magnífico era ver aquele cavalo cruzando os céus, elegante em sua alvura.

Embora mais dócil, Pégaso não se dobrara à vontade humana, razão pela qual Atena deu a Belerofonte, antigo adestrador de cavalos, rédeas de ouro. Ele então conseguiu montar em Pégaso, ganhando os espaços amplos do firmamento. O cavalo lhe obedecia prontamente, e os dois como que se fundiam num único ser alado. Tão grande era a sintonia entre ambos que o cavalo parecia adivinhar as intenções do cavaleiro, subindo e descendo, mudando de direção a um sutil toque nas rédeas.

De tão maravilhado, Belerofonte se esqueceu da Quimera e passou a galopar pelo céu como numa campina que, em vez de relva, tivesse nuvens. A rapidez de Pégaso era impressionante: quando exigido, riscava o ar como um raio e atravessava em algumas horas distâncias imensuráveis. Naquele momento de euforia, Belerofonte sobrevoou as terras mais longínquas. Num mesmo dia percorreu as terras da Fenícia, Capadócia, Carmânia, Pártia, Drangiana e até mesmo a inacessível Cítia. Não bastasse isso, apostou corrida com a carruagem do Sol, chegando à frente do Dia. Avistou lá embaixo as lentas embarcações singrando os mares e, nos continentes, os homens presos a seus míseros passos.

Então recordou-se do monstro. Sem demora deu meia-volta, pois já se encontrava sobre a Etrúria e precisava regressar à Lícia. Deslizando entre correntes de ar, escutou de perto o ribombar dos trovões e sentiu na nuca o hálito quente das estrelas. Ouviu gravados no éter os gritos de desespero das vítimas da Quimera e seguiu o rastro dessas vozes até chegar ao campo devastado onde a fera incendiava árvores e plantios.

Como Perseu ante o enorme peixe, Belerofonte sobrevoava a Quimera sem ser atingido pelos espirros de fogo. Vindas do alto, suas flechas certeiras entravam, uma após outra, em todo o corpo do bicho: na cabeça de leão, no corpo de cabra, no rabo de dragão. Urrando de dor, levantava-se sobre as patas caprinas a fim de localizar a origem do ataque, mas o célere cavalo logo desviava virando para um lado e para o outro, desnorteando, confundindo. Até que uma das flechas trespassou a nuca do monstro, penetrando até o coração. Nenhum urro mais se ouviu: a Quimera tombou com um estrondo, levantando uma poeira vermelha que manchou as brancas construções da cidade vizinha.

— E Iobates, ficou agradecido? — Era Milos agora, sorrindo pela vitória espetacular.

— Sim, claro. Mas a gratidão é moeda frágil, Milos. Acuado pela filha e pelo genro, Iobates prosseguiu tentando matar o herói de diversos modos. Contudo, Belerofonte nunca foi vencido. Triunfou todas as vezes, pois era imbatível em seu Pégaso. Quem poderia alcançá-los? Até que um dia, convencido de que aquele jovem devia mesmo ser protegido pelos deuses, o rei Iobates desistiu de assassiná-lo e lhe deu uma filha em casamento. Agora, ele era dono das terras e dos ares, pois conservou o cavalo alado, com o beneplácito de Atena.

O contador parou um pouco, parecia indeciso se seguia em frente ou não. Por fim, resolveu:

— Mas esse herói não teve o destino feliz de Perseu. Sua queda não foi provocada por Iobates ou por quem quer que fosse, mas sim pelo orgulho que a invencibilidade fez crescer em seu coração. Belerofonte passou a considerar-se imbatível, quase um deus. Tanto que ambicionou ir com Pégaso ao Olimpo e penetrar no palácio dos deuses.

O que ele desejava? A imortalidade? A fama? O certo é que esse desejo foi crescendo em seu espírito até se tornar uma obsessão. Lembram-se da euforia de Dédalo ao voar com as asas que ele mesmo fabricara? Pois imaginem Belerofonte! Ele cavalgava um animal adestrado pela própria Atena. As asas de Pégaso não eram de cera, não derreteriam! A sensação de poder que o invadia quando ganhava o firmamento era inebriante: nada o deteria, flecha alguma o atingiria. As dele, no entanto, choveriam sobre as cabeças.

E certa tarde, ao ouvir a própria deusa Aurora proclamar sua admiração ante a beleza do voo de Pégaso, o coração de Belerofonte foi dominado pelo desejo de invadir a morada dos imortais. Fez então o cavalo dar uma guinada para cima. Mais um pouco, eia, mais um pouco, mais ainda, até vislumbrar o contorno da mansão olímpica. E galopou decidido naquela direção, embora a luz lhe ofuscasse a visão.

O próprio Pégaso, entretanto, se opôs àquela empresa ousada: num movimento brusco, desceu novamente a toda velocidade, contrariando pela primeira vez as ordens do cavaleiro. Num voo célere, perfurou as nuvens até aproximar-se do solo, quando então corcoveou, lançando Belerofonte por terra. O herói não morreu, mas não pôde mais montar o cavalo alado. Coxo por causa do tombo e cegado pela luz olímpica, passou a viver isolado. Envergonhado de si mesmo e desprezado pelos imortais, evitou o contato dos homens procurando por lugares ermos e caminhando apenas quando a deusa Noite atirava sobre o mundo seu suave manto de sombras.

***

Gaivotas passaram voando. Seus gritos estridentes pontuaram o fim da história. Um silêncio reflexivo dominou a encosta. As últimas palavras foram ditas lentamente, porque Laodemo ainda considerava a possibilidade de alterar o final. Mas o relato era narrado desse modo por gerações e gerações, desde tempos muito antigos. É que, naquele dia, o contador de histórias queria agradar aos jovens, contente por estar na presença deles, por sentir o calor da simpatia, a exuberância das reações, a inteireza. Achou que era hora de premiá-los.

— Bem... Bem... Então vamos continuar desenrolando o novelo, que afinal nos leva a... Héracles!

Ledmo, felicíssimo, cutucou Milos e Milto.

— Meus queridos... Aqueles que gostam de discutir e separar as coisas nisso ou naquilo perguntam-se: herói é qualquer alma valorosa que pratica atos ousados, como matar dragões e salvar pessoas, ou o termo só pode ser aplicado ao filho de um deus? Seja como for, Héracles é herói nos dois sentidos: filho de Zeus, sua mãe foi uma mortal, de nome Alcmena, neta de Perseu. Hera, a esposa de Zeus, odiava a rival Alcmena, pois pressentia que ela dera ao marido, dentre tantos, o filho mais querido. Ao contrário de Jasão, a quem apadrinhou, a rainha do Olimpo perseguiu Héracles de forma inclemente durante toda a existência do herói. Quando ele era recém-nascido, enviou duas serpentes para matá-lo ainda no berço. Mas o robusto bebê estrangulou as duas com tanta facilidade que assombrou o próprio padrasto, o marido humano de Alcmena, conhecido como Anfitrião. Este, por sua vez, consultou o vidente Tirésias sobre o futuro daquela criança. Tirésias profetizou, entre outras coisas, que o recém-nascido estava destinado a livrar o mundo de muitos monstros. Anfitrião, ao ouvir aquilo, educou o menino como se fosse seu filho, enviando-o aos maiores mestres, entre eles o centauro Quíron.

Como vocês imaginam Héracles? — perguntou Laodemo aos pequenos.

— Grande! — disse Milto.

— Muito grande! — precisou Milos.

— E forte! Muito, muito, muito, muito forte! — pontificou Ledmo.

— De fato, isso sintetiza bem nosso herói. Héracles foi o mortal mais forte que já existiu! Em minhas caminhadas pelo mundo, tanta coisa eu ouvi sobre Héracles que é difícil separar o certo do duvidoso, mas todos concordam no que se refere a seu tamanho e força, ambos incríveis. Dizem que um dia, ao fim de uma caminhada, tendo fome, ele matou um boi e o comeu inteirinho! Dizem também que eram necessários dois homens para carregar a taça de vinho que Héracles segurava com uma mão apenas. Em algumas narrativas ele é quase um gigante. Mas, apesar da barba, que sempre o envelheceu, ele possuía um temperamento infantil: irritava-se com a mesma facilidade com que perdoava e abria um sorriso, exibindo os vigorosos dentes. Sua risada, aliás, era famosa. Conta-se que um dia, ao participar de um banquete em sua homenagem, em Corinto, seu riso foi ouvido em Mégara.

— E isso é longe? — perguntou Leucoteia.

— São cidades vizinhas, mas não a ponto de se poder ouvir numa o que se fala na outra — disse Laodemo entre gargalhadas, fazendo coro com os demais adultos.

— E é verdade que ele matou um professor? — perguntou Learco, amigo de Cadmo e um dos mais velhos do grupo.

— Bem, diz-se que Héracles não era muito bom de canto. Desafinava bastante — informou Laodemo.

— Se cantasse, a Trácia toda o ouviria! — exclamou Ledmo, sem a menor intenção humorística, mas provocando o riso geral.

— E também não tinha jeito com instrumentos — prosseguiu Laodemo. — Imaginem aquelas mãos imensas tocando a lira! Mas chega de risos, a história é trágica. O que se conta é que Lino, seu professor de música, repreendeu-o muito severamente, fazendo com que Héracles, de temperamento impulsivo, atirasse

Dionisio Jacob

um instrumento em sua direção. Tanta era a força do herói que o instrumento, não sei dizer qual, atingiu a cabeça de Lino e o matou na mesma hora! Num arroubo de arrependimento, Héracles lançou-se sobre o corpo inerte do professor, lamentando-se aos gritos.

— Que foram ouvidos na Macedônia! — arriscou Ledmo.

— Isso ninguém sabe, querido Ledmo. A história nada diz a esse respeito, embora mostre essa vocação do herói para atitudes extremadas. E ele repetiu desastres como esse pela vida afora. Mas Héracles tinha o coração bondoso, sua generosidade era célebre. Existe, entretanto, uma história, igualmente difundida, que ilustra outra faceta do guerreiro e mostra um Héracles mais moderado e reflexivo. Conta-se que, quando se tornou adulto, ele foi a um lugar retirado para decidir como encaminharia sua vida. Duas deusas foram procurá-lo ali: a deusa da Virtude e a do Vício. A segunda era uma mulher opulenta e ofereceu a Héracles vida farta e pouco trabalhosa. A primeira, de beleza discreta, disse que ele teria um caminho de glórias se não se furtasse ao esforço. As duas discutiram entre si, cada qual querendo provar seu ponto de vista. Ao fim, Héracles decidiu-se por uma vida de lutas, dando vitória à Virtude. De decisão tomada, abandonou a reclusão e deu início a sua jornada pelos caminhos do mundo.

— Foi aí que ele lutou contra o leão de Nemeia? — adiantou-se Ledmo, que por isso levou um beliscão de Cadmo.

— Ainda não. Antes de iniciar seus famosos trabalhos, ele já havia realizado grandes feitos, que o tornaram conhecido entre deuses e homens. O primeiro deles teve lugar em Tebas, numa época em que a cidade era oprimida pelo rei da Mínia. Tão altos eram os impostos cobrados por aquele rei ganancioso que Tebas, onde reinava o padrasto de Héracles, vivia sufocada por problemas.

Um dia, quando retornava de uma caçada, o herói foi interceptado por mensageiros do rei da Mínia, que vinham justamente cobrar tributos. Enfurecido, Héracles botou todos para correr sem pensar nas consequências, que vieram em seguida: o rei dos mínios enviou um exército contra Tebas!

O pior era que, muito precavidos, os mínios haviam desarmado antes os tebanos. Mesmo assim, Héracles convenceu os jovens mais corajosos a resistir. Atena, comovida por esse esforço, chamou o herói e seus homens a seu templo. Deu a Héracles as próprias armas divinas e os outros puderam escolher as que os antepassados deles ali deixaram em homenagem à deusa. A deusa Vitória, de asas invictas, acompanhou os resistentes, que, assim protegidos, foram para a batalha com valentia e se saíram vencedores. Tebas estava livre do jugo mínio, e seus habitantes festejavam pelas ruas.

Apenas Héracles não comemorava, pois seu padrasto Anfitrião, que dele cuidara com tanto carinho, tombara durante a luta, atravessado por uma lança adversária. Tomado daquela fúria que o cegava totalmente, Héracles marchou sozinho até a capital da Mínia, arrebentou os portões da cidade, queimou o palácio real e causou tão grande destruição que os mínios levaram uma geração inteira para reerguer sua capital.

A fúria intempestiva do herói impressionou todos. Até Ledmo permaneceu calado sob o impacto daquela passagem.

— Foi a partir daí que a fama de Héracles passou a se alastrar pelo mundo. Ele se casou com a filha do rei de Tebas, que lhe deu três filhos. Essa felicidade, entretanto, transformou-se em imensa dor, porque a deusa Hera, que odiava aquele filho de Zeus, atacou-o de diversas maneiras. Na primeira delas, diminuiu-lhe a importância na sucessão do trono micênico. Como? Bem, Zeus proclamara que o primeiro bisneto do grande Perseu seria rei de Micenas, no território argivo.

É claro que ele bem sabia que esse bisneto seria Héracles, mas Hera boicotou o plano do marido. Agindo em segredo na gestação dos seres, fez com que Euristeu, também bisneto de Perseu, nascesse antes. Com isso, Euristeu herdou o trono de Micenas e grande poder sobre seu súdito Héracles. Imaginem a situação do herói, que, apesar da origem divina, tinha de se submeter ao reles Euristeu. Além disso, Euristeu também se ressentia da superioridade de Héracles. Temia que um dia o primo lhe usurpasse o poder. Não estava em Héracles tal coisa, mas aquela situação o aborrecia demais. Afinal, pensem bem: o inferior dava ordens ao superior, a mesquinharia controlava a generosidade, o menor sujeitava o maior, tudo estava trocado no trono de Micenas.

— E Zeus não fez nada? — perguntou Milto, indignado.

— Não. Ele temia a fúria de Hera, sua sempre zangada esposa. Assim, num primeiro momento, Héracles, revoltado com aquela condição, negou-se a obedecer a qualquer ordem de Euristeu. Furiosa por essa insubordinação, Hera não perdoou o herói e, conhecendo a natureza de Héracles, que facilmente o levava a atitudes extremas, cegou-o com a loucura. Em delírio, ele passou a ver por toda parte gigantes que o perseguiam, que queriam destruir tudo a sua volta. Enfurecido, Héracles respondia atacando o que via pela frente, e nessa fúria selvagem quis assassinar seu sobrinho Iolau!

Risadas tomaram conta do grupo de crianças, do qual fazia parte o gordinho chamado Iolau.

— Mas sossegue, querido, Iolau não foi morto. Veja o que aconteceu...

Tomado por alucinações, Héracles acabou matando a flechadas os próprios filhos. Vocês fazem ideia da reação dele quando o delírio passou? Ele amava os filhos como qualquer pai. Àquelas mortes somava-se a morte recente de Anfitrião. Abalado por todas essas perdas, Héracles caiu na mais profunda tristeza. E, como tudo nele era grande, seu amargor foi imenso: trancou-se e passou a evitar todas as pessoas. Durante muito tempo, quando os cidadãos de Micenas passavam em frente a sua casa, silenciavam em respeito ao herói. Um silêncio tão dolorido que acabaria por matar o próprio Héracles, se ele, recordando-se de sua origem, não reagisse. Certo dia, após muito tempo recluso, saiu decidido de casa e rumou para o palácio de Euristeu, ao qual declarou:

— *Cometi atos abomináveis que quero expiar. Por isso me ponho em suas mãos. Estou pronto a obedecer a suas ordens. Peça de mim o que quiser, e eu o farei sem pensar!*

Euristeu sorriu. O que mais ele poderia querer agora que tinha o destino do primo nas mãos?! Como Pélias diante de Jasão, Euristeu propôs a Héracles algo tão difícil que pudesse liquidar o herói na empresa. Do Olimpo, Hera sorria por sua vitória particular. Mas Zeus, a seu lado, embora mantivesse o semblante grave e indecifrável, sorria por dentro: sabia que aquela missão elevaria seu filho acima de todos os outros heróis. Assim, a pedido de Euristeu, Héracles foi a Nemeia matar uma fera formidável.

— O leão!

— Sim, querido Ledmo, o leão! E, já que você está tão ansioso, me diga: como era esse leão? Maior que um leão comum, com certeza!

— Muito maior!

— Maior quanto?

— Dez vezes maior!

— Bem — disse Laodemo, rindo. — Talvez nem tanto... Mas o que importa? Digamos que o bicho era colossal e estava devastando as florestas da Argólida. E como Héracles matou a fera, Ledmo?

— Primeiro atirou flechas.

— E...?

— A pele do leão era muito dura! As flechas batiam e caíam no chão.

— Certo. E o que ele fez?

— Tentou acertá-lo com uma clava de ferro. Mas a clava partiu--se ao meio!

— Sem armas, como ele fez?

— Matou-o com as mãos!

— Exato. Pulou no dorso do leão e quebrou-lhe o pescoço. Depois arrancou a pele da fera e fez uma capa, como Jasão havia feito com a pantera, recordam-se? A cabeça do leão ele usou como uma espécie de capacete.

Após essa luta, todos passaram a conhecer o herói. Mas, antes de arrancar o couro do bicho, Héracles atirou-o aos pés de Euristeu, como prova de seu êxito. E qual não foi o susto de Euristeu ao ver aquele leão enorme morto à unha. Deve ter ficado pálido ao pensar que, se quisesse, Héracles poderia expulsá-lo daquele trono com um piparote! Sua sorte é que seu primo tinha um forte sentido de honra, era um homem de palavra. De todo modo, resolveu enviá-lo para trabalhos cada vez mais distantes de Micenas a fim de se livrar daquela presença incômoda. O trabalho seguinte do qual o incumbiu foi na cidade de Lerna.

— A Hidra! — gritaram Ledmo, Milos e Milto ao mesmo tempo.

Os demais adultos riram do entusiasmo das crianças. O contador, embora não gostasse de ser interrompido, abria exceções, principalmente ao detectar uma energia acumulada que transbordava para a história, o que ocorria quase sempre com crianças. Mas, nesse dia em especial, era possível ver o deleite dos meninos. Como Ledmo participava da narrativa sobre o leão de Nemeia, seus amigos também ansiavam por falar. Assim, Laodemo incentivou outras participações:

— E a Hidra, como era, Milto?

— Muito grande. Bem maior do que o leão! E tinha nove cabeças, ao passo que o leão tinha uma só!

— Alguns exagerados chegam a falar em cinquenta cabeças! — acrescentou Laodemo. — Mas nove é mais do que suficiente para aterrorizar quem quer que seja, não? Ainda mais sabendo que uma delas era imortal. A Hidra vivia num pântano cheio de restos de coisas mortas, um charco lamacento e pútrido cuja profundidade chegava até o Hades. Imaginem o cheiro daquele lugar... Mas diga, Milto, Héracles cortou as nove cabeças de uma vez?

— Ele cortava, mas nasciam outras no lugar!

— Ainda isso! E a coisa não para por aí. Vendo que o herói lutava bravamente, Hera mandou um grande caranguejo beliscar o calcanhar dele. Já pensaram? Ter de lutar contra a Hidra de nove cabeças, que renasciam cada vez que eram cortadas, sendo mordido ao mesmo tempo por um caranguejo? Mas Héracles resolveu esse último problema com um formidável pisão, que matou o caranguejo na hora. Depois, pediu ajuda a seu sobrinho Iolau, aquele que ele quase matara em seu acesso de loucura.

Os outros meninos olharam com certa inveja para o Iolau da assistência, ali ao lado. Era como se, só por ter o mesmo nome do sobrinho de Héracles, ele estivesse magicamente integrado à narrativa.

— Com o auxílio do sobrinho, Héracles ia queimando as cabeças cortadas com uma tocha. A intenção era cauterizar as feridas a fim de evitar o surgimento de novas cabeças, no que teve êxito. A cabeça imortal ele enterrou bem fundo. E pronto! Mandou avisar a Euristeu que acabara com a Hidra. Apavorado, o primo o enviou para outro trabalho: acabar com o javali que vivia em Erimanto, uma montanha da Arcádia.

Laodemo voltou-se para as crianças:

— Essa fera também provocava muitos estragos na região. E era... Como vocês acham que era? Maior ou menor que o leão de Nemeia?

— Maior!

— Menor!

— Igual!

Já não dava para saber quem tinha falado o quê. Todos queriam participar.

— Vamos lá, querido Milos, diga você.

— Não sei bem o tamanho, mas era muito feroz. E Héracles o apanhou vivo!

— Realmente é o que dizem. Contam também que fez questão de o levar vivo até Euristeu. E este... sabem o que ele fez? Escondeu-se dentro de um vaso até que o primo matasse a fera de vez. E, sem perder tempo, enviou Héracles para um novo trabalho: capturar a corça dos pés de bronze. Diga lá, Leucoteia, como era essa corça?

— Tinha as patas de bronze e os chifres de ouro.

— Muito bem. Só isso?

— Era muito veloz. Ninguém a alcançava.

— E mesmo Héracles nunca correu tanto em sua vida! Vejam só... Sabendo, porém, que a corça era consagrada a Ártemis, Héracles decidiu capturá-la viva, em vez de matá-la com flechas. Perseguiu-a um ano inteiro! Sabem lá o que é isso? Nessa corrida desabalada, chegou ao país dos hiperbóreos, aquela terra em que as pessoas ainda vivem como na Idade do Ouro. Mas, mesmo ali, a corça lhe escapou, retornando à Arcádia. Héracles foi atrás, incansável, atravessando montes e florestas, rios e vales, correndo e correndo. Depois disso, sua persistência ficou famosa. Ele por fim pegou o bicho na Arcádia, quando ela cruzava o rio Ládon. Euristeu sabia que a tal corça não representava risco à vida do primo, mas servia para mantê-lo afastado por bastante tempo. Ainda assim, quando soube que ela finalmente fora apanhada, irritou-se a valer. Seus conselheiros agora possuíam informações detalhadas de muitos flagelos, e logo Euristeu fez outra exigência ao primo: que exterminasse as aves do lago Estínfalo! Alguém sabe o que eram essas aves? — perguntou.

Todos pareciam saber. Laodemo riu, pois poderia contar essas histórias novecentas vezes, que eles pareciam não esgotar a capacidade de ouvir. Apontou para Iolau:

— Fale você, Iolau, como eram as tais aves?

— De ferro. Tudo de ferro: bico, asas, penas, garras. Ah! E atiravam dardos nas pessoas... Dardos de ferro!

— E eram muitas, não?

— Muitas... muitas... muitas, demais!

Percebendo que o menino não conseguia dar uma ideia mais concreta da quantidade, auxiliou:

— E o que acontecia quando elas voavam?

— Tapavam a luz do sol!

— Isso mesmo! E todas agora estavam infestando a bela Arcádia, na região do lago Estínfalo. Muito agressivas, exterminavam os rebanhos e matavam muita gente. Era uma tarefa considerável.

Atena uma vez mais auxiliou o herói, emprestando-lhe um címbalo de bronze. Ao ser tocado, esse címbalo produzia um som muito vibrante, porque o bronze de que era feito vinha das forjas de Hefesto, o ferreiro divino. O som que saía do instrumento era insuportável para aquelas aves.

Héracles então pediu novamente ajuda ao sobrinho. Enquanto Iolau tocava o címbalo, espantando as aves, Héracles as atingia com flechadas certeiras, que, atravessando as penas de ferro, iam direto ao coração. O som desnorteava os pássaros, convertendo-os em alvo fácil para a excelente pontaria do herói. Assim mesmo, dada a quantidade de aves, foi um trabalho demorado. Não se sabe se todas foram mortas, mas, se restou alguma, jamais voltou a assolar aquela região.

Quando Euristeu soube que a tarefa fora concluída com êxito, ficou fora de si. Sua bile ferveu, esverdeando-lhe o rosto. Apanhou a lista de flagelos, sempre atualizada por seus conselheiros, e pediu a Héracles para fazer mais e mais trabalhos! Aquilo parecia não ter fim. E que trabalhos foram esses?

— As Amazonas!

— O touro de Minos!

— Os cavalos de Diomedes!

Todos gritavam ao mesmo tempo, de modo que o ancião foi obrigado a pedir silêncio com certa insistência, mas sem dar bronca. Era perceptível que Laodemo se divertia muito.

— Calma, meus queridos, calma. Vamos por partes... Sim, ele domou um touro furioso na ilha de Creta e o levou vivo para Euristeu, que o deixou fugir. O touro foi parar nas planícies de Maratona, onde fez muitos estragos. Héracles teve de ir até lá e, dessa vez, matou o irascível animal. Alguns, entretanto, contam que foi Teseu quem, mais tarde, o matou. De qualquer maneira, a questão do touro estava encerrada. Inconformado, Euristeu enviou Héracles à Trácia, ao reino de Diomedes. O que acontecia por lá? Vamos lá, Learco! Você está muito quieto.

— Ah, eram cavalos bravos. Eles se alimentavam de carne humana.

— E você me diz isso nessa calma? Eram cavalos terríveis, que vomitavam fogo! Estraçalhavam quem encontrassem pela frente. Devoravam gente todos os dias! Diomedes era um homem conhecido pela crueldade e pelo sadismo. Conta-se que todos os estrangeiros que chegavam a seu reino e não caíam em suas graças tornavam-se pasto certo para os tais cavalos. E parece que ele gostava de apreciar o espetáculo! Bem, Héracles acabou com a festa. Quando viu de perto o que acontecia ali, foi possuído por uma daquelas crises de fúria que bem conhecemos: num rompante destruiu o palácio e entregou Diomedes para ser devorado pelos próprios animais. Depois desse trabalho, Héracles, para alegria de seu tio, embarcou na expedição dos Argonautas. Mas isso eu já contei ontem!

Antinoé, a mais velha das meninas, perguntou timidamente:

— E as Amazonas?

— Já chegaremos lá. O que você sabe das Amazonas?

— Que eram mulheres guerreiras. Invencíveis. Nenhum homem as derrotava.

Learco piscou para Cadmo, com sorriso malicioso.

— De fato, você está coberta de razão, Antinoé. Essas mulheres viviam da caça e do saque. Ninguém resistia quando elas atacavam uma cidade, montadas em cavalos selvagens, vestindo peles de animais e soltando gritos ferozes. Você sabe onde ficava a nação delas?

Antinoé fez que não. Ledmo se agitou:

— No Euxino!

— Isso, Ledmo, em algum lugar do Ponto Euxino. Eram mulheres impressionantes. Além das peles de animais selvagens, usavam na cabeça uma espécie de capacete com plumas de aves, que variavam em quantidade e qualidade de acordo com a posição hierárquica da guerreira. Andavam sempre armadas com seu arco, uma aljava guarnecida com muitas flechas e um machado, que manipulavam com mestria. Para se proteger dos ataques, levavam um escudo de couro em forma de lua crescente. Muitas vezes juntavam-se aos homens somente para procriar, conservando apenas as filhas mulheres.

— E os meninos? — angustiou-se Iolau.

— Em nome da verdade, devo dizer que eram abandonados ou mesmo mortos. Eram mulheres duras, fiéis a uma tradição rigorosa. E o que Héracles foi fazer entre elas? Bem, Euristeu tinha uma filha, provavelmente uma princesa mimada, que, por algum motivo obscuro, desejou possuir o cinturão da rainha das Amazonas. Vocês sabem, uma pessoa muito caprichosa não tem limites, ainda mais se o pai dela manda em todo mundo. Incumbido da nova missão, Héracles, recém-chegado da expedição dos Argonautas e ainda abalado pela morte de seu protegido, juntou todas as suas forças e mais um bando de valorosos voluntários. Rumaram imediatamente em direção ao mar Negro, seguindo os rastros da nau Argos. Depois de muito viajar, Héracles chegou enfim ao reino das Amazonas, cuja rainha se chamava Hipólita. Para sua agradável surpresa, ela cedeu-lhe sem problemas o cinturão, mostrando-se mesmo honrada por ele ser visto como um troféu em terras estrangeiras. Nesse ponto, Hera resolveu agir: disfarçou-se de amazona e espalhou entre as guerreiras que Héracles pretendia seduzir a rainha. O estratagema deu certo. Iniciou-se o mais terrível combate entre elas e os guerreiros de Héracles, que seriam totalmente dizimados, não fosse o herói. E o que aconteceu?

— Héracles venceu — disse Ledmo, adiantando-se aos outros.

— Sim, mas como a aventura terminou?

— Héracles levou o cinturão para a filha do rei Euristeu — respondeu Leucoteia.

— E o rei Euristeu o mandou fazer outro trabalho! — completou Milos.

— A coisa parecia não ter fim... Euristeu não iria desistir enquanto não visse Héracles morto. Daquela vez tudo o que ele arrumou foi um trabalho sem monstros ou mulheres guerreiras, mas que fazia mal ao estômago!

— As estrebarias de Áugias! — gritou Ledmo, num salto, no afã de falar antes dos outros.

— Sim, meu querido, mas não precisa se agitar tanto. O que havia nas estrebarias do rei Áugias, Learco?

— Muito estrume.

Gargalhadas sonoras vieram de todo lado.

— Disse tudo, meu querido. Imaginem três mil reses que havia anos faziam suas necessidades ali sem que ninguém limpasse. Conforme um costume antigo, hoje em desuso, os estábulos ficavam em frente ao palácio de Áugias. Devia ser difícil almoçar por lá. Podem rir! O cheiro penetrava as narinas dia e noite, noite e dia. Já pensaram dormir com todo aquele "perfume"? As pessoas viviam tristes, sufocadas pelo ar fétido. Esse gesto tão simples e ao mesmo tempo tão vital de sorver o ar, respirar, transformara-se numa fonte permanente de angústia. A própria paisagem parecia descolorir-se, os humores tornaram-se mórbidos. Pensem nisso: um mau cheiro constante, sem parar um segundo sequer!

Laodemo deu o tempo necessário a tal reflexão. Satisfeito, continuou:

— Bem, quando Euristeu soube que Áugias estava oferecendo uma grande recompensa para quem limpasse os estábulos, enviou o primo. Sua intenção era diminuir o herói perante todos! Dar-lhe uma tarefa menor, indigna, que o fizesse voltar com as mãos sujas de estrume. Assim mesmo ele foi. Sua palavra estava dada: faria tudo o que Euristeu mandasse, não? E para um herói isso basta. A passos largos, Héracles se pôs a caminho da Élida, onde ficavam as tais estrebarias. Lá chegando, apresentou-se a Áugias imediatamente. Este, como não poderia deixar de ser, impressionou-se com seu porte. Prometeu a ele um décimo de seu rebanho, caso cumprisse a tarefa. Depois se arrependeu, pois viu que aquela criatura era bem capaz de fazer o serviço e não queria perder tantos animais assim. Chamou Héracles de novo e impôs a seguinte condição: ele teria de fazer aquela limpeza num único dia! E então, Learco? Continue...

— Héracles desviou o curso de um rio e limpou tudo.

— Você diz isso como se fosse o mesmo que beber um copo de água. Força, rapaz! Sabe o que significa desviar o curso de um rio? Em um dia? Pois Héracles desviou o curso de dois! O do rio Alfeu e o do Peneu. E ainda abriu um canal que passava pelas estrebarias. Áugias estava em seu palácio, já acostumado ao fedor, achando que o louco do Héracles devia estar lá fora com uma pá, limpando o estrume feito um alucinado. Então ouviu um estrondo e se assustou. Foi até a sacada do palácio e, com absoluta surpresa, deu com aquele mundo de água atravessando seu terreno e limpando tudo, varrendo todo o estrume para longe. Os habitantes do lugar choravam de alegria, saudando o herói. Tudo o que faziam era abrir as narinas e cheirar, cheirar, cheirar! Cheiravam e dançavam! Como o ar era doce! Como as coisas cheiravam bem! Que coisa rica aquela enxurrada varrendo toda a porcaria! Que bom era aquele cheiro da água no solo, da água limpando tudo, lavando o chão e a alma também! Abraçavam-se, sempre chorando, e davam mais vivas ao herói. E Áugias? O que fez Áugias, Learco?

— Recusou-se a pagar Héracles.

— Impressionante como esse menino é calmo! Learco, Áugias foi desonesto! Desonesto! É impossível não se indignar com a desonestidade, grande ou pequena. E nesse caso ela era gigantesca. Héracles não desejava tanto ter o rebanho, mas era um homem íntegro. Enfurecia-se com a falta de palavra e a desonra. Quando Áugias viu aquele imenso semideus enraivecido a sua frente, vacilou, tremeu, deu uma desculpa e disse que seu filho Fileu decidiria a questão. Talvez os dois estivessem de combinação, mas Fileu, não se sabe se por honestidade ou medo, decidiu em favor de Héracles. Na mesma hora Áugias, furioso, deserdou o filho e não quis pagar. E aqui temos outro daqueles momentos em que Héracles perde a cabeça, tomado por uma fúria cega: não só destruiu parte do palácio de Áugias, como terminou matando o rei desonesto. Depois chamou Fileu e lhe entregou o que restava do palácio. Como sempre acontecia nessas horas, saiu pelo mundo feito um desesperado, atormentado por não conseguir controlar-se. Ainda assim, o inclemente Euristeu não permitiu que ele repousasse. Pensou que, se nenhuma criatura vivente era capaz de derrotar Héracles, talvez o cansaço o fizesse. Por isso logo ordenou outro trabalho. Alguém me diz qual seria?

Houve um silêncio. As crianças, absortas, puxavam pela memória. A voz receosa de Leucoteia rompeu o mutismo:

— As maçãs de ouro?

— Ainda não, minha querida. Antes Héracles teve de levar para Euristeu o gado do gigante Gerião. Mas não vamos falar sobre isso ainda. É importante pensar no seguinte: nessa altura, após ter realizado tantos feitos grandiosos e memoráveis, Héracles já era admirado não apenas na Grécia, mas em todo o mundo. A deusa Fama, cujas asas indiscretas espalham com rapidez os sucessos de seus protegidos, fez com que o nome do herói fosse pronunciado em línguas muito distantes do grego. Isso, claro, enfurecia Hera. A seu lado, Zeus mantinha-se grave e quieto, pois não queria que sua consorte continuasse prejudicando seu filho. Por dentro sorria. Héracles consumara seu destino heroico! Por toda parte comentavam-se seus trabalhos com profunda admiração. Alguns talvez exagerassem, mas tantas eram as façanhas do herói que ficaríamos aqui meses para narrá-las todas.

Claro que a glória crescente de Héracles afetava Euristeu. A sua volta, as pessoas se afligiam: "Até quando vão durar esses trabalhos?". Ele desconversava. Falava uma coisa, depois outra. O clamor crescia. Pressionado, garantiu que aquilo terminaria quando Héracles completasse dez trabalhos! Contas eram feitas e a grita voltava: "Mas ele já completou dez trabalhos!". Então, Euristeu desclassificava alguns feitos, fosse o do touro de Creta, fosse o do javali de Erimanto. Sempre faltava algum trabalho para que Héracles cumprisse o trato arbitrário. Foi quando Euristeu soube dos bois de Gerião. E quem era Gerião?

— Um gigante! — responderam três crianças ao mesmo tempo.

— Mais um. E colossal! Vivia na Ibéria, guardando os limites ocidentais da Terra. Ali perto havia uma ilha de nome Eritreia, conhecida também como "terra vermelha", pois os raios do poente sempre incidiam sobre ela. A partir daquele ponto a carruagem do Sol penetrava nas águas do mar. Naquela ilha crepuscular, o gigante Gerião guardava um rebanho de inigualáveis reses de cor marrom-avermelhada. Euristeu quis para si aquele gado estupendo. A esperança de que Héracles não retornasse vivo de um trabalho voltou a florescer em seu coração. Afinal, Gerião era uma criatura fenomenal. As coisas que se falavam sobre ele e seu reino eram todas miraculosas. Diga lá, Ledmo, já que está tão ansioso...

— Ele era do tamanho de uma montanha, tinha três corpos, três cabeças, seis braços e pernas...

— E três filhos gigantescos, cada qual com três exércitos!

— E um cão de duas cabeças mais um dragão de sete!

— Há dúvidas quanto ao dragão. De qualquer modo, até Héracles achou o trabalho dificílimo. Contudo partiu. Quando atravessava a Líbia, foi atacado por outro gigante, chamado Anteu. Esse gigante, um dos filhos da Terra, redobrava sua força quando tocava o solo materno. Héracles teve de erguê-lo no ar para, desse modo, sufocá-lo. Os moradores do lugar agradeceram ao herói o fato de se verem livres daquele monstro. Além dele, Héracles exterminou terríveis animais de rapina que infestavam a Líbia. Se ficasse por lá, seria um rei e um deus, mas seguiu em frente.

Depois disso, atravessou um deserto abrasador. Furioso com o calor e a sede, atingiu o deus Sol com uma flecha. Não se sabe ao certo se seu alvo era o antigo deus Hélio ou Apolo. O fato é que o deus, admirado da ousadia, deu-lhe um capacete para ajudá-lo no combate.

Nesse momento da narrativa, a atenção foi dispersa por risos: Érgona vinha vagando pelo declive com uma expressão ausente.

— Parece que temos mais alguém vagando pelo deserto... — disse Laodemo, sorrindo.

Érgona alternava dias de lucidez com outros em que a caduquice desligava uns fios em sua cabeça. Aí ela esquecia quem eram as pessoas e onde estava, exatamente como naquele momento. Cadmo foi buscá-la, e a velha, quando viu o grupo, abriu um sorriso que, não fosse pela absoluta falta de dentes, pareceria o de uma garotinha perdida reencontrando a família. Sentou-se, muito satisfeita, entre as crianças.

O filósofo comentou baixinho com o historiador que a presença dela tornava mais impressionante a extraordinária lucidez de Laodemo.

— Bem — recomeçou o contador, procurando o fio de seu novelo de histórias —, muito mais se conta daquela viagem.

Numa região de vários rios, Héracles teria fundado uma cidade fabulosa com cem portas. Conta-se também que ele abriu uma montanha ao meio e ergueu ali imensas colunas, as quais receberam seu nome. Bem... Depois de muitos feitos nessa peregrinação interminável, ele alcançou as raias do Ocidente e se defrontou, afinal, com Gerião. O cão de duas cabeças foi morto de imediato com uma clava. E, antes que o gigante pudesse chamar os filhos e seus exércitos, Héracles saltou sobre ele. A luta entre os dois fez tremer os alicerces da Terra. Um grande terremoto atingiu parte do continente. Como não queria infligir mais estragos à Terra, Héracles acabou matando Gerião com uma flecha no estômago, acertando o exato ponto de união de seus três corpos. Alguns dizem que os filhos do gigante fugiram, aterrados com o poder do herói. Outros contam que Héracles os venceu também, usando o capacete solar. Dizem que até a deusa Hera levou uma flechada tentando ajudar os adversários de seu desafeto!

— E levou mesmo? — indagou Leucoteia.

— Conto apenas o que ouvi, minha querida. Muito se falava de Héracles, sempre se aumentando um ponto ou exagerando alguma passagem. E não é que, de volta a Micenas, ele ainda teve um entrevero com outro gigante? Vinha trazendo as reses de Gerião para Euristeu, cumprindo sua promessa, quando passou pelo monte Aventino. Cansado, resolveu dormir. Amarrou o rebanho e caiu em sono profundo. O gigante Caco, que habitava as cavernas daquele monte, aproveitou-se do momento. Já conhecia a fama do herói e não queria combater com ele. Levou algumas reses enquanto ele dormia, mas foi descoberto pelo mugido dos animais furtados. Héracles encontrou a caverna em que o gigante se escondia e, depois de uma luta que fez o monte trepidar, matou-o. Os moradores da região, agradecidos, levantaram um altar para o herói.

— Mas então ele fez muito mais trabalhos do que dizem! — indignou-se Milos.

— Se você incluir essas tarefas extras, sim, com certeza! A ponto de ninguém mais saber a quantas andava aquela conta. E imaginem agora o maravilhamento das pessoas quando Héracles entrou em Micenas com a manada das mais belas reses já vistas! A notícia de seus feitos o precedera. Todos homenageavam o herói que estava libertando o mundo de gigantes e feras hediondas. Euristeu, na sacada de seu palácio, dividia-se entre a felicidade ao ver passar aquele gado que agora lhe pertencia e o ódio por ver Héracles robusto, ainda com energia para soltar sua famosa gargalhada. Afirmando que a conta ainda não atingira dez trabalhos, mandou-o de volta para o lugar de onde ele viera. "Mas, não...", gritavam vozes angustiadas. "Esse foi o décimo!"

— E foi mesmo! — Ledmo revoltou-se.

— Bem, ninguém conseguiu convencer Euristeu disso. E agora o rei delirava com trabalhos cada vez mais improváveis. Tanto que pediu ao primo para buscar as maçãs de ouro do jardim das Hespérides. Vamos, Leucoteia, diga lá o que sabe das tais maçãs!

— As maçãs de ouro foram um presente de casamento para Zeus e Hera.

— De quem?

— Da deusa Terra.

— Perfeito! Elas ficavam num jardim sagrado, guardadas por um dragão de cem cabeças. Onde? Ninguém sabia. Nem Héracles... Esse era o grande achado de Euristeu!

Quer dizer, as pessoas tinham uma vaga ideia de que esse jardim situava-se em algum lugar do Ocidente, numa região próxima das ilhas Afortunadas e da ilha de Eritreia, de onde Héracles acabara de chegar! E lá se foi ele novamente pela Trácia, Ilíria, Etrúria, Ibéria... E novamente encontrou gigantes, que matou, e adversários, que venceu, deixando um rastro de agradecimentos sinceros, admiração e espanto. Mas nem sinal do jardim. Ninguém fazia a menor ideia de onde estavam as maçãs de ouro. Até que, ao cruzar o rio Erídano, algumas ninfas lhe sugeriram que fosse ter com Nereu, deus das águas, pai das nereidas. Ele era conhecedor de muitas coisas e decerto sabia onde ficava o jardim sagrado.

O problema era falar com Nereu, divindade esquiva, famosa por metamorfosear-se no que quisesse. Convenhamos: impossível capturar alguém que ora é uma coisa, ora outra... peixe, tigre, pedra, ave, água. Héracles, entretanto, dominou-o ao reconhecer sua forma primeira e não o soltou antes que ele lhe indicasse o caminho correto. De posse dessa informação, o herói se dirigiu ao Cáucaso, onde, entre outras coisas, libertou Prometeu e encontrou o local em que Atlas suportava nos ombros o peso dos céus.

— Aquele que Perseu transformou em montanha! — recordou Ledmo.

— Exatamente! Aqui voltamos a encontrar aquele fio — respondeu Laodemo, satisfeito com a atenção da assistência. —Atlas era tio de Héspero, pai das Hespérides, quatro virgens cuja mãe era a Noite, e que vigiavam a árvore com as maçãs de ouro, ao lado do dragão de cem cabeças. Era a mais linda visão: havia naquele lugar a pureza das coisas intocadas e jamais vistas. A árvore com as maçãs douradas calou fundo na alma do herói, desgostoso por profanar aquela beleza. Talvez o encanto das maçãs lhe reprimisse a natural impulsividade. Quem sabe pela primeira vez ele não quisesse usar de violência? O titã Prometeu, grato por ter sido libertado, aconselhou Héracles a não roubar ele próprio as maçãs. Lembrem-se de que elas eram presente de casamento de Zeus e Hera. De Hera! Da raivosa Hera, que odiava Héracles. Prometeu sugeriu a Héracles que pedisse a Atlas para apanhar as maçãs, o que ele faria só para se ver livre, por alguns instantes, do insuportável peso que carregava.

— E assim Héracles não profanaria ele próprio o jardim! — lembrou Leucoteia.

— Disse bem. E foi o que aconteceu... Quando Héracles se propôs segurar um pouco os céus em seu lugar, Atlas não pensou duas vezes. O herói teve de usar toda a força para substituir o titã, pois a abóbada celeste carregada de estrelas era tremendamente pesada. Percebeu que, ao contrário do titã, poderia suportar aquele peso por pouco tempo. Só que, ao voltar com as belíssimas maçãs douradas, Atlas não quis mais escorar os céus. Experimentara o gostinho de viver sem aquele esforço esmagador. Héracles, usando de astúcia, disse que ficaria de bom grado no lugar de Atlas, só queria pôr uma coisa macia na cabeça para que o peso não o machucasse demais. Que Atlas segurasse apenas um pouco mais... O ingênuo titã fez o que o herói lhe pediu e até hoje carrega o firmamento nas costas.

A plateia se dividiu com a esperteza do herói, entre risos sardônicos e olhares abismados, calculando a extensão da tarefa de Atlas. Leucoteia disse que Héracles agira de modo traiçoeiro, entrando em discussão com Ledmo, Milos e Milto, que defendiam seu herói:

— Não fosse isso, hoje estaríamos esmagados. Ele salvou a gente!

Laodemo teve de insistir bastante para conseguir ser ouvido:

— Certo ou errado, o fato é que Héracles voltou a Micenas. Quando Euristeu viu aquelas maçãs maravilhosas, sabem o que fez?

— Tomou-as para si! — gritou Iolau.

— Não! Sua raiva era tão grande que ele nem conseguiu apreciar a beleza divina daqueles frutos. Pensava apenas em atingir o herói de modo cruel. Disse-lhe então que não queria mais as maçãs, tornando inútil toda aquela trabalheira. Devolveu-as a Héracles com um desdenhoso agitar de ombros.

— E Héracles? — agitou-se Leucoteia.

— Depositou as maçãs no templo de Atena, que as levou de volta ao jardim das Hespérides, onde se encontram até hoje. Assim,

Euristeu pôde exigir que Héracles fizesse mais um trabalho. Reuniu seus conselheiros e pensou muito. O que ele fizera até então? Transformara Héracles no maior herói de todos os tempos, num benfeitor dos homens, alguém querido e admirado por todos. Zeus, ao contrário de sua esposa, sentia grande alegria por seu filho. Hera então soprou ao pensamento de Euristeu uma inspiração: fazer com que Héracles fosse até um lugar onde sua força não tivesse poder. E que lugar seria esse?

— O mundo inferior? — arriscou Antinoé.

— Não precisa falar baixinho, minha querida... Você está certíssima! Ali no reino de Hades, nos Ínferos! O triste lugar para onde vão as sombras dos que morrem. E a tarefa da qual o incumbiu Euristeu era ainda mais difícil do que apanhar os pomos de ouro. Consistia em trazer para a superfície da terra o cão que guarda a entrada dos Ínferos, de nome Cérbero. Esse monstro possui três cabeças com bocas terríveis, das quais goteja sem parar uma baba venenosa. Seu rabo é uma cauda de dragão e, em seu dorso, serpentes se retorcem. Mas a dificuldade da tarefa não era somente apanhar esse cão sinistro, pois já vimos que criaturas dessa espécie jamais assustaram o herói. O mais difícil era penetrar naquele reino vedado aos vivos. E, uma vez lá dentro, sair! Sem auxílio, Héracles não poderia dar conta dessa tarefa. Os imortais, contrariando Hera, se mobilizaram em seu favor. Atena, a pedido de Zeus, inspirou Héracles para que fosse até a Ática, mais precisamente à cidade de Elêusis, onde havia o famoso oráculo de Apolo. E o deus dos mistérios, por intermédio de seus sacerdotes, ensinou a Héracles a doutrina dos três mundos.

— Que doutrina? — indagou Ledmo, espantado.

— Uma doutrina antiga segundo a qual os humanos pertenceriam a duas naturezas: a inferior, que dividimos com os animais, e a superior, que dividimos com os deuses. A inferior nos prende à cadeia das necessidades e a superior nos inspira com o desejo de liberdade. Do alto vêm a justiça, a beleza, a harmonia, a sabedoria e a bondade. Embaixo a lei severa é uma só: peixe grande come peixe pequeno!

Os adultos riram da última observação de Laodemo, ao passo que, pela expressão dos menores, podia-se notar que aquilo havia soado abstrato. Entre essas duas atitudes ficaram os meninos mais velhos, como Cadmo, Learco e Antinoé, pois já se encontravam na idade em que essas questões se tornam sensíveis.

— Entretanto, o importante para nossa história — continuou Laodemo — é que Héracles foi devidamente preparado para a descida ao reino dos mortos. E obteve o auxílio de outro deus, Hermes, que acompanha as almas nesse trajeto. Descendo por uma caverna que alguns situam no Peloponeso, outros na Tessália, o herói e o guia alcançaram, após um lúgubre percurso, as portas da cidade de Hades. Ali, Héracles avistou seus amigos Teseu e Pirítoo...

— Teseu? — admirou-se Learco.

— Exatamente. Eram dois Argonautas e nenhum deles tinha morrido...

Teseu acompanhara seu amigo Pirítoo aos Ínferos numa aventura ousada. Mas esta é uma linha de nosso novelo que não vou puxar agora para não embaralhar tudo. O certo é que, se Héracles conseguiu salvar Teseu daquelas paragens sombrias, o mesmo não aconteceu com Pirítoo, o que muito os entristeceu. Seguindo em frente, Héracles pediu permissão a Hades para levar Cérbero. Este, sabendo que o herói era filho de Zeus, seu irmão, e gozava da companhia dos deuses, concedeu-lhe o salvo-conduto, desde que ele o fizesse sem armas e depois devolvesse o cachorro, guardião das terras inferiores. Héracles concordou e recebeu uma armadura especial para se defender das terríveis mordidas do monstro tricéfalo. Assim protegido, pôs-se à caça do animal, encontrando-o nos recessos daquele mundo cavernoso, onde o eco de seus latidos recordava o ribombar dos trovões. Depois de um embate violento, Héracles dominou Cérbero. Agarrando o bicho com força pelo pescoço, carregou-o para fora dos Ínferos. Ao chegar novamente à superfície, amarrou a fera com força. Depositou o troféu aos pés de um apavorado Euristeu, que clamava ao primo para levar aquele bicho embora de seu reino.

Então Héracles devolveu Cérbero ao Hades e voltou a Micenas com passos tão irritados que os habitantes pressentiram sua chegada por um tremor no solo e pelo retinir dos vidros. Euristeu empalideceu. Sabia que havia testado o primo até o limite. E se ele estivesse vindo para se vingar de tudo, para destruir a cidade, usurpar o trono? Tudo isso passava pela mente do aterrorizado rei. O que fazer? Colocar seu exército em guarda? Contra quem derrotara gigantes e suportara os céus? Sabia que nada podia contra Héracles e se desesperava, puxando os cabelos, enquanto ouvia o rumor de que o herói já adentrara os muros da cidade.

Afinal, os dois primos se viram face a face, e o que era rei aguardava pelo pior. Mas Héracles nada fez. Não agrediu seu primo nem exigiu o trono. Apenas pediu que ele o liberasse das tarefas, pois, segundo suas contas, fizera doze trabalhos, dois além dos dez pedidos, afora muitos outros. Héracles queria apenas isto: ficar livre da palavra dada, pois julgava ter cumprido seu dever de consciência. Euristeu, sentindo uma confusa mistura de alívio e ódio, liberou o primo, que se foi pelo mundo.

Vocês bem podem imaginar, meus queridos, a frustração dele e de Hera, com essa vitória final do herói. Euristeu morreu agarrado ao trono, ouvindo o universo aclamar a glória de Héracles.

Observando o sorriso no rosto de Ledmo, Laodemo perguntou:

— Contente com seu herói, meu querido?

Ledmo fez que sim.

— Não disse para ter paciência, que eu contaria muitas histórias sobre ele? E poderia contar mais, muitas mais. Sei de infinitas outras histórias. Apesar de sua fama ter sido fundada nas exigentes tarefas de Euristeu, depois delas realizou várias outras coisas admiráveis. E outras dramáticas, como a morte acidental do centauro Quíron!

— Héracles matou Quíron? — exclamou Ledmo.

— Infelizmente, sim. Foi mais uma daquelas atitudes estabanadas do herói. Para resumir, ele combatia alguns centauros que, embriagados, haviam desrespeitado a casa de um amigo seu. Um deles se escondeu na gruta de Quíron, e Héracles, ao tentar acertá--lo, acabou ferindo mortalmente o mestre de toda aquela geração de heróis. O choro de Héracles ao perceber seu erro foi ouvido em toda a Tessália e subiu ao Olimpo. Conta-se que Zeus, comovido, homenageou o sábio centauro, imprimindo sua imagem nos céus, na constelação de Sagitário. Bela homenagem, não?

Se eu fosse contar o que mais aconteceu com Héracles, levaríamos dias e dias para desenrolar todo o carretel de aventuras. Mas gostaria de narrar ainda uma última história dele. Héracles auxiliou muitos povos extirpando da Terra monstros e gigantes, colaborando com seu pai na tarefa de limpar o Cosmos dos resquícios caóticos. Por isso os homens eram gratos a ele. Os deuses, com exceção de Hera, também o tinham em boa conta. Só que, depois do que vou contar, até a simpatia dos deuses se converteu em gratidão. Pensando bem, gostaria que Cadmo contasse.

Cadmo levou um susto com o repentino pedido.

— Ele sempre gostou de ouvir essa história e hoje está muito quietinho. Nada disse até agora...

Todos olharam na direção de Cadmo, visivelmente incomodado pela exposição.

— Vamos lá, meu neto. Vai me negar esse pedido?

Antinoé encorajou o amigo com um gesto. Cadmo levantou-se e aproximou-se mais de Laodemo, que insistiu:

— Conte para nós a luta de Héracles e dos olímpicos contra os gigantes encarcerados.

— Bem — começou Cadmo, surpreendendo a todos, pois a timidez inicial logo deu lugar a uma voz calma e segura —, o que sei desta história me foi contado por meu avô Laodemo muitas e muitas vezes... Acontece que a deusa Terra nunca perdoara Zeus por encarcerar seus filhos, os titãs. Além deles, ela engendrara muitos outros gigantes. Esses gigantes, bastante agressivos, viviam no fundo das cavernas: Zeus também não admitia a presença deles na superfície. Mesmo sob a terra viviam brigando, provocando terremotos e erupções vulcânicas.

Cadmo lançou um sutil olhar na direção de Laodemo, que abriu um sorriso de aprovação. O neto do contador prosseguiu, confiante:

— Então a deusa Terra resolveu fazer um último esforço para destronar Zeus: chamou todos os gigantes aprisionados, conclamando-os à luta. E teve início o maior combate de todos, um combate que fez tremer a superfície do mundo, causando pânico entre os homens. Os gigantes abandonaram suas moradas subterrâneas e vieram à tona. Eles surgiram das fendas das montanhas, destruindo tudo em volta. E logo começaram a subir nos montes mais altos, no Cáucaso, no Parnaso, no Hélicon, no Ossa, no Atos, no Eto, no Ródope, no próprio Olimpo. Eram muitos e, de cima das montanhas, arremessavam rochas imensas contra a fortaleza olímpica. Os mais potentes já galgavam os degraus do empíreo! Seus gritos ferozes eram ouvidos em todos os cantos do mundo, a Terra toda tremia com a violência daquele ataque. Os deuses, chefiados por Ares, deus da guerra, contra-atacavam com muita determinação, derrubando inimigos, que rolavam pelas encostas, espatifando-se nos vales. Dizem os antigos que, com o tempo, da ossada deles outros montes surgiram. Vários gigantes eram aniquilados pelos raios que Zeus arremessava de seu trono, mas eles eram muitos. A Terra não parava de vomitar aquelas criaturas bizarras e Hefesto não dava conta de forjar tantos raios.

Uma vez mais Cadmo olhou Laodemo, e uma vez mais o avô fez um gesto de que a narração ia muito bem.

— Zeus sabia que aquela contenda dizia respeito aos deuses, mas Apolo, deus dos oráculos, disse-lhe que a luta só seria vencida com a participação de um mortal. O rei do Olimpo pediu então a seu filho Héracles para entrar no combate. Este obedeceu imediatamente. Foi alçado ao Olimpo com a ajuda de Hermes e, postando-se na frente da mansão, bloqueou a entrada dos gigantes. Conta-se que ninguém abateu tantos inimigos como o herói, com flecha, lança, espada, clava ou mesmo no corpo a corpo, pois era exímio em todas as formas de luta. Com esse auxílio decisivo, os gigantes foram derrotados. Os sobreviventes retornaram ao fundo das montanhas, de onde não mais saíram. E assim os deuses se mantiveram no Olimpo, e Zeus firmou a legislação do Cosmos.

Mal encerrou o relato, Cadmo recebeu muitos aplausos. E eram palmas espontâneas e imediatas, motivadas mais pela satisfação do que pela formalidade. Os adultos, principalmente os estrangeiros, aplaudiram muito, realmente surpresos. Laodemo, em seu canto, não conseguia disfarçar a expressão de orgulho.

Moera, vinda da casa, interrompeu a efusão anunciando que a comida estava pronta. A fome devia ser grande, pois o movimento de debandada foi tão espontâneo quanto as palmas para Cadmo. O poeta e o dramaturgo ampararam o contador de histórias, segurando seus dois braços. Só Érgona permaneceu sentadinha, espantada com o sumiço das pessoas. Moera, percebendo, veio buscá-la e carregou-a sob protestos. Zangada, ela já não reconhecia a nora.

— Sou eu, Érgona. Moera, sua nora. Não se lembra de mim?

***

Foi um banquete parecido com o do dia anterior, embora sem tanta variedade de pratos, uma vez que o carneiro assado com legumes diversos era por si uma refeição substancial. O ancião, contudo, continuava com a dieta de papas e mingaus. Télias, que passara a manhã na companhia de Moera por saber cortar o carneiro segundo uma velha tradição, pronunciou a prece de oferenda. Em seguida, todos passaram a comer com extremo apetite. De modo geral, o perfume da comida era o mesmo: alho e óleo. E vinho.

A conversa correu animada, sem foco definido. O dramaturgo queria que Laodemo falasse um pouco sobre Édipo, pois pretendia inscrever duas peças no próximo festival, uma sobre Medeia e outra sobre Antígona. Tecia muitos elogios à forma como o contador narrava, sempre trazendo alguma luz nova e informações inesperadas ao antigo material. Laodemo, em sua idade, já não era mais tão sensível a elogios, mas agradeceu as palavras. O que o deixou mais feliz, entretanto, foram os elogios que o poeta fazia a Cadmo. O homem não continha seu entusiasmo. Chegou mesmo a fazer uma proposta:

— Foram os deuses que me enviaram para cá! Terminei um poema sobre o herói que tem exatamente seu nome: Cadmo, o fundador de Tebas! Não é uma coincidência incrível? E, quando o ouvi narrar tão bem, na mesma hora me ocorreu que você poderia declamar esse poema. Vejo o herói com sua feição jovem indo em busca da irmã e terminando por fundar a cidade. Estou falando sério... Vou apresentar o drama ao conselho da cidade, nas grandes festas em homenagem ao fundador. Venha comigo!

O convite foi tão inesperado quanto incisivo. Cadmo, que nunca saíra daquela ilha, não podia avaliar a extensão da oferta. Laodemo lançava olhares de satisfação plena, mas Moera fechou-se num enigmático silêncio. Percebendo o impasse, o poeta acalmou seu ímpeto:

— Pense nisso, rapaz! É uma excelente proposta.

O dramaturgo concordou que Cadmo poderia dar um ótimo ator e, quem sabe, vir ele próprio a escrever no futuro, pois demonstrara grande articulação de ideias. Percebendo que o neto se acabrunhava com o bombardeio de atenção inesperada, sem saber o que dizer ou fazer, Laodemo mudou a direção da conversa:

— Faz tanto tempo que não visitamos a gruta, Cadmo. Vamos até lá depois?

Cadmo concordou e ficou acertada uma excursão para mais tarde. Como no dia anterior, houve um tempo para cochilos. Durante a sesta, Moera trocou com o filho olhares preocupados, mas nada disse a respeito do convite. Um vento forte soprava, sacudindo as folhagens.

Até que, lá pelo meio da tarde, o grupo se reuniu novamente no templo. As crianças menores não pareciam dispostas a ouvir mais histórias, preferindo vivê-las. Numa elevação rochosa próxima, Ledmo, Milto, Milos, Leucoteia, Iolau e outros se agitavam em gritos, gestos e caretas. Galhos de árvores faziam as vezes de lanças e espadas. Os vizinhos adultos também se foram, para acompanhar um grande carregamento que chegava à ilha.

À gruta, portanto, iriam somente as visitas de fora, além de Cadmo, Learco e Antinoé. E Laodemo, é claro. Mas onde estava ele? Preocupado, Cadmo voltou para procurar o avô e o flagrou sozinho na cozinha, olhando para os lados com expressão culpada, devorando avidamente uma generosa bisteca de carneiro e tomando um copo de vinho.

Sem saber se ria ou bronqueava, Cadmo, entretanto, prometeu guardar segredo: sabia que o avô morria de medo de Moera. Mais sossegado, Laodemo apoiou-se com uma mão no braço do neto e com a outra segurou a bengala improvisada. E assim foi ao encontro dos demais, com a face rosada, cantarolando baixinho, satisfeito da vida.

Logo que se juntaram ao grupo, passaram a descer a encosta em direção às rochas, que, naquele lado da ilha, entravam mar adentro. O ancião caminhava apoiado no poeta e no escultor, ao lado do dramaturgo, do historiador e do filósofo. Conversavam animadamente e riam. Mais à frente, os três jovens guiavam a expedição. Antinoé e Learco comentavam com Cadmo sobre o convite recém-recebido. Os dois estavam excitadíssimos e queriam saber se o amigo iria aceitar. Mas Cadmo não soube responder. Afastar-se da ilha, do avô, de sua casa parecia-lhe terrivelmente assustador naquele momento.

Naquele trio havia certa tensão. Antinoé gostava dos dois e, quando pensava em namorar um deles, ficava dividida. Learco era ótimo mergulhador, vivia nos recifes, de onde trazia pedras e esponjas. Cadmo também mergulhava, mas nele o que Antinoé mais admirava era o jeito calado e atencioso. Learco e Cadmo se sentiam embaraçados com a situação, talvez por terem crescido juntos, tornando-se amigos inseparáveis. A formação de um casal inevitavelmente separaria o trio, de modo que os três permaneciam numa flutuação indeterminada, sem coragem para tomar uma decisão.

Enfim chegaram à gruta. A semiobscuridade e o som suave das ondas batendo nas pedras tornavam o lugar agradável. O historiador logo se encantou com um desenho escavado na parede lateral, uma figura solar que parecia bastante antiga e que, segundo Laodemo, sempre estivera ali. As crianças da ilha adoravam brincar naquela gruta e o ancião lá passara bons momentos com os netos, contando-lhes suas histórias ou simplesmente pensando na vida.

Uma vez acomodados na parte superior da caverna, mais enxuta, Laodemo passou a narrar a história de Édipo, atendendo ao pedido que lhe fizera o dramaturgo.

— Meu querido amigo — disse inicialmente ao poeta —, agradeço as palavras elogiosas a meu neto Cadmo, assim como o convite que lhe fez. Não sei o que ele resolverá, mas sei que sua decisão, seja ela qual for, será de meu inteiro agrado.

Laodemo, sorrindo, piscou para o neto. Cadmo baixou o rosto, fixando o olhar nas estrias formadas pela passagem milenar da água pelas pedras. Alterando a voz para um tom menos íntimo, o ancião prosseguiu:

Dionisio Jacob

— Quanto a mim, aproveito o fato para puxar o fio do novelo que, começando naquele outro Cadmo, fundador de Tebas, nos leva a Édipo. Ora, um bisneto de Cadmo, de nome Laio, veio a ocupar o trono da poderosa cidade de Tebas. Desposou uma bela e virtuosa princesa conhecida como Jocasta, filha de outro nobre tebano. No entanto, Laio vivia descontente, afligido por uma angústia muito forte. Sua jovem esposa, naturalmente preocupada, quis saber o que tanto o oprimia. O rei então confessou à esposa que havia consultado um oráculo para saber se seu casamento seria feliz e que a resposta do oráculo tinha sido cruel: o filho nascido dessa união seria responsável pela morte do pai. Acontece que, por aquele tempo, Jocasta já estava grávida daquele que viria a ser o filho varão de Laio: Édipo.

As paredes da gruta reverberavam a voz de Laodemo, conferindo um tom solene ao que ele dizia.

— Laio e Jocasta muito se entristeceram com o terrível oráculo. Na verdade, Laio sabia que aquela maldição era consequência de um ato terrível que ele cometera anos antes: raptar o filho do rei Pélops.

Mesmo assim, quando o menino nasceu, ele e sua mulher julgaram melhor se desfazer da criança para que o oráculo não se cumprisse. Aplacaram a própria consciência dizendo um ao outro que estavam salvando o menino de cometer parricídio, um dos crimes mais abomináveis. Um criado ficou incumbido de levar o bebê para uma mata distante e tirar-lhe a vida, mas lá chegando não teve coragem de matá-lo. Deixou-o amarrado pelos pés a uma árvore. Com isso, os pés do menino incharam muito, e o rebento, que nem sequer fora batizado pelos pais, veio a receber o nome Édipo, que significa exatamente "pés inchados".

Um pastor de Corinto, onde tais matas se localizavam, espantou-se ao ouvir o choro de um bebê naquelas paragens. Localizando a criança, salvou-a da morte e a levou a seu rei, sem saber quanto esse gesto deixaria feliz a rainha de Corinto, que não podia engravidar. O casal real também viu um sinal divino no fato de uma criança ser encontrada em condições tão extraordinárias. Adotaram assim o bebê abandonado, criando-o como filho. Édipo cresceu forte, saudável, mostrando uma inteligência superior à média. Além disso, era um jovem amoroso, que adorava seus pais de modo extremado.

— Mas ele sabia que era adotado? — perguntou timidamente Antinoé.

Embora estivesse contando a história a pedido do dramaturgo, Laodemo percebeu que os três jovens o escutavam com bastante interesse. Riu.

— Quem, ao menos uma vez, não pensou nessa possibilidade? Isso ocorre até mesmo com aqueles cuja face é uma cópia exata da dos pais. Mas os reis de Corinto optaram por nada dizer a Édipo sobre sua origem. No entanto, quando ele se tornou adulto e seus talentos afloraram a ponto de provocar inveja, um parente seu, enciumado com as atenções que o rapaz recebia na corte, numa conversa despretensiosa, insinuou que ele não era filho dos reis de Corinto. Questionados a respeito, os pais negaram sua condição de adotado a fim de protegê-lo. Tal medida, porém, revelou-se infeliz, porque Édipo decidiu procurar um oráculo. Este, na linguagem obscura dos oráculos, não lhe revelou quem eram seus progenitores, mas vaticinou que ele estava destinado a matar o próprio pai, desposar sua mãe e gerar uma descendência conflituosa.

Para alguém como ele, que possuía caráter nobre e amava os reis que o criaram, nada mais terrível poderia ter sido dito. Transtornado, quis evitar a tragédia abandonando de uma vez por todas aqueles que julgava seus pais. Então, saiu mundo afora. Partiu com a alma torturada, procurando distanciar-se mais e mais da cidade em que crescera.

Por outro lado, em Tebas, o casamento de Laio e Jocasta ia mal. Por mais que não falassem do filho sacrificado, o gesto abominável criou um abismo entre os dois: um silêncio profundo e uma pesada solidão desgastaram precocemente o laço conjugal.

Preocupado, Laio resolveu, uma vez mais, consultar um oráculo. A conselho de seus sacerdotes, fez libações e contrições para purificar-se. Vestiu roupas simples e se pôs a caminho, acompanhado apenas de um condutor e dois servos, sem aparentar sua posição real. Na estrada para Delfos, havia um trecho muito estreito, onde Laio deparou um rapaz, que vinha em sentido contrário. O jovem parecia transtornado. O rei também trazia o coração pesado. Os dois iniciaram uma discussão tola sobre quem daria passagem a quem e, de repente, atracaram-se com fúria. Os acompanhantes de Laio não tiveram tempo de reagir quando, defendendo-se de um golpe, o rapaz deu fim à vida do rei. E fugiu, antes que os servos pudessem apanhá-lo.

Aquele rapaz era Édipo, que, sem saber, acabara de matar o próprio pai, conforme o oráculo profetizara! Enquanto se escondia nos bosques próximos, ele não possuía a mais remota consciência de que acabara de assassinar o rei de Tebas, seu pai natural.

O dramaturgo ouvia com grande atenção, dando a entender que, mesmo conhecendo a trama, assimilava algo novo, um tom, um modo de narrar.

— Quando os servos voltaram a Tebas com o cadáver de Laio, uma grande consternação tomou conta de todos, particularmente de Jocasta. Um clima fúnebre pairava sobre a cidade. E, como atraída por esse perfume de desgraça, a horrível Esfinge veio assolar Tebas. Essa criatura era filha do titã Tifeu com Equidna, mãe de monstros como a Quimera e a Hidra de Lerna. E como seria essa Esfinge? Pensem numa criatura alada, com cabeça e seios de mulher, corpo de leão e cauda de dragão. Um ser que, além da grande força, subia às alturas com facilidade; portanto, era quase impossível matá-la. Se Ledmo aqui estivesse, provavelmente diria que Héracles a teria abatido. Mas naquele tempo

Héracles não estava em Tebas, e os que lá estavam sucumbiram ao pânico.

— E a cidade ficou sem rei? — interessou-se Learco.

— Um irmão de Jocasta, de nome Creonte, assumiu o governo. Mas ele não sabia o que fazer com a Esfinge. Aquela figura enigmática, de traços femininos, postara-se em frente aos altos portões de Tebas e interpelava todos os passantes, lançando-lhes um enigma. Quem não conseguia responder era devorado. A face indecifrável de mulher revelava sua monstruosidade: exibia os dentes pontiagudos, que devoravam as vítimas sem piedade. Com o rosto ensanguentado, a Esfinge lançava um grito medonho, humano e animal, que impregnava o ar de maus presságios. A cidade, ainda enlutada pela morte do rei, deteriorava-se aos poucos.

Um filho de Creonte fora morto pelo monstro. A cada dia alguém perdia um conhecido, um parente, um filho. O novo rei, num gesto que demonstrava seu desespero, prometeu a quem matasse a Esfinge não só o trono de Tebas, mas também a mão de sua irmã Jocasta, viúva de Laio. E fez anunciar a oferta por toda a Grécia, o que tampouco resultou em algo positivo, pois os poucos corajosos que apareceram acabaram sob as patas da criatura.

— E qual era o enigma proposto pela Esfinge? — indagou Antinoé com uma aflição que provocou risos.

— *Que animal de manhã tem quatro pés, ao meio-dia, apenas dois e três ao final da tarde?*

Antinoé e Learco, os únicos a desconhecer a história, esforçaram-se para achar a solução. O contador aguardou com um esboço de sorriso, assim como os demais. Mas nenhuma resposta obteve.

— Odiaria ver dois belos jovens devorados por aquele bicho horrível. Mas, como vocês, ninguém sabia a resposta. Entretanto, a mera solução do enigma acarretaria a destruição do monstro. Isso mesmo! Ele se aniquilaria se alguém lhe respondesse corretamente. E vocês hão de concordar que deve ser horrível sofrer a inquirição de um animal daqueles. De tão nervoso, eu seria incapaz de pensar numa reposta.

Mas onde estava Édipo? Vagando a esmo, atormentado pelo crime que cometera. Um crime cujas proporções ele mal pressentia. Sua vida fora totalmente destruída. Longe estavam seus queridos pais adotivos e a corte de Corinto, onde ele brilhava como um príncipe sucessor. Quais eram agora suas expectativas senão errar pelo mundo?

Passado algum tempo, quando se sentiu mais seguro, ele abandonou a errância e, por caminhos imprevistos, foi parar em Tebas. Sim, lá estava Édipo em frente aos portões da cidade, diante da Esfinge. E ele sabia da oferta de Creonte, divulgada por toda parte. Alguém como ele, que abandonara pais amorosos, a cidade que o viu crescer, os amigos que o amavam, nada mais tinha a perder. Tais situações podem provocar nuns o desespero, noutros o cinismo ou mesmo a revolta. Em Édipo haviam provocado uma frieza tal que ele encarou o monstro com a devida presença de espírito. Inteligente já sabemos que ele era. Assim, quando a Esfinge lhe fez a famosa pergunta, ele, depois de pensar longamente, respondeu:

— *O animal que tem quatro pernas de manhã, duas ao meio-dia e três ao final da tarde é o ser humano. No alvorecer da vida, ele engatinha; no meio, anda com duas pernas e, no fim, precisa de uma bengala que o ajude a caminhar.*

Learco e Antinoé sorriram com a simplicidade da resposta.

— Assim, meus queridos, como um enigma resolvido perde sua razão de ser, o monstro atirou-se de um penhasco quebrando a cabeça sobre os rochedos e livrando o mundo de sua presença.

Ao mesmo tempo, dos muros de Tebas subiu um clamor. O povo veio correndo saudar o herói que aniquilara a criatura. Édipo foi carregado em triunfo para dentro da cidade. O rei Creonte lhe agradeceu comovido e, como era homem de palavra, lhe apresentou a recompensa prometida: Jocasta e o trono.

Vocês têm ideia da confusão que isso causou na cabeça de Édipo? De príncipe que era, tornou-se vagabundo e agora rei, com direito a esposa e tudo o mais! Indiferente às reviravoltas ou desejoso de esquecer a venenosa profecia do oráculo, Édipo aceitou o trono e a esposa. O júbilo a sua volta talvez lhe recordasse as promessas de sua juventude em Corinto. Todos, inclusive Creonte, viam nele um enviado dos deuses! Desse modo, Édipo, sem saber, depois de haver matado seu pai, casava-se com a própria mãe!

— Mas ele não tinha culpa nenhuma! — Antinoé agitou-se.

— O problema aqui é o tortuoso e inflexível Destino, o caminho do sangue, o peso dos erros acumulados ao longo das gerações.

Entretanto, de modo inesperado e até irônico, iniciou-se para Édipo um período extremamente feliz. Ele acabou herdando por merecimento o trono que era seu por direito e se tornou um bom rei. O povo o admirava realmente, tanto por seu discernimento como pelo gesto heroico, nunca esquecido. E sua vida com Jocasta era alegre e tranquila. Ela também estava feliz: depois do casamento difícil com Laio, da perda de seu primogênito e da viuvez precoce, parecia que a vida a recompensava, tanto que lhe deu quatro filhos: dois meninos gêmeos, Polinice e Etéocles, e, em seguida, duas meninas, Antígona e Ismene.

De todos eles, Édipo possuía por Antígona um carinho especial, pois era uma menina particularmente afetuosa. Amava não só aos pais, como também aos irmãos com uma intensidade que chamava a atenção. Cuidava de Ismene, a caçula, como se fosse sua filha e afligia-se com as eternas brigas dos dois irmãos. Polinice e Etéocles rivalizavam em tudo: em eterno conflito, viviam comparando os ganhos e não raro se atracavam, tomados de fúria inexplicável. Mas eram coisas de meninos, nada que não se pudesse administrar com algumas broncas e castigos. As pequenas dificuldades dessa nova existência nada eram para quem antes vagava errante e atormentado pelos caminhos do mundo. No auge dessa tranquilidade, porém, Tebas foi atingida por uma peste.

— Por que as histórias são sempre assim? — Era outra vez a aflita Antinoé, cujo temperamento era cordato. — Quando tudo vai bem, algo terrível tem de acontecer!

Todos riram do comentário, feito sem a menor intenção humorística.

— Porque sem isso, minha jovem, quem escutaria uma história? Eu estaria falando sozinho aqui nesta gruta...

Mas a verdade é que uma epidemia assolou Tebas. Muitos morriam em casa; outros, no meio da rua. Além disso, crianças nasciam deformadas, animais calmos tornavam-se raivosos. Enfim, não parecia algo que vinha apenas da natureza. Alguma ira sagrada caía sobre Tebas. No palácio, Jocasta desesperava-se, aninhando seus filhos contra o peito, apavorada com a ideia de que a peste pudesse ceifar-lhes a vida.

O povo veio então clamar a intervenção de Édipo na esperança de que, mais uma vez, ele pudesse salvar a arcaica cidade do infortúnio. Mas o que Édipo poderia fazer? Revogar a epidemia com um decreto real? Oprimido pela expectativa nele depositada, agitava-se no trono, remoendo pressentimentos. Sentia-se novamente refém de forças obscuras.

Creonte aconselhou-o a consultar um oráculo. Édipo resistia: afinal, suas lembranças de oráculos eram as piores possíveis. Ele temia que algo terrível se ocultasse atrás daqueles acontecimentos: além da peste, as culturas e as pastagens estavam sendo destruídas por um calor nunca visto. Acuado pelas circunstâncias, Édipo afinal encarregou Creonte da consulta ao oráculo. A resposta foi incisiva: a maldição só cessaria quando o assassino de Laio, que habitava a cidade de Tebas, fosse punido!

Fora da gruta, a luz diminuíra um pouco. E agora o som da água batendo nas pedras fazia dueto com um leve sibilar do vento.

— Parece que o tempo está mudando! — observou o escultor, preocupado.

Laodemo olhou para fora sem entender como uma mudança de tempo, por radical que fosse, poderia distrair a atenção dos eventos que ocorriam, naquele mesmo instante, na Tebas introjetada em sua alma.

— Édipo, que nem supunha ser ele mesmo o assassino de Laio, lançou-se numa furiosa investigação que causou ainda mais terror na combalida cidade. Meses se passaram sem que o assassino do rei Laio fosse descoberto. As coisas pioravam a cada dia. Pelas janelas, o impotente monarca acompanhava o cortejo de carroças que levavam os cadáveres produzidos pela peste. E multidões famintas juntavam-se em frente ao palácio. Como descobrir o paradeiro do assassino de Laio? Uma vez mais aconselhado por Creonte, Édipo decidiu chamar o mais famoso adivinho da Grécia, um ancião cego, conhecido pelo nome de Tirésias. Já ouviram falar em Tirésias? — Laodemo dirigiu a pergunta a Antinoé e Learco, que não conheciam a história.

Como ele esperava, os dois disseram que não.

— Uma figura impressionante! — disse o contador, com olhos vagos de quem fita uma presença invisível no ambiente. — Alto, magro, rosto cavado, longas barbas brancas, assim como os cabelos. Caminhava lentamente com o auxílio de um cajado e de um menino, talvez um neto, que o amparava. Seria sempre o mesmo menino? Com certeza não, pois aquele adivinho já ultrapassara sete gerações. Ele nem precisava do menino, pois o cajado, presente de Zeus, o conduzia como dois olhos. Mas a presença da criança... Não sei por que fico fascinado com a imagem daquele velho caminhando pela Grécia, levado por uma criança, uma eterna criança-guia...

Naquele momento, a figura de Tirésias, saída da imaginação ou da memória de Laodemo, envolvia a todos na gruta. Um relâmpago, seguido de um trovão, espocou do lado de fora, assustando Antinoé, que se encontrava muito absorta, o que provocou risos. Laodemo gargalhou.

— Não poderia pedir música melhor para acompanhar minha história. Que a deusa Tempestade toque sua lira barulhenta! Mas voltemos...

Quando o rei Édipo explicou a Tirésias o que se passava, o ancião soltou um terrível grito. E se calou. Foi necessário que todos insistissem muito para que ele revelasse a verdade, pois estava em jogo o futuro da cidade fundada por Cadmo, o destino de todo aquele povo amontoado nas ruas, perplexo com a desgraça que se abatera sobre eles. Então Tirésias, que não podia mentir jamais, disse que o assassino de Laio estava ali mesmo: Édipo!

Uma grande confusão teve início. Encolerizado, o rei acusou Tirésias de provocar intrigas desnecessárias, pois ele mesmo, Édipo, nem sequer conhecera Laio. Suspeitou que Creonte estivesse mancomunado com o adivinho para reaver o trono. Logo a discórdia tomou conta do palácio, apesar dos esforços de Antígona, que, desesperada, procurava acalmar os ânimos. Por fim, o rei acuou o adivinho, exigindo que se explicasse melhor. Tirésias, com a voz inabalável, grave, monocórdia, narrou como Laio fora morto, tal e qual acontecera: na estrada para Delfos, atracando-se num combate com um desconhecido. Édipo empalideceu. Sentou, ou melhor, caiu em seu trono, mudo. Seus olhos pareciam desorbitados. Não ouvia, nem parecia ver as pessoas a sua volta. Olhava para dentro, assustado.

A partir daí, meus queridos, tudo começou a revelar-se: uma pergunta levava à outra. Jocasta acabou confessando seu crime:

falou da criança que ela e o marido haviam mandado matar. E, a cada informação nova, mais o rosto de Édipo se transfigurava. A quantidade de anos batia, pois Jocasta tinha a conta exata dos dias de seu tormento. Foi chamado, em Corinto, o pastor que encontrou Édipo, agora envelhecido e apavorado. Ele tudo confirmou. Os fios, um a um, foram se ligando até que a verdade soou clara e terrível: o rei de Tebas era o filho de Jocasta e Laio, marido de sua mãe e assassino do próprio pai. A revelação brutal calou todos. Jocasta saiu enlouquecida e se trancou em seu quarto. Édipo correu atrás dela e, quando pôs a porta abaixo, encontrou-a morta, enforcada sobre a cama. Num ato de desespero, como se quisesse apagar aquela visão, Édipo perfurou os próprios olhos com os alfinetes que prendiam o vestido de Jocasta.

O eco das últimas e terríveis palavras morreu lentamente no silêncio. Só as águas da chuva e do mar teciam algum indiferente comentário. O dramaturgo sorvia as palavras do contador com aparente prazer. De qualquer modo, não sofria com elas. Os outros visitantes, embora se mantivessem graves, pareciam mais reflexivos do que impressionados. Mas Learco e, principalmente, Antinoé não ocultavam seu escândalo.

— E o que aconteceu com Édipo depois disso? — perguntou a menina, sinceramente chocada, o que comoveu Laodemo.

— Minha querida, Édipo possuía nobreza de alma, como já vimos... Ele então se entregou ao povo de Tebas, declarando-se culpado por aquele estado de coisas e aceitando qualquer expiação. Mas as pessoas, surpreendentemente, apiedaram-se dele. Talvez por sua sinceridade, talvez por considerar a falta de consciência em suas ações ou talvez ainda pelo espetáculo de uma dor sincera. Não se sabe. Todos baixaram a cabeça em sinal de compaixão quando viram o rei cego, entregue à própria sorte. O mesmo não se pode dizer de sua família. Seus filhos varões, Polinice e Etéocles, o repudiaram. E Creonte, que num primeiro momento também se compadecera, achou melhor que Édipo fosse embora, para que a presença dele não atraísse ainda mais a ira dos deuses sobre sua amada Tebas. Despojado de tudo, levando apenas uma túnica e um cajado, os olhos vazados, ele abençoou os que dele se apiedaram, invocou a proteção dos deuses para a cidade, pedindo o fim da maldição, e saiu pelos majestosos portões do mesmo modo como chegara: sem nada.

Agora a chuva caía pesada. O aguaceiro produzia um barulho compacto, que obrigava as pessoas a falar um pouco mais alto. O filósofo caminhou até a entrada da gruta, preocupado.

— Isso aqui não vai inundar?

— Não, senhor — respondeu Cadmo. — É chuva de verão, daqui a pouco passa. E a maré só vai começar a subir daqui a uma hora ou mais.

Sem se tranquilizar com a resposta, o filósofo voltou a seu lugar com um suspiro.

— E as filhas? — perguntou Antinoé, alheia à conversa sobre a chuva.

— As filhas foram as que mais se comoveram com o destino paterno. Ismene, entretanto, permaneceu em Tebas com os irmãos. Mas Antígona... Lembrem-se do amor que ela dedicava à família! Pois bem, Antígona, já devastada pela tragédia familiar, não suportou a visão do pai caminhando só e cego pelo mundo, sem nada de seu ou ninguém que o amparasse. E, deixando para trás o conforto da corte tebana, tomou a corajosa decisão de acompanhar Édipo em seu exílio. Seguiu-o por toda parte, guiando seus passos. Com o pai atravessou bosques e cidades, debaixo de sol e chuva. Quando perdeu os sapatos, seguiu-o descalça. Viviam como dois mendigos. As pessoas que cruzavam com eles não faziam ideia de quem fossem aquelas duas sombras errantes. E muito vagaram, pai e filha, em distância e tempo. Até que, cansado de andar pelo mundo e já sentindo o peso da idade, Édipo consultou um oráculo, que previu sua absolvição num bosque consagrado às Eumênides. E ele sentiu-se satisfeito por ter para onde seguir.

— Eumênides não são as velhas Erínias? — quis saber o historiador.

— Sim, também conhecidas como Fúrias. A diferença, segundo me explicou certo dia um homem sábio em Éfeso, é que essas divindades, como Eumênides, mostram o lado benevolente do perdão e, como Erínias ou Fúrias, expressam a cólera da vingança contra todo crime não expiado. São velhas como a desonestidade e antigas como a inocência, perseguindo a primeira e vingando a segunda.

Esse bosque a elas dedicado situava-se em Colono, aldeia próxima de Atenas. Édipo, com a sensibilidade aguçada dos cegos, sentiu uma mudança na atmosfera tão logo se aproximaram do local indicado pelo oráculo. Antígona, paciente, ia lhe descrevendo a paisagem conforme caminhavam: as flores e as árvores, os pássaros, os declives suaves e o silêncio repleto de paz. Pela descrição da filha, Édipo soube que se encontravam em sítio santificado, que sua longa jornada chegara ao fim e que poderia afinal descansar após tantos tormentos. Mas seu crime contra as leis sagradas, embora involuntário, fora grave e, mesmo naquele bosque, muito ainda ele sofreria.

— Mas o quê?! — perguntou, impaciente, Antinoé.

— Sua própria presença ali profanava o lugar. Os habitantes de Colono estranharam muito ao saber que um estrangeiro e sua filha haviam se instalado no bosque das Eumênides. Um dos moradores, representando os demais, foi conversar com Édipo e Antígona, que, por sua vez, falaram-lhe honestamente, narrando suas desventuras e seu exílio sem fim. Mas, quando os outros cidadãos tomaram conhecimento de que se tratava do velho rei de Tebas, famoso em toda a Grécia, um grande escândalo incendiou a comunidade. Queriam expulsá-lo, temendo a irà das deusas. E tudo poderia terminar de modo violento não fosse a intercessão de Teseu, que, inteirando-se do assunto, saiu de Atenas e foi pessoalmente tratar dele.

— O grande herói Teseu? — admirou-se Learco.

— Pelo visto, temos aqui um grande admirador de Teseu! — exclamou Laodemo para o rapaz, que abriu um sorriso de confirmação.

Por essa época, Teseu governava Atenas e também Colono, com fama de justo e sábio. Édipo, ao saber que Teseu se encontrava a sua frente, pediu-lhe, em nome da liberdade que a cidade de Atenas tanto prezava, permissão para passar naquele bosque acolhedor os últimos momentos de sua vida, conforme lhe aconselhara o oráculo. E o que Teseu viu em Édipo? Em primeiro lugar, um farrapo humano. Talvez Édipo nem fosse tão velho, mas sua fisionomia mostrava um ancião que vivera um tempo maior que sua vida. Havia nele algo de Tirésias: as rugas sulcavam-lhe a face. Suas costas curvavam-se como se algo o constrangesse, um peso incrível, peso que as pernas magras e o cajado de mendigo mal suportavam. A túnica surrada, presa à cintura por uma corda, e as sandálias deterioradas, desparelhadas, provavelmente encontradas uma aqui, outra ali, desenhavam o mapa de todos os caminhos percorridos e dos anos devorados.

Mas o que mais impressionou Teseu foi o que ele viu na expressão daquele rosto e que os cabelos grisalhos, sujos e desgrenhados acentuavam: uma derrota. Uma derrota tão profunda e assumida que chegava a ser comovente. A perspicácia de Teseu notou também uma nobreza no fundo daquela derrota; viu um herói que, como ele próprio, livrara o mundo de um monstro; um rei que se esforçara por dirigir sua cidade com justiça; alguém que assumira um sacrifício para limpar seu sangue e, afinal, a figura paterna, seu próprio pai já morto.

E então Teseu disse a todos que estavam próximos, aos aldeões de Colono e aos soldados:

— Que este homem não seja tocado. Que este bosque seja sua casa e nada o incomode aqui. Que ninguém o perturbe. Que ele e sua admirável filha possam viver em paz, donos de sua vontade, pois são meus convidados, e nossa terra os receberá de braços abertos, como sempre recebemos nossos hóspedes.

E dizendo isso, meus queridos, Teseu abraçou Édipo e voltou para Atenas.

Na gruta, ninguém comentou nada. Mas a expressão dos rostos, principalmente dos mais jovens, demonstrava satisfação com o gesto de generosidade. O próprio Laodemo deixara transparecer na voz uma emoção não calculada.

— Assim, o velho rei e sua filha puderam desfrutar o descanso no bosque sagrado das Eumênides. No entanto, se ninguém em Colono ou Atenas se atrevia a incomodá-los depois da exortação de Teseu, o mesmo não se pode dizer de Tebas. De lá vinham notícias que amargaram os últimos dias de Édipo. E quem as trouxe foi Ismene, sua filha caçula. Antígona chorou de alegria ao rever a irmã, que tanto adorava. Édipo também, antes de ouvi-la, julgou que já o haviam perdoado. Mas as novidades que ela trazia o aborreceram: seus filhos, Polinice e Etéocles, disputavam acirradamente o trono de Tebas. No começo, sob o aconselhamento de Creonte, os dois concordaram em se alternar no poder: ano par, governava um; ano ímpar, o outro. Etéocles, porém, ao fim de seu mandato, não quis abandonar o trono e expulsou Polinice de Tebas. Este refugiou-se na cidade de Argos, disposto a atacar Tebas para recuperar seus direitos. Para piorar, Creonte, aliado de Etéocles na disputa, consultou um oráculo, que predisse a vitória do lado que contasse com a presença de Édipo. Este então se revoltou, sentindo-se usado apenas como amuleto de guerra, em vez de ser lembrado como pai.

— E ele escolheu um dos lados? — perguntou Learco, igualmente revoltado.

— Não. Édipo não quis mais sair de Colono — respondeu Laodemo. — Creonte teve a ousadia de vir sequestrá-lo com um exército. Não fosse Teseu defender seu hóspede com as poderosas armas de Atenas, ele teria conseguido. Depois, o próprio Polinice veio de longe pedir ao pai a mesma coisa. Implorou-lhe o perdão, exortou-o para que o acompanhasse na guerra. Mas Édipo duvidou de sua sinceridade. Perguntou ao filho se seria enterrado em Tebas caso o acompanhasse, e percebeu com tristeza que ele hesitava em dizer sim, temeroso da velha maldição. Então pediu a Polinice que fosse embora, advertindo-o de que os dois irmãos acabariam matando um ao outro.

O desgosto com os filhos em perpétuo conflito o abateu ainda mais, e Édipo pressentiu que seu fim se aproximava. Pediu para ver Teseu uma última vez. Quando o rei chegou de Atenas, uma grande tempestade se armava sobre o bosque das Eumênides. A ventania furiosa agitava as árvores e o céu era cortado por rápidos relâmpagos. Mas o rosto de Édipo parecia iluminado por uma estranha serenidade. Ele então mostrou a Teseu o lugar de sua morte, pedindo-lhe segredo. Enquanto seu túmulo permanecesse em sigilo, ele protegeria Atenas. O rei, mesmo sem entender o significado daquilo, respeitou a última vontade de Édipo. Este abraçou as filhas, que choravam muito. Agradeceu especialmente a Antígona, por tê-lo acompanhado em seu exílio. Depois partiu com Teseu. E caminhou na frente, como se tivesse recuperado a visão e soubesse exatamente para onde ia. No recesso do bosque, encontraram uma abertura na terra. Então um trovão muito forte explodiu e, em seguida, Édipo desapareceu. Teseu baixou a cabeça em reverência. Antígona e Ismene, abraçadas, olhavam em volta com profundo espanto: nem sinal da tempestade! O céu estava novamente claro e uma calma abençoada envolvia o bosque das Eumênides.

Como Cadmo previra, a chuva de verão passou depressa, mas a tarde devia estar chegando ao fim, porque uma penumbra envolvia todos dentro da gruta. A água já se avolumava entre as pedras. Laodemo dirigiu-se ao dramaturgo:

— Há mais o que dizer sobre Antígona, mas creio que seria melhor fazer isso em casa, se não quisermos passar a noite presos aqui.

Todos aceitaram a sugestão e logo já subiam a encosta da ilha. Uma chuva fina ainda caía, e o ancião ergueu o rosto para sentir melhor os pingos. Aspirou o ar.

— É tão bom este cheiro de terra molhada. Vocês estão sentindo? — perguntou.

Os outros concordaram por educação, sem o mesmo entusiasmo. Quase não se via o mar, encoberto por uma névoa densa, e as gaivotas, embora se pudessem ouvir seus gritos, também permaneciam ocultas pela neblina. Chegaram em casa encharcados e encontraram Moera irritadíssima com Ledmo e os amigos, todos enlameados até os cabelos.

As visitas foram até a cozinha, onde encontraram uma bebida quente, feita de cevada moída, além de alguns panos para se secar. O poeta, que ainda não esquecera o convite, perguntou a Moera:

— E então, minha senhora, o que acha da proposta que fiz a seu filho?

Moera, apanhada de surpresa, sorriu sem saber o que dizer.

— Não se preocupe com o que dizem de Atenas. Prometo tomar conta de seu filho. Minha mulher adora visitas e vai tratar Cadmo com carinho. E minhas três filhas com certeza vão se apaixonar por ele! — brincou.

Cadmo ruborizou de leve e evitou olhar para a mãe. Esta respirou fundo e disse seriamente:

— O que ele decidir estará bem.

— Então aguardo sua resposta, meu caro! — disse o poeta a Cadmo. — Não precisa ser já. Pense até amanhã. E que os sonhos o aconselhem a meu favor!

Depois todos foram para o aposento onde no primeiro dia Laodemo havia contado suas histórias. Cadmo e a mãe ainda permaneceram na cozinha, mas os dois não sabiam como introduzir o assunto. Constrangido, o rapaz foi para a sala, e Moera angustiou-se por nunca saber expressar o que sentia.

Sentado na cama ainda improvisada, o contador de histórias já falava aos demais:

— Após a morte, ou, se preferirem, o desaparecimento de Édipo, Antígona e Ismene voltaram para casa. E foram bem recebidas em Tebas pelo irmão Etéocles, agora rei, e por Creonte, seu conselheiro. Imaginem a emoção de Antígona ao rever a casa que lhe trazia recordações felizes da infância, antes de a tragédia se abater sobre sua família. E pensem também em quanto ela, tão carinhosa com sua família, sofrera não apenas com a perda do pai, mas também com a luta entre os irmãos.

Contudo, pela primeira vez em muitos anos, Antígona pôde novamente sentir o conforto dos banhos e das roupas lavadas e novas, da comida quente e fresca, de um teto sobre a cabeça. E também de um amor. Hêmon, filho de Creonte, que já gostava de Antígona antes de ela partir com Édipo, voltou a demonstrar os mesmos sentimentos pela mulher madura que retornava do longo exílio. O afeto foi correspondido.

Cadmo, que chegara da cozinha no meio do relato, foi sentar--se entre seus amigos e recebeu tapinhas nas costas, em sinal de apoio, pois sabiam que ele estava para tomar uma decisão séria. Nenhum dos três se encontrava preparado para algo assim. Os olhares de Antinoé e Cadmo se cruzaram, mas logo desviaram, receando o embaraço.

Laodemo também mantinha um olho em Cadmo, sem, no entanto, descuidar-se da história:

— Pois bem... E Polinice? Expulso de Tebas pelo irmão, foi encontrar abrigo na cidade de Argos, mais precisamente na corte de

Adrasto, cuja filha ele desposou. Mas não havia meio de cicatrizar a ferida aberta em seu coração pela traição fraterna e pelo exílio forçado. Pensamentos de vingança lhe ocorriam, e o rei Adrasto foi sensível a eles. Querendo ajudar o genro a recuperar o trono tebano, mobilizou um grande contingente de homens para um ataque ao usurpador Etéocles.

Calculem o terror dos tebanos ao saber que tal ataque era iminente. Mais do que ninguém, Antígona se desesperou. Correu até o irmão e suplicou de todas as maneiras que ele se reconciliasse com Polinice. Recordou os laços de família, alertou para o aspecto hediondo daquele confronto, o derramamento de sangue, o sacrifício de tantos jovens, as famílias dilaceradas. E se Tebas perdesse? Seria a escravidão! Mas nenhuma de suas súplicas convenceu Etéocles. Os dois irmãos haviam atingido aquele estágio do ódio recíproco que não permite mais retorno. Desde crianças brigavam muito, porém naquela época ainda havia espaço para a amizade, mesmo que ela fosse um pequeno intervalo no perpétuo antagonismo. No entanto, a partir do momento em que Antígona partiu com o pai, a raiva mútua foi crescendo, culminando na traição de Etéocles, que se defendia dizendo que o irmão tencionava fazer o mesmo com ele. Difícil dizer, nessas brigas, quem começou e quem tem razão. Toma-se, em geral, um partido, seja por interesse, seja por afeição. E foi o que fez Creonte, não se sabe por qual dos dois motivos, aliando-se a Etéocles.

Nesse ponto, o contador fez uma pausa, como se refletisse sobre algo.

— Na verdade, penso que Creonte escolheu Etéocles apenas porque era ele o rei no comando da cidade. Se o rei de Tebas fosse Polinice e Etéocles viesse a atacá-lo, acho que Creonte ficaria ao lado de Polinice. Creonte era um tebano, um homem totalmente identificado com sua cidade. Tudo o que viesse de fora era o inimigo. A história de Tebas se confundia com sua crônica familiar. Então, teve início aquele processo de demonização do rival. Demônios eram todos os que se insurgiam contra Tebas. Retira-se assim qualquer traço de humanidade do sujeito odiado até que ele se transforme num objeto desprezível, numa espécie sub-humana, numa fera, num dragão, numa Quimera. Para Polinice, esse ser monstruoso era Etéocles, e, para Etéocles, Polinice. Assim, Etéocles e Creonte começaram a armar os cidadãos tebanos e reforçar cada um dos sete grandiosos portões da cidade. Nem mesmo o amor de Hêmon consolava Antígona ante a destruição iminente, a violência injustificável e a aniquilação final de sua família.

Em Argos, ocorriam os últimos preparativos para o combate. Adrasto convencera sete grandes príncipes argivos a lutar a seu lado. Cada um assediaria um dos portões de Tebas. Eram eles o próprio Adrasto e Polinice; Tideu, outro genro de Adrasto; Anfiarau, um vidente; Capaneu, Hipomedonte e Partenopeu. Muitas coisas aconteceram com esses príncipes antes da partida e durante a viagem. Quando caminhavam para Tebas, os sete príncipes atravessaram uma região muito árida, onde todos passaram sede. Encontraram uma senhora que cuidava de um bebê e foram perguntar a ela se conhecia naquela região alguma fonte ou veio de água. Ao aproximar-se da mulher, Anfiarau não pôde conter uma exclamação:

— *Você não é Hipsípile, rainha de Lemnos?*

E era ela, sim. Lembram-se desse primeiro grande amor de Jasão? Contarei brevemente sua trajetória: de Jasão ela teve um filho, que o herói nunca chegou a conhecer. Depois, sabendo que o líder dos Argonautas não mais voltaria, teve ainda outros filhos. Mas um dia as outras Amazonas de Lemnos descobriram que Hipsípile, quando da grande matança dos homens da ilha, protegera seu pai atirando-o ao mar numa caixa. Esse gesto, considerado alta traição pelas demais, causou a deportação da rainha. Hipsípile passou a viver como andarilha, entre piratas e mercenários, longe de seus filhos e da ilha. Quando Anfiarau, que havia sido Argonauta, a reencontrou, ela trabalhava como serva para uma família nobre daquela localidade, e o menino de que cuidava nem era seu.

O príncipe argivo apiedou-se daquela mulher envelhecida. Indagado sobre Jasão, contou-lhe que ele havia se casado com uma princesa cólquida. Hipsípile, por sua vez, levou os soldados até uma mina, onde eles saciaram a sede. Antes de partir, Anfiarau, vidente de grande poder, consolou Hipsípile dizendo que um dia seus filhos ainda a encontrariam e a levariam de volta a sua terra. A pobre mulher chorou de felicidade ao ouvir esse oráculo e só então se lembrou do pequeno menino de quem tomava conta. Descobriram então que o garoto fora morto por uma grande serpente, imediatamente liquidada pelos soldados. Anfiarau ficou desconsolado com a morte da criança e viu nisso um augúrio de derrota da expedição contra Tebas.

— E isso aconteceu? — indagou Learco, adiantando-se.

— Meu querido, deixe que a história marche com seu passo lento...

O fato é que também os tebanos possuíam seus adivinhos. Lembrem-se de que Tirésias habitava a cidade. Creonte, que nada fazia sem consultar oráculos, perguntou para ele a quem caberia a vitória. O velho adivinho, cuja desgraça era dizer sempre a verdade, proclamou que Tebas sairia vencedora do confronto se o último fruto da descendência de Cadmo morresse pela cidade, pois havia uma velha dívida de sangue que precisava ser resgatada. Creonte alarmou-se: tratava-se justamente de seu filho, não Hêmon, noivo de Antígona, mas o caçula Megareu. Apavorado com a ideia, Creonte, que até então defendera ardorosamente o combate, pediu a Megareu que fugisse, que fosse para longe, que se mantivesse vivo. Mas, para desespero do pai,

Megareu, guerreiro por índole e educação, decidiu sacrificar-se pela vitória tebana atirando-se do alto de um muro. Antígona viu naquela morte o início de uma grande noite

Então os exércitos argivos chegaram. Os sete príncipes acamparam em frente aos portões de Tebas e lá armaram suas tendas, preparando-se para o combate. Antígona e Ismene subiram à torre, de onde Creonte vistoriava as fileiras inimigas. Debruçadas nas ameias, alarmaram-se com o contingente numeroso do adversário: os sete exércitos espalhavam-se pelos campos até o limite da visão. Mesmo a distância, as duas reconheceram Polinice, que organizava os soldados dando ordens, conversando com os outros príncipes. O coração de Antígona se apertou de saudade; tudo o que ela queria era abraçá-lo. Por um instante, achou que os deuses podiam interceder pelo bom fim daquela porfia e sonhou com a reconciliação dos irmãos. Mas as tênues fantasias logo se dissiparam: um clamor terrível se elevou aos ares. O combate se iniciara!

Naquele momento, todos os rostos da sala apresentavam a mesmíssima expressão séria, compenetrada, assustada, o que assinalava a mágica fusão entre a história e o público, quando o tempo real é suspenso e a narrativa domina a imaginação. Era como se Tebas estivesse ali. A harmonia era quebrada apenas por Érgona, que, talvez por não ouvir ou por estar pensando em outra coisa, abria um sorriso largo, banguela e beatífico. Sem se dar conta disso, como se tivesse se transportado para o local do combate, Laodemo passou a narrar no tempo presente:

— A luta é intensa! Os argivos são mais numerosos, mas os tebanos possuem ótima fortificação e um exército combativo. Tudo parece conspirar a favor da cidade sitiada. Por toda parte os gritos de guerra ecoam e as trombetas encorajam os guerreiros. As armas são as mais diversas: arcos, lanças, pedras atiradas por fundas, machados. Do chão, as flechas argivas alçam-se até o alto das torres, e lá de cima chovem lanças tebanas contra os inimigos. Toras de madeira são arremessadas contra os sólidos portões. Mas eis que eles se abrem repentinamente, e os tebanos, num ataque-surpresa, saem a pé e em carruagens da cidade gritando ferozmente. Ouvem-se baques de corpos e armas entrechocando-se. Carnificina. Dos dois lados caem soldados feridos, perfurados, mutilados. Gritos de dor são ouvidos em cada canto, o sangue borra a paisagem.

A confusão é absoluta! Impossível saber quem é quem a distância. Só após certo tempo alguma ordem se instala: os argivos recuam. Foi uma vitória parcial de Tebas, cujos soldados voltam para o interior da fortificação. Contabilizam-se perdas de ambos os lados: um choro coletivo sobe aos céus, unindo companheiros de luta, colegas de juventude, pais, mães, irmãos. Os inimigos da cidade, furiosos, preparam o contra-ataque, quando surge o arauto tebano com uma mensagem do rei Etéocles. Os sete príncipes se reúnem para ler. Um silêncio opressivo e agourento envolve o campo de batalha. Para assombro de todos, Etéocles pede a suspensão do combate, que promete se prolongar, causando muitas perdas, e desafia Polinice para um duelo. Quem vencer terá tudo. A perplexidade toma conta do campo. Antes que alguém se manifeste, Polinice aceita as condições. Ele quer bater-se com o irmão!

A narração no tempo presente atualizava ainda mais o combate, como se ele acontecesse eternamente, suspenso sobre o fluxo incessante do ontem, do hoje e do amanhã.

— Uma clareira se abre na floresta humana que se agita defronte aos altos portões. O chão, ainda umedecido pelo suor e pelo sangue, está repleto de cadáveres, armas e escudos quebrados. Um dos portões se entreabre e Etéocles surge caminhando com passos solenes. Polinice se adianta. O espanto dos argivos é absoluto, pois nunca haviam visto os dois irmãos frente a frente: não fossem as armaduras, seria impossível distinguir um do outro. Num movimento que parece combinado, os soldados do exército argivo sentam-se no chão, em grande expectativa. No alto dos muros tebanos, a multidão se aglomera. Outras portas são abertas e os que não couberam no alto dos muros saem e se comprimem do lado oposto ao dos inimigos. Entre estes estão as irmãs. Das duas, Antígona é a mais aflita. Quer correr até os irmãos, gritar que parem com aquilo, pedir que se olhem nos olhos. Mas, para Etéocles e Polinice, o espelho que têm à frente reflete apenas o rosto adversário.

A luta se inicia: longa, encarniçada. Os golpes, aprendidos com o mesmo professor, se equivalem, como se equivalem a força e a destreza. Uma vantagem de um lado, outra de outro. Atracam-se. O ódio se expande em forma de gritos, olhares, esgares guerreiros. As armaduras quebram, são arrancadas. Torna-se cada vez mais difícil reconhecer quem é quem. Até que a espada penetra um dos corpos. Qual? Quem? Os que estavam sentados levantam-se, uma exclamação vem de todos os lados, seguida por um silêncio atento: um corpo cai ensanguentado. Quem? Qual? Os dois lados gritam pela vitória. Mas o que está caído ainda tem forças para apanhar uma arma atirada ao chão e causar um ferimento mortal no que está de pé. E então... Já não importa qual ou quem: os dois corpos confundem-se um sobre o outro, ambos sem vida.

Cadmo já havia escutado outras vezes essa história, mas não se recordava de ver o avô tão envolvido. Sua voz revelava uma emoção especial. Depois de narrar a morte dos irmãos, o narrador calou-se. Ficou quieto, pensativo, vigiado pelos olhares da assistência, que aguardava o desdobramento dos fatos. Quando reiniciou, refluiu sem perceber para o tempo pretérito, adequado à narração de fatos antigos.

— Mas, enquanto a maioria assistia à prolongada luta entre Polinice e Etéocles, Creonte não perdeu tempo. Precavido, organizou um destacamento por trás dos muros. E, aproveitando-se da grande perplexidade após a morte simultânea dos irmãos, ordenou o ataque, que apanhou os argivos de surpresa. Com aquela ofensiva organizada, os tebanos levaram grande confusão ao campo adversário. Um dos sete príncipes, Partenopeu, tombou degolado. Outro deles, Hipomedonte, de grande estatura, foi atingido no coração por uma flecha enquanto tentava organizar seus homens. Capaneu teve o peito varado por uma lança, e Tideu foi esmagado por cavalos de uma carruagem inimiga. Só Adrasto e Anfiarau resistiam, e logo ordenaram a retirada. Anfiarau haveria de tombar mais adiante. Os argivos foram desbaratados, centenas já haviam morrido, outros corriam pelos campos desordenadamente. Tebas era vencedora! Uma euforia sem limites tomou conta dos cidadãos, que gritavam e choravam de alegria pela vitória. Trombetas enchiam o ar de orgulho cívico. E por alguns instantes todos se esqueceram do rei morto, debruçado sobre o irmão. Exceto suas irmãs. Antígona, com o vestido empapado de sangue, derramava-se em lágrimas sobre os corpos. Em pé, Ismene também chorava.

— E Tebas? Quem governou Tebas? — perguntou Learco, preocupadíssimo com os destinos políticos da cidade.

— Novamente Creonte, meu querido. Assim como já fizera após a morte de Laio. Sempre Creonte. Resistente. Constante. Sentado ao lado do trono, aconselhando como parente próximo. Indestrutível. Suportara a morte de Megareu e se empenhara ainda mais no combate. Avô, pai e netos haviam morrido. E lá estava o eterno tio, o eterno primo, o eterno sobrinho. A primeira medida de Creonte como novo rei foi recolher o corpo de Etéocles para dar-lhe funeral digno de um rei.

— E Polinice? — quis saber Learco.

Laodemo soltou um suspiro e explicou:

— Para Creonte, era impossível voltar atrás: a demonização do sobrinho exilado fora completa. Para os tebanos, ele simbolizava as perdas humanas, agora contabilizadas. Em sintonia com seus concidadãos, o novo rei declarou que Polinice era o inimigo e devia ser tratado como maldito. Deixaria insepulto seu cadáver para recordar a todos a sina dos traidores. Serviria de alimento para cães, chacais, aves de rapina e todos os bichos que se nutrem da podridão. Aquele corpo ficaria ali, mesmo que dele só restasse a ossada, como um sinal de advertência para os que pretendessem atacar Tebas.

— Mas e a alma dele? — indagou Antinoé, preocupada com a crença de que a alma de corpos insepultos não podia sequer descansar no Hades.

O ancião respondeu:

— O ódio de Creonte ao inimigo de Tebas era do tipo que quer atingir o adversário até mesmo após a morte. Tão grave era essa maldição que o povo de Tebas silenciou ao ouvi-la.

Só a voz de Antígona levantou-se em protesto. Ela ousou defender o irmão contra o tio, dizendo que tal medida era drástica demais, que a guerra já fora ganha! E, quanto mais frontal era sua defesa, mais Creonte se crispava num respeito pela coroa, numa firmeza de palavra dada que não podia voltar atrás. Acuado, tornou-se violento a ponto de decretar que quem tocasse no cadáver de Polinice teria a morte mais horrível: seria emparedado vivo! Antígona jogou-se aos pés do tio sem receio da humilhação. Já não vagara como mendiga ao lado de seu pai?

E clamou, pediu, implorou, suplicou, como já fizera com Etéocles, para que revogasse o tal decreto. E uma vez mais bateu contra o intransponível muro do orgulho. Então, ela apelou a Ismene:

— *Peça você também, Ismene. Talvez Creonte a ouça!*

— *Já não chega tudo o que passamos?* — Ismene, mais fraca, se aflige. — *Para que prolongar tanto sofrimento?*

— *Vá você, então, Hêmon!* — pediu Antígona ao noivo. — *Você é filho, seu apelo tem mais força que o nosso!*

— *Meu pai deu a palavra ao povo de Tebas, Antígona! Ele jamais recuará!* — respondeu Hêmon, resignado.

E Antígona se desesperava ao imaginar o corpo mutilado do irmão entregue aos abutres, ao pensar em sua sombra errante e sem descanso. Por isso, decidiu contrariar o tio poderoso. No meio da madrugada, vestiu roupa escura e saiu por um portão mal vigiado. Caminhou até o cadáver de Polinice e atirou sobre ele um punhado de terra, o suficiente para que os deuses dos Ínferos considerassem o corpo enterrado, procedimento aceitável em guerras prolongadas.

No dia seguinte, alguns soldados viram a terra sobre o cadáver e avisaram Creonte. O rei enfureceu-se e prometeu aos guardas o mesmo destino do infrator: o emparedamento. Por toda a cidade comentava-se o fato.

Outra madrugada, sabendo que a terra fora retirada do cadáver de Polinice, Antígona retornou uma vez mais para cobri-lo. Dessa vez foi apanhada e levada até o tio. Este empalideceu ao ver a filha de Édipo. Pediu-lhe encarecidamente para negar o ato, mas ela se recusou.

— *Você infringiu uma lei que eu promulguei!* — gritou Creonte, em desespero.

— *A ela se opõem leis mais antigas, que são eternas!* — respondeu Antígona.

O impasse estava armado. Hêmon instava Antígona a recuar. Ismene pedia à irmã que se desmentisse. Mas Antígona já perdera coisas demais. Sua atitude não era de valentia oca, de orgulho encrespado. Ela defendia a dignidade do irmão, sua vida futura, o último elo de uma família despedaçada, que um dia ela amou mais que tudo.

Não era apenas uma irmã defendendo seu irmão, era alguém em luta contra uma ordem arbitrária, uma ordem que insultava os mais sagrados fundamentos. Conformar-se seria o mesmo que pôr o mais baixo no lugar do mais alto. Não, não havia volta para Antígona: ela foi amarrada e feita prisioneira, enquanto esperava o emparedamento.

— E Hêmon? Não fez nada?! — revoltou-se Antinoé.

— Calma, minha querida, não vamos julgar tão depressa.

Hêmon arrependeu-se sinceramente por não ter apoiado Antígona. Horas antes de ver a noiva emparedada, correu até seu pai. Disse que o povo agora olhava com admiração a irmã de Polinice e que talvez não fosse errado ele voltar atrás. Falou muitas vezes, argumentando, ora de modo educado, ora com grosserias, e de maneira alguma conseguiu demover o rei. Creonte se encontrava paralisado pela própria decisão. Talvez não possuísse a coragem necessária para deixar a compaixão falar mais alto. Nem mesmo quando Tirésias veio lhe contar o mau presságio no grasnado das aves ele mudou de ideia, com medo da desmoralização. E expulsou o vidente.

Tampouco quando Eurídice, sua esposa, veio aflita dizer que Hêmon saíra de casa, aturdido, tampouco aí ele revogou sua lei. Apenas quando o povo se amontoou na frente do palácio, aos gritos, exortando-o a ouvir Tirésias, Eurídice, Hêmon... somente então ele tremeu com medo de ter agido erradamente. Acuado, aceitou o apelo de todos e marchou para o local onde Antígona fora presa, disposto a perdoá-la e a enterrar Polinice.

Mas, quando lá chegou, caiu de joelhos, aterrado: seu filho Hêmon jazia sobre a própria espada. Ele a enterrara no peito após matar Antígona a pedido desta, que não queria ser enterrada viva. E, enquanto Tirésias abandonava a cidade, novos gritos foram ouvidos. Ao saber do suicídio do segundo filho, em seu quarto, Eurídice também se matara.

Assim cumpriram-se todos os oráculos. Dos descendentes daquela linhagem sobraram apenas Ismene, que não teve filhos, e Creonte, órfão de família, solitário em seu trono.

***

A história envolvera todos de tal modo que agora parecia custoso desvencilhar-se dela. Aos poucos a plateia informal foi se levantando e se espreguiçando. Alguns trocavam comentários em voz baixa. Antinoé parecia inconsolável. Learco olhava para dentro de si, perdido em reflexões. Moera veio trazer uns bolinhos de peixe, e só então as pessoas abandonaram de vez o círculo da assistência.

Laodemo continuava de cenho carregado. Moera logo percebeu não se tratar de sofrimento moral, reflexo da história. Era algo mais físico.

— Papa... tudo bem?

Mas, por mais que o ancião disfarçasse, ela não se deixou enganar.

— Você não fez nenhum exagero hoje, hein, papa?

— Não... eu... não...

Moera olhou para Cadmo, que baixou o rosto.

— O que você andou fazendo, papa?

Quando ficou claro que o caldo ia entornar, as visitas se despediram rapidamente, cada qual tomando seu rumo. Um pouco mais tarde, Laodemo gemia com as mãos na barriga, enquanto Moera, com a expressão de uma Erínia vingativa, preparava uma infusão com ervas medicinais.

4

A fundação
da cidade

A noite foi agitada na casa de Moera. Laodemo teve enjoos e febre, tudo por conta dos excessos do dia: o carneiro, o vinho, a chuva. E sua falta de arrependimento irritava Moera ainda mais. Ela ferveu água com uma raiz amarga e aplicou compressas sobre o estômago do ancião. Tal medida se revelou boa; no meio da madrugada as náuseas passaram, e ele pegou no sono.

Quem não conseguiu dormir foi Cadmo. Ficou a noite toda ao lado do avô, mesmo quando este adormeceu. Uma forte ansiedade oprimia-lhe o peito. Aceitaria o convite do poeta? Uma parte dele já aceitara. Ver Atenas! Conhecer outras pessoas, ir a Tebas... A possibilidade da viagem já havia se instalado em seu coração. Se não fosse, sentir-se-ia frustrado. Quando outra oportunidade como essa apareceria? Por outro lado, angustiava-o deixar a ilha com Laodemo ainda tão debilitado. E se a mãe estivesse certa? E se ele voltasse a piorar? Sua mãe ficaria só? Desde que seu pai e seu irmão morreram, sentia necessidade de ficar perto de Moera, como se quisesse compensar-lhe a perda. Está certo, havia Ledmo também, mas ainda assim... Na verdade, a viagem o fascinava e o apavorava ao mesmo tempo!

Ao perceber as primeiras claridades, foi para a horta, onde ficou perambulando, pensativo. O céu plúmbeo parecia refletir suas ruminações. Pelo jeito, aquelas nuvens envolveriam a ilha durante um dia ou dois. Espalhadas pelo quintal, havia grandes caçambas de palha trançada, usadas para recolher frutas. Cadmo recostou-se atrás delas e acabou conciliando ali o sono que não viera durante a noite.

Despertou ao som de vozes e com a sensação de ter dormido pesadamente. Distinguiu pelo timbre as visitas: o poeta, o dramaturgo, o filósofo, o escultor e o historiador — os atenienses. Eles conversavam animadamente, decerto aguardando Laodemo despertar. Moera, porém, dissera que não deixaria o ancião falar naquele dia. E sua palavra pesava bastante.

Oculto pelas caçambas, Cadmo ficou ouvindo a discussão. Desde o primeiro dia, aqueles homens haviam provocado sua curiosidade. Notou que falavam sobre Atenas, comentando a confusão em que a cidade se encontrava nos últimos tempos, os conflitos nas ruas, coisa que deixou o rapaz um tanto alarmado.

Depois, passaram a discutir longamente as histórias de Laodemo sobre os deuses e os heróis. Cadmo espantou-se de que o filósofo argumentasse de modo tão cético em relação às narrativas. Discutia com os outros, falando em coisas abstratas, como os elementos da natureza, o ar, a água, os átomos.

— As brigas de Zeus e Hera — argumentava — são fruto da imaginação. Nasceram da observação do céu claro ou tempestuoso, dos conflitos atmosféricos.

O poeta, embora também compreendesse as histórias como alegorias, mostrava-se ofendido com o fato de que imagens tão fortes fossem consideradas mera descrição poética dos estados atmosféricos. Defendia ardorosamente que as histórias falavam das coisas da alma humana, coisas eternas, no que era secundado pelo escultor, devoto de Apolo. Já o dramaturgo defendeu seu lado:

— Pois para mim essas histórias são carne suculenta! Imaginem o teatro de Epidauro cheio. Eu não conseguiria prender a atenção daquela turba com discussões filosóficas. Seria trucidado. Mas, bem executadas, essas histórias amarram todo mundo ali!

Para Cadmo, era chocante que aqueles homens pusessem em questão uma realidade simples: as histórias eram maravilhosas e pronto! Contudo, o que mais o perturbou veio em seguida, quando o historiador perguntou aos outros se eles achavam que Laodemo possuía aquela idade fenomenal. A negativa foi unânime. O poeta parecia falar por todos quando disse:

— Ele é um contador do velho estilo, raríssimo, que se apresenta como personagem das histórias que conta. Artifício, aliás, delicioso. É encantador, não é?

Os outros assentiram e passaram a tecer muitos elogios a Laodemo. Concordaram que havia muita sabedoria nas palavras dele, fruto da grande experiência de vida.

Cadmo corou. Revelar-se agora seria constrangedor. Para seu alívio, Moera apareceu falando, muito a contragosto, que Laodemo tinha melhorado e que voltaria a narrar em instantes. Exclamações de alegria partiram daqueles homens, que se precipitaram na direção da casa, afoitos por mais histórias.

Quando percebeu que as visitas haviam entrado, Cadmo saiu detrás das caçambas. Só não esperava que a mãe ainda estivesse por ali. Esta, no momento em que viu o filho, percebeu seu conflito. Ela possuía essa capacidade, exasperante para o filho, de ver através dele, como se Cadmo fosse transparente.

— Cadmo...

Ele parou, intuindo o que ela ia dizer.

— Não sei o que você vai decidir, filho. Não precisa se preocupar comigo... Aqui temos parentes, vizinhos, quer dizer... Não há problema. Esta é sua casa, vai estar aqui sempre, você sabe...

Moera era péssima com palavras, porém Cadmo entendeu assim mesmo. Queria agradecer-lhe, mas não soube como. Apenas fez que sim com a cabeça e entrou. A mãe caminhou até a beira da horta e sentou-se no muro de pedras, de onde ficou olhando o mar enevoado.

***

Quando Cadmo chegou à sala, apesar de toda sua desorientação, teve de segurar um riso ao ver o avô: inteiramente coberto por mantas e com uma touca enterrada na cabeça quase até os olhos, fazia uma figura cômica. Dele se via apenas um pedaço do rosto. Os outros também riam ao ver o ancião daquele jeito. E ele, percebendo isso, ria de si mesmo.

— Moera é exagerada, não está tão frio assim!

O número de pessoas também espantou Cadmo. Percebeu que seu sono atrás das caçambas fora realmente profundo: não tinha visto aquela multidão chegar. Lá estavam as crianças de sempre, os vizinhos habituais, Learco, Antinoé e, claro, os atenienses, que punham em dúvida coisas tão sagradas para ele.

Com um pigarro, Laodemo chamou a atenção de todos.

— Conversamos muito sobre heróis nesses dias, não foi? Gostaria ainda de falar mais um pouco sobre um herói pelo qual nosso amigo aqui possui bastante admiração — disse Laodemo, referindo-se a Learco. — Falemos um pouco mais de Teseu. O grande herói Teseu!

Todos se ajeitaram na sala. Ledmo e seus amigos vieram se sentar mais perto do contador.

— O que é nossa velha Grécia senão as cidades esplêndidas que a compõem? As histórias que contei foram não apenas histórias de heróis, mas de cidades. Da velha Tessália veio Jasão. Da região dominada por Tebas, Héracles, que depois percorreu toda a Grécia. E em Tebas também estivemos com Édipo ontem mesmo, não? Ah! E Tideu, um dos sete príncipes que lutaram ao lado de Polinice, veio da região etólia. Não vamos nos esquecer dos heróis argivos, de Belerofonte, de Perseu! Micenas, Corinto, Esparta... São tantas! E Teseu? Teseu é o herói de Atenas, dessa Atenas que tem sido o próprio espírito da Grécia.

Se Laodemo queria agradar a seus visitantes, conseguiu. Os atenienses abriram um sorriso envaidecido. Ele também não deixou de notar que a referência a Atenas havia mexido com Cadmo, cuja face se turvou.

— Como vocês sabem, Atenas pertence à região da Ática. Na época do rei Egeu, essa região era um amontoado de aldeias e povoados em torno de Atenas, então uma pequena cidade. Havia muitos conflitos entre esses pequenos reinos, cada qual com seu governo. O próprio Egeu vivia sob a ameaça constante de um irmão chamado Palas, pai de muitos filhos, todos ávidos por poder. Esse irmão via com inveja a supremacia de Atenas. O bom Egeu não tinha herdeiros, coisa que muito o entristecia, enquanto alegrava seu irmão Palas. Este esperava que, após a morte de Egeu, a cidade pudesse ser governada por seus filhos.

A coisa que Egeu mais queria era ter um filho varão que desse continuidade a seu nome e a seu governo. E eis que um dia esse desejo se cumpriu. Com a princesa Etra, filha do rei Piteu, da cidade de Trezena, Egeu teve enfim um menino. Sua alegria foi imensa, logo seguida de temor. Receava que seu irmão e os filhos dele atentassem contra a vida de seu herdeiro. Por isso, guardou segredo sobre a gravidez de Etra. Mudou-se para Trezena, cidade de seu sogro, e lá viveu até que o filho tão aguardado nascesse. Esse filho era Teseu, nosso herói.

— E os primos nunca souberam? — perguntou Ledmo.

— Por um bom tempo o segredo foi mantido — respondeu Laodemo. — Aliás, por muito tempo...

Ocorre que, com Egeu longe de Atenas, as coisas se complicaram na cidade, de modo que ele foi forçado a voltar. Porém, antes de retornar, pediu a Etra que educasse Teseu de modo a torná-lo um homem corajoso. Depois mostrou à mulher uma espada belíssima, forjada pelos melhores artesãos, uma arma poderosa, e a enfiou debaixo de uma pedra muito pesada. Disse então à esposa que, quando o filho tivesse força para levantar a pedra e apanhar a espada, ela o mandasse procurar pelo pai em Atenas. Beijou a criança, que nem sequer engatinhava, e se foi.

Etra fez o que Egeu lhe pediu. E viu crescer um menino que ainda pequeno já mostrava valentia. Conta-se que, certa vez, Héracles passou por Trezena. Ele e Teseu eram parentes consanguíneos, embora distantes. Naquela época, Héracles já era o jovem herói que libertara Tebas e que realizara seus primeiros trabalhos. Teseu era apenas um garoto. Assim, quando o tebano, antes de se sentar para a ceia, despiu a famosa pele do leão de Nemeia, ela causou pavor entre as crianças presentes. Apenas Teseu, com uma espada de brinquedo, atacou a fera, provocando muitos risos.

— Teseu não esteve com Héracles na expedição da Argos? — indagou Learco.

— Bem lembrado! Os dois foram Argonautas. Aliás, Teseu sempre foi admirador de Héracles, desejoso de seguir-lhe os passos.

E tão precoce foi seu crescimento que, ainda adolescente, já possuía a força de um homem adulto. Todos o admiravam em Trezena. Por causa de seu nascimento secreto, espalhou-se um boato de que ele era filho de Posêidon, padrinho da cidade, donde viria sua força invulgar, boato que ele nunca negou, de tanto que desejava ser um grande herói, um semideus.

Outra coisa que Teseu possuía era inteligência aguda e muita eloquência, impressionantes para sua idade. Sabia o que queria e calculava quais passos teria de dar para se tornar o grande homem que ansiava ser. Sabendo, por exemplo, que muitos heróis haviam sido educados por Quíron, quis ir à Tessália e se tornar seu discípulo. Alguns dizem que ele chegou a fazê-lo, coisa de que duvido.

Entretanto, é certo que, se não recebeu lições diretamente do mestre, recebeu de seus alunos, ao integrar a expedição dos Argonautas. Com a impetuosidade da adolescência, avisou à mãe que iria a Iolco participar da grande aventura ao lado de Jasão. Etra pediu-lhe para não ir, disse que seu pai o aguardava em Atenas. Falou ainda da espada e de tudo o mais. Mas ele estava decidido: arrumou as coisas e partiu.

— E Egeu? — perguntou Leucoteia, preocupada.

— Ficou triste e apreensivo quando, por um mensageiro, recebeu a notícia de Etra.

Mas não podia fazer nada senão aguardar. E aguardou tantos anos que até achou que o filho tivesse falecido na empresa. Como nunca mais teve notícias de Teseu, a tristeza de morrer sem herdeiros voltou a assombrar seu coração. Ocorre que, após o término da expedição argonáutica, Teseu vagou pelo mundo ganhando experiência até voltar a Trezena. De lá saíra rapazote, portanto ainda era um homem jovem quando retornou. Sua mãe, Etra, já havia morrido. Ele então achou que era chegada a hora de conhecer o pai e assumir compromissos em Atenas. Lembrou-se da espada. Ergueu a pedra com facilidade e, cheio de orgulho, apanhou a lindíssima arma. Seu avô o aconselhou a fazer um trajeto marítimo, pois naquele tempo as estradas estavam infestadas de criminosos.

Teseu, no entanto, optou pelo trajeto terrestre, talvez porque quisesse muito ser um herói reconhecido. Até então seu único feito fora acompanhar os Argonautas, aventura que notabilizara o nome de Jasão. E Teseu, já vimos, era muito ambicioso.

— Mais que Héracles? — incomodou-se Ledmo.

— É diferente, meu querido. Héracles não projetava nada: as coisas iam acontecendo e acabavam por envolvê-lo; ele parecia predestinado. Teseu o tinha por modelo. Assim, escolheu ir a Atenas por terra e fez o caminho mais longo.

Vagou durante muitos anos antes de chegar a seu destino. Não encontrou monstros como a Hidra de Lerna, por exemplo, mas foi de grande utilidade para muitas aldeias e cidades, pois lutou e aniquilou dezenas de criminosos, assaltantes, bandoleiros e tiranos.

Alguns eram verdadeiros monstros, assassinos cruéis. Um deles catapultava as pessoas rochedo abaixo, outro lhes serrava os membros metódica e deliberadamente.

Teseu vasculhou a região procurando cada um desses bandidos e os exterminou muitas vezes com a mesma violência. Seu nome passou a ser respeitado. Ele sentia compaixão pelos desvalidos e possuía um senso inato de justiça. Tanto que, certo dia, ao aproximar-se de Atenas, decidiu ir até um templo. Em Trezena, seu avô e sua mãe haviam-no ensinado a respeitar os deuses. E ele queria entrar em Atenas purificado do sangue que derramara. E assim fez. Quando chegou afinal à cidade, levando consigo a espada, herança paterna, muitos anos haviam se passado desde a expedição dos Argonautas. Adivinhem então quem ele encontrou ali; alguém faz ideia?

— Héracles? — arriscou Milos.

— O tio Palas? — sugeriu Iolau.

— Não, meus queridos, Teseu encontrou Medeia.

— A princesa cólquida! — exclamou Antinoé.

— Sim! E aqui puxamos outro fio de nosso novelo de histórias para amarrar nesta ponta. Medeia...

Como a havíamos deixado? Da pior maneira possível! Após matar os próprios filhos e a jovem esposa de Jasão, ela havia fugido pelos ares numa carruagem puxada por um dragão. Vamos encontrá-la novamente em Atenas! A Atenas do rei Egeu, do triste rei Egeu, sem herdeiros. Egeu, que julgava morto, em alguma terra distante, seu único filho varão.

Mas que Medeia é essa que chegou a Atenas? Para alguém como ela, inclinada a gestos extremos, só havia dois caminhos: o arrependimento total ou o recrudescimento dos defeitos. Prevaleceram, contudo, os defeitos; o amor ao poder sobrepujou os poderes do amor. A princesa da Cólquida, que, apesar de tudo, havia se sacrificado por Jasão, convertera-se definitivamente na feiticeira, na bruxa, na senhora dos sortilégios. E quando Medeia viu aquele rei infeliz e solitário decidiu envolvê-lo em sedução e magia.

— Medeia e Egeu? — exclamou uma vizinha, porta-voz da inquietação geral.

— Qual a grande surpresa? — Laodemo parecia se divertir. — Lembrem-se de que Medeia sempre quis ser uma rainha grega. Para isso viera da Cólquida, trazida por Jasão. Agora ela enfeitiçava Egeu com suas poções da juventude, de triste memória para as filhas de Pélias. Ela envolveu o rei, alienou-o. Exercia o fascínio ambíguo e perverso de quem se julgava acima de todas as regras.

Foi então que essa feiticeira soube, por meio de suas artes divinatórias, que Teseu se aproximava de Atenas. Ocultou do rei que conhecera Teseu, jovenzinho de todo, na nave Argos. E nada disse sobre sua chegada iminente, com medo de que ele fosse expulsá-la dali. Teseu perguntaria de Jasão e acabaria sabendo de tudo. Não! Medeia o encarou como inimigo e se preparou para recebê-lo.

Volta e meia, Laodemo se atrapalhava com o excesso de mantas que o envolviam. Cadmo o ajudava a desenroscar-se, principalmente quando a narrativa se tornava intensa e ele sentia necessidade de movimentar os braços.

— E o que fez Medeia? Aproveitou-se do momento delicado que a cidade atravessava. Em Atenas, tudo estava confuso, especialmente pela negligência de Egeu, que, enfeitiçado por Medeia, mal governava. Para piorar, os filhos de Palas, soberanos de cidades próximas, insatisfeitos com o predomínio ateniense da região, queriam derrotar Egeu em combate.

Além de Egeu, Medeia seduzira conselheiros e nobres, exercendo assim enorme influência nas decisões políticas. Aproveitando-se disso, espalhou o boato de que um estrangeiro chegaria a Atenas com a intenção de matar Egeu, apresentando-se, no entanto, como amigo. Propôs assim um plano para envenená-lo; em hipótese alguma aquele estrangeiro deveria aproximar-se do rei! Calculista que era, ela amarrou os pontos direitinho.

Imaginem, pois, a surpresa de Teseu quando, ao chegar à cidade, viu seus passos impedidos e seu pai oculto por desconhecidos que o tratavam como criminoso. Sem supor que planejavam matá-lo e levando de roldão conselheiros e soldados, ele invadiu o palácio de espada em punho.

Quando viu a arma, o rei imediatamente a reconheceu e gritou: quis saber onde aquele homem a encontrara! E então não mais se pôde esconder o óbvio. Teseu se aproximou do pai, e os dois se abraçaram. Eles se pareciam, eram mesmo pai e filho! Uma alegria imensa tomou conta de Egeu, que não parava de abraçar Teseu, como se precisasse continuamente tocá-lo para se certificar de que, sim, era ele, e estava ali!

— E Medeia? — Um coro de três vozes aflitas agitou a sala.

— Toda a trama de Medeia veio à tona — esclareceu Laodemo. — Os que a protegiam se acovardaram. Temendo uma reviravolta com a chegada do príncipe herdeiro, acusaram a feiticeira, revelando seu plano homicida. Em consequência, ela foi expulsa de Atenas, de onde partiu em sua lúgubre carruagem. Sumiu da Grécia. Há quem diga que ela retornou à Cólquida e aos ritos subterrâneos. Recebida como herdeira do velho Etes, ocupou afinal o trono que sempre desejara. Ouvi também dizer que se tornou uma rainha despótica, adorada como deusa pelo povo receoso de seus sortilégios.

Com Medeia longe, Egeu recuperou a razão e caiu em si, envergonhado. Vergonha que não o impediu, porém, de desfrutar o reencontro com o filho. Tanto se comprazia que não largava mais

Teseu. Arrastava-o consigo para todo lado, mostrando a cidade, contando tudo o que ali se passara. Ah... Como Egeu se alegrava ao contemplar aquele rosto parecido com o seu, ao ver no filho um homem feito, o bravo herói que daria continuidade a sua obra! Que mais poderia um pai desejar?

Houve um breve intervalo quando Cadmo levou o avô ao banheiro. As pessoas na sala passaram a conversar em voz baixa, umas preocupadas com o rumo da história, outras com a saúde do contador. Logo, porém, ele voltou. Notando gravidade em algumas expressões, tratou de dar um sorriso tranquilizador e constrangido.

— Desculpem-me por fazê-los esperar, meus queridos...

Retornemos então ao ponto em que deixamos Teseu e seu orgulhoso pai, um na companhia do outro, os dois procurando reaver o tempo perdido. Os atenienses de alma generosa admiravam aquela amizade e a alegria que os dois demonstravam quando estavam juntos. Falei em alma generosa porque também havia aqueles que, descontentes com a situação da cidade, hostilizavam Teseu. Como um estrangeiro que nunca vivera em Atenas, que não conhecia seus problemas, iria governá-los?

Entretanto, Teseu, agindo rapidamente, logrou resolver ao menos um daqueles problemas. Ora, vocês devem estar lembrados de que Palas, irmão de Egeu, tinha um olho na sucessão do trono ateniense. Quando ele e seus filhos souberam da existência de Teseu, logo se sobressaltaram. Convidaram o primo para um banquete, com a intenção de matá-lo numa emboscada. Depois diriam que ele fora morto por bandidos.

Egeu, que bem conhecia seu irmão, pediu a Teseu que não fosse, mas ele sossegou o pai e partiu. A emboscada fracassou por completo, pois Teseu, mesmo em desvantagem, matou os filhos de Palas e o próprio tio, dando fim às ameaças de ataque à cidade. Egeu, ainda que consternado com o acontecimento, muito se regozijou da bravura do filho. O mesmo fizeram os habitantes de Atenas, aumentando o número de admiradores do herói.

Havia mesmo algo de involuntariamente cômico no rosto de Laodemo naquela manhã, em virtude da touca enterrada na cabeça. Seu nariz parecia maior, acrescentando um quê de caricatura a sua expressão facial. Isso não comprometia a fruição da narrativa; antes aumentava a simpatia pelo contador, dada a fragilidade de seu estado. E ele prosseguiu, incansável:

— Mas sabemos muito bem que Teseu era, além de bravo guerreiro, uma pessoa inteligente, articulada e perceptiva. E que ele queria ganhar a confiança da população para ser admirado quando chegasse sua vez de reinar.

A oportunidade para tanto surgiu quando apareceram em Atenas os odiados emissários de Minos, rei de Creta. Aqui vamos atar outra ponta esquecida de nosso emaranhado novelo. Lembram-se do tirânico Minos, que oferecera asilo a Dédalo e a seu filho, Ícaro? E do labirinto construído por Dédalo para aprisionar o apavorante Minotauro? Pois bem. Lembremo-nos também do filho de Minos, Androgeu, morto no território ático, e das terríveis secas que a partir de então atingiram aquele território. Secas causadas pela ira dos deuses ante aquela morte e que, segundo o oráculo de Apolo, só cessariam quando Minos perdoasse os atenienses.

Vale ainda recordar a exigência feita por Minos para vingar a morte do filho: que sete rapazes e sete donzelas atenienses, a flor da geração, fossem entregues ao Minotauro. Apesar do horror que isso provocou em Atenas, o medo de que a ira sagrada prosseguisse fez com que tais condições fossem aceitas.

Mas o rancor de Minos nunca se dissipava, e cada ano mais sete donzelas e sete rapazes tinham de ser sacrificados. Quando Teseu chegou a Atenas, era a terceira vez que os emissários do odiado rei apareciam para cobrar o sinistro imposto. Um clamor de lamentos se elevou então até o palácio: a cidade não suportava mais perder na primavera seus melhores jovens.

Como calculara, o contador de histórias notou entre os mais jovens a expressão de revolta. Era possível ler no rosto de Learco e Antinoé a identificação com aqueles atenienses imolados num momento da vida em que tudo parecia florescer.

— Teseu então resolveu agir. Apesar dos protestos de seu pai, decidiu embarcar para Creta como um dos sacrificados. Isso calou a assembleia da cidade, que acusava Egeu de nada fazer para impedir a tragédia anual. A atitude do príncipe realmente impressionou todos.

Para Teseu, a oportunidade vinha a calhar. Antes de chegar a Atenas, fizera muita justiça, mas não eliminara nenhum desses monstros que infestavam a Grécia de então e que Héracles e outros heróis haviam corajosamente dizimado. Talvez o Minotauro fosse um desses últimos monstros. Teseu sabia que estava jogando a grande cartada de sua vida, que seu futuro dependia do êxito nessa empreitada.

Imaginem também o desconsolo de Egeu, prestes a perder o filho que tanto custara a encontrar. Mas Teseu, dono de uma personalidade expansiva, muito enérgica, garantia ao pai que voltaria vivo da aventura, enquanto orientava a construção de um navio mais veloz para a viagem a Creta.

— Veloz como a nave Argos! — lembrou Learco.

— Bravo, meu jovem! Sim, Teseu fora um Argonauta pioneiro, e agora embarcações maiores e mais velozes dominavam o Mediterrâneo.

Quando tudo ficou pronto, a população se despediu de seus jovens, e Egeu, de seu filho. Como era costume, o navio partiu com velas negras, em sinal de luto por sua triste carga. Mas, antes de zarpar, Teseu combinou com seu pai o seguinte: se conseguisse sobreviver à missão, as velas negras seriam trocadas por velas brancas quando o navio regressasse.

Egeu, naquela altura mais pai do que rei, abraçou o filho bem forte, dizendo palavras de confiança. E o navio se foi pelos mares, deixando a cidade desolada. Singrou as águas velozmente até alcançar Creta e encontrou a ilha como Dédalo a deixara. Talvez até pior, porque Minos, meus queridos, já era muito velho. E a velhice, disso eu posso falar com segurança, acentua certas manias.

Creta era agora uma verdadeira prisão, um lugar asfixiante. Com medo de tudo e de todos, o rei decrépito vigiava cada gesto, cada movimento dos cidadãos. Nada escapava a seu conhecimento. E os urros do Minotauro ecoavam pela ilha, parecendo a própria voz ameaçadora do rei. Nesse lugar horrível desembarcaram os jovens atenienses acompanhados por Teseu, em quem depositavam muita esperança.

Minos, por essa época, tinha três filhos, um menino e duas meninas. O rapaz, cujo nome era Deucalião, constituía-se na grande esperança do pai, que, por outro lado, desprezava as meninas. Uma delas, a mais velha, chamava-se Ariadne, moça de grande beleza. Sua irmã menor, Fedra, era ainda uma garotinha.

Ocorre que Ariadne se apaixonou por Teseu assim que o viu. Este também se impressionou com a beleza triste daquela princesa desprezada pelo pai. Talvez não fosse um amor profundo, mas uma paixão instantânea, que logo se viu privada de seu objeto com o encarceramento dos estrangeiros. A imagem de Teseu dominou a imaginação de Ariadne, e a ideia de que ele estava ali para morrer a revoltou.

Ela então ludibriou a guarda e foi até onde os prisioneiros aguardavam o sacrifício. O destino daqueles moços, cuja idade regulava com a dela, comoveu a princesa. Talvez isso tenha encorajado Teseu a pedir a ajuda de Ariadne para recuperar a espada que o pai lhe dera e que fora confiscada pelos soldados cretenses: sem ela, jamais teria a oportunidade de matar o monstro.

Um dos jovens, porém, muito angustiado, recordou-lhe que somente a espada não bastaria, pois, mesmo que matassem a fera, dificilmente conseguiriam sair do labirinto. Acabariam morrendo de fome e sede, perdidos naqueles corredores!

Teseu já pensara nisso muitas vezes durante a viagem. Para vencer o labirinto, era preciso mais que coragem e força física. Como Édipo, Teseu teria de resolver um enigma. E foi a própria Ariadne que, com suavidade e simplicidade surpreendentes, lhe deu a solução: ela lhe traria não apenas a espada, mas também um novelo. Eles deveriam prender a ponta do novelo na entrada do labirinto e ir desenrolando conforme avançassem. Assim encontrariam o caminho de volta.

Os que já conheciam a história sorriram como se a escutassem pela primeira vez. E os que dela nada sabiam exultaram, chegando quase a bater palmas, tamanha a surpresa ante o engenho de Ariadne.

— A princesa cumpriu a promessa e fez chegar até Teseu a espada e o novelo. A espada e o novelo! A coragem e a inteligência, a bravura e a sabedoria, a audácia e o discernimento... Como é difícil compor esses pares, não? O novelo nós temos desenrolado aqui, nesses dias para mim tão gostosos, relembrando e desembaraçando tantas histórias. E embaraçado também estou eu no meio de tantas mantas! — disse Laodemo, dando uma risada que contagiou todos os presentes. — Bem, o certo é que Teseu, de posse da espada e do novelo, deu um pouco mais de esperança aos jovens que o acompanhavam no sacrifício.

Uma vez no labirinto, eles fizeram exatamente o combinado: caminharam juntos seguindo o som dos urros esfomeados. Imaginem o pavor que se criava em cada nova curva, corredor ou galeria, sob o risco de deparar a qualquer momento a hedionda criatura. E se ela fosse forte demais? E se Teseu não vencesse a luta? Com certeza seriam todos devorados.

Assim, foram avançando até que, por fim, o monstro os encontrou. Faminto, atacou-os com ferocidade, mas Teseu saltou à frente e lutou com grande coragem. Manejando a espada com mestria e se esquivando dos chifres, o herói acabou acertando uma estocada no coração da fera. O Minotauro tombou, vertendo sangue e urrando mais do que nunca. Os jovens, acuados contra a parede, ficaram impressionados com a força daquela criatura híbrida, que, mesmo ferida, debatia-se violentamente no chão. Então, após um golpe fatal no pescoço, um jato de sangue esvaziou-lhe a garganta até a morte. Um silêncio perturbador invadiu Creta: pela primeira vez em muitos e muitos anos, os urros haviam cessado. Aqueles urros que, ecoando dia e noite, eram a própria pulsação da ilha, seu terror constante.

— E Ariadne? — perguntou Antinoé, sem poder resistir.

— Ariadne abriu um sorriso, minha querida, ao ver todos os jovens saindo do labirinto liderados por Teseu. E tudo graças a seu engenhoso truque! Ela o aguardava, ansiosa, segurando a pequena irmã Fedra pela mão. Sabia que teriam de fugir da ilha com os atenienses, pois seu pai descobriria a traição. Claro que Teseu embarcou as duas apressadamente, e logo se lançaram ao mar.

O rei Minos, muito doente, deitado em sua cama, levantou-se agitado ao perceber o estranho silêncio que se apossou da cidade. Aquele vazio nos tímpanos parecia mais opressivo que os urros habituais. Avisado da fuga, mandou seu exército perseguir o navio dos atenienses. Mas este, muito veloz, deixou para trás os cretenses. Quando se viram livres e salvos, uma grande alegria tomou conta de todos a bordo. Eram jovens, tinham sido salvos... e ainda tinham toda a vida pela frente.

— E Teseu se casou com Ariadne? — Era Antinoé, adiantando-se uma vez mais e provocando o riso de todos.

— Você me deixa numa posição difícil. Não sei se conto a história como a ouvi ou se invento um final diferente para lhe agradar.

— Não precisa me agradar — respondeu ela timidamente.

— Brava senhorita! Na verdade, existem duas versões dessa passagem, uma delas absurda a meu ver. Vamos a elas.

Depois de muito navegar, os atenienses, sentindo-se seguros, resolveram parar na ilha de Naxos para se alimentar. Estavam famintos. Na primeira versão, Teseu esquece Ariadne naquela ilha. Vai embora e deixa a moça lá, onde a encontra o deus Dioniso, que por ela se apaixona.

Não vejo a menor lógica nisso. Não que as histórias não possam ser inesperadas e surpreendentes! Mesmo no surpreendente existe uma lógica. Não me espanta, por exemplo, que Medeia fuja pelos ares numa carruagem puxada por um dragão. Mais me espantaria se ela fugisse a pé! Mas não consigo ver Teseu abandonando Ariadne, esquecendo-se dela. Pelo menos não esse Teseu que trago dentro de mim neste instante. Alguém poderá dizer que talvez ele não estivesse tão apaixonado pela princesa. Ainda assim...

A outra versão, que eu acho mais convincente, diz que o deus Dioniso, de comportamento sempre esquivo, vendo Ariadne na ilha de Naxos, apaixonou-se por ela e a raptou. Roubou-a de Teseu, forçando-o a voltar sem a jovem que o encantara e salvara.

Isso explica por que a chegada a Atenas foi triste: toda a tripulação comungou com Teseu a dor pela perda dolorosa e precoce daquele amor. Deprimido pelo desaparecimento de Ariadne, Teseu esqueceu-se de trocar as velas pretas pelas brancas, o que ocasionou a morte de seu pai.

Laodemo sabia que essa informação chocaria mesmo as pessoas que conheciam a história, tamanha a tristeza dessa passagem. Saboreou os olhares perplexos e prosseguiu:

— Todos os dias, o rei Egeu subia até um grande penhasco que dava para o oceano e ficava ali, esperando a volta do filho. Não houve dia em que ele deixasse de fazer esse ritual, esquecido de

Dionisio Jacob

tudo o mais. Não se importava com o que as pessoas diziam, tudo o que almejava era ver no horizonte a silhueta daquele navio com as velas brancas. Um oráculo lhe dissera que Teseu voltaria, o que alimentou suas esperanças. Quando, afinal, o navio despontou, vinha com as velas negras içadas, sinal inequívoco de que o filho morrera em Creta. Não suportando a dor dessa morte, o velho rei se atirou do penhasco, mergulhando nas águas do mar, que, depois disso, recebeu seu nome.

— E a irmãzinha de Ariadne? — murmurou Antinoé, decepcionada com o desfecho da história.

— Pode perguntar mais alto, minha querida. Fedra foi com Teseu para Atenas. Não se preocupe, a garota ficou em boas mãos.

Todos riram bastante. Antinoé, constrangida, decidiu não mais intervir. O contador continuou:

— Já abalado com a perda de Ariadne, Teseu ressentiu-se ainda mais com a morte do pai. Naquele momento, prometeu a si mesmo ocupar seu lugar, dando continuidade ao trabalho que Egeu iniciara pela grandeza da cidade. Antes disso, celebrou um sacrifício aos deuses, para que a dívida de sangue fosse perdoada. As oferendas subiram aos céus, e a deusa Atena, madrinha da cidade, comovida com a bravura do herói, fez desaparecer toda a maldição. Teseu era agora admirado por todos, e seu reinado foi esplêndido. A partir de então, Atenas cresceu, congregando em torno de si toda a Ática. Mas temos aqui alguém que pode nos oferecer alguma informação sobre este assunto! — Laodemo dirigiu um olhar ao historiador.

— Bem... — gaguejou o historiador. — O que se diz é que Teseu foi o décimo rei de Atenas.

— Décimo? — exclamou Laodemo, desejando valorizar a participação da visita. — Quem foi o primeiro?

— Alguns dizem que foi Cécrope quem construiu a cidade; outros creem que ele, na verdade, a embelezou. Dizem também que foi ele quem mapeou a Ática em doze tribos ou povos...

— Bem — retomou o contador —, de minha parte, gostaria

de relatar como Atenas recebeu seu nome, uma história encantadora.

Contam que, quando esse Cécrope fundou o vilarejo, alguns deuses sabiam que lá floresceria uma grande cidade. Dois deles ambicionaram apadrinhar o local: Posêidon, deus dos mares, e Atena, deusa da sabedoria. Foi realizada uma disputa no Olimpo, a qual teve por júri os outros deuses. A cidade seria apadrinhada por aquele que desse aos mortais o melhor presente. Posêidon deu o cavalo, e Atena, a oliveira. Embora os dois fossem presentes da maior utilidade, o voto dos deuses por alguma razão recaiu sobre a oliveira. A cidade então recebeu o nome da deusa, que se tornou sua guardiã e benfeitora e fez um grande trabalho.

— Houve grandes reis depois de Cécrope — prosseguiu o historiador —, como Erecteu, o sexto. Foi ele quem estabeleceu os mistérios de Elêusis. Egeu e Teseu descendem diretamente de Erecteu.

— Bem, mas o que nos importa aqui — disse Laodemo, retomando a palavra — é que Teseu honrou sua descendência e a expectativa dos deuses. Quando afinal se tornou rei, estava chegando à maturidade. Havia cumprido seu destino de herói. A façanha da morte do Minotauro o elevou ao nível dos maiores heróis da Grécia, conforme seu desejo. É claro que ele não poderia se comparar a Héracles, insuperável na quantidade de façanhas. Mas quem poderia, não é mesmo, Ledmo?

O menino assentiu, satisfeito.

— Diferentemente de Jasão, que não soube adaptar-se à vida depois de sua viagem, Teseu possuía um temperamento prático, governando com muita dedicação. Acabou por realizar algo que nenhum outro herói, nem mesmo Héracles, fizera: promulgou leis, fundou uma assembleia, limitou o próprio poder como rei e assegurou a paz ao povo que governava, o que não era nada fácil, pois as aldeias viviam em conflito. Garantiu que moradores vindos de outras regiões tivessem igualdade de direitos. Almejava transformar Atenas numa cidade em que todos pudessem entrar e da qual pudessem sair com liberdade. Colocou essa ideia em prática ao defender a permanência de Édipo em Colono. Enfim, conta-se que ele fundou as bases que transformaram Atenas na cidade poderosa que é hoje. Esta é a história de Teseu, meus queridos. Quer dizer, a primeira parte dela, pois Teseu viveu ainda outras aventuras excitantes, embora nem sempre felizes.

Laodemo foi interrompido por um aceno de Moera.

— Desculpem-me, mas creio que terei de fazer uma pausa. Cuidados que um ancião como eu inspira, vocês sabem. E também, creio, todos devem estar com fome. Por minha culpa começamos nossa agradável reunião muito tarde esta manhã. Peço que nos encontremos novamente dentro de algumas horas, e suplico que venham. Vocês não sabem a alegria que me dão esses encontros. Odiaria passar o resto do dia sozinho!

Em poucos instantes a sala estava vazia. Naquele dia não houve almoço festivo na horta de Moera, por causa do clima. Cada qual tomou seu rumo. Os estrangeiros foram almoçar com as famílias que os hospedaram. Moera aplicou algumas compressas no convalescente e depois foi acabar de preparar a comida.

O sacerdote Télias, que partira depois do almoço do dia anterior, retornou preocupado com as notícias sobre Laodemo. Riu quando soube que o velho amigo atacara as sobras do carneiro. Depois deu a bronca que julgava necessária e ficou para comer com a família. Para que o ancião não passasse vontade e também para aproveitar o mormaço da hora, Moera, Télias, Érgona e Ledmo foram comer na horta. Cadmo ficou para fazer companhia ao avô, compartilhando seu mingau.

— Não precisa comer essa papa, Cadmo! Vá com eles! — exigiu Laodemo, mesmo sabendo que o neto não iria. De fato, percebia que Cadmo estava muito preocupado com seu estado de saúde.

Comeram em silêncio, até que Laodemo perguntou a Cadmo se já tinha tomado uma decisão sobre o convite que recebera.

— Ainda não sei... — respondeu o rapaz, com o rosto grudado no prato.

— Faça o que fizer, estará benfeito. Mas, seja o que for, faça com convicção.

O neto concordou com a cabeça. Sabia agora que contava com a confiança dele e de Moera. Faltava-lhe apenas a autoconfiança, mais difícil de conquistar. Após novo silêncio, Cadmo olhou longamente o avô e, enquanto ele comia distraído, disparou:

— Você tem mesmo tanta idade assim?

Moera, que vinha passando para ver se estava tudo bem, ouviu a pergunta e encarou Laodemo de um modo que este percebeu as dúvidas na alma do neto. Sorriu:

— Essa, Cadmo, é uma pergunta fácil de responder. Um contador de histórias, meu querido, tem exatamente a idade das histórias que ele conta.

Cadmo continuou observando o avô e, de repente, abriu um sorriso. Os dois permaneceram sorrindo um para o outro, e foi como se, naquele preciso instante, tivesse acontecido a transmissão de uma sabedoria. Cadmo descobriu que era um contador de histórias. Moera notou a importância do momento e sentiu uma ponta de ciúme por não participar dele.

***

À tarde a assistência retornou. Um ou outro deixaram de vir, mas estes foram substituídos pelos que não haviam comparecido pela manhã. Na verdade, além de Cadmo, os únicos presentes em todas as sessões foram os atenienses. No entanto, havia no ar um sentimento geral de que era um privilégio poder ouvir tantas histórias diretamente da boca de um narrador como Laodemo.

E este não se fez de rogado. Ainda embrulhado em suas mantas, com a ridícula touca na cabeça, reiniciou a história do ponto em que a interrompera:

— Vamos reencontrar o grande herói Teseu inteiramente realizado em plena idade madura, amado por seus súditos, que viviam em paz numa cidade próspera, admirado em toda a Grécia. Entretanto, como bem sabemos, Teseu era um homem enérgico. Aconteceu então a ele algo parecido com o que ocorrera a Jasão. Claro que o líder dos Argonautas não conseguiu se firmar como governante, longe disso. E Iolco, comparada a Atenas, nada era. Mas, como Jasão, Teseu também sentiu nostalgia da aventura. Ficar sentado num trono, numa cidade já provida de leis, era no mínimo entediante. Outra coisa o irritava: a política do dia a dia; os eternos resmungos e insatisfações deste com aquele e daquele com este. Por mais que seu governo fosse bem-sucedido, ele teria sempre a estatura de um homem, essa criatura nascida depois do dilúvio universal: vontade forte e coração de pedra. E havia ainda o velho sonho de seguir os passos de Héracles, que prosseguia realizando seus famosos trabalhos. Assim, Teseu muitas vezes se ausentava de Atenas, procurando velhos amigos, buscando desesperadamente esbarrar numa aventura, algumas vezes conseguindo...

Numa dessas saídas, Teseu topou com Pirítoo, que também participara da expedição dos Argonautas. A princípio não foi um encontro amigável, os dois quase brigaram por um motivo tolo. Pirítoo, impressionado com os feitos de Teseu, quis medir forças com ele. Acabaram se enfrentando: gritaram palavras grosseiras um ao outro até que se olharam nos olhos e viram que aquilo era uma grande bobagem. E riram aquele riso largo e solto dos temperamentos generosos. Daí nasceu uma forte amizade, que durou muitos anos.

O encontro reacendeu em ambos o desejo de recuperar a juventude perdida. Pareciam dois heróis adolescentes em busca de aventura. Num desses ímpetos aventureiros, Teseu decidiu conhecer o reino das Amazonas, e os dois acharam que seria um ótimo empreendimento, embora totalmente gratuito, sem nenhum objetivo. Chegaram àquelas terras um pouco depois de Héracles, que por lá fora a fim de levar o cinturão de Hipólita ao infatigável

Euristeu. Teseu apaixonou-se por Hipólita e foi correspondido. Dessa maneira, a rainha das Amazonas voltou com o herói para Atenas a fim de se casar.

— Teseu não tinha se casado ainda? — perguntou, cismada, uma das vizinhas de Moera.

— Nada se sabe sobre isso. Desde que sua querida Ariadne lhe foi roubada por Dioniso, na ilha de Naxos, não se teve notícia de algum grande amor do herói até a chegada de Hipólita.

Mas, se a viagem ao reino das Amazonas foi uma aventura que se transformou em romance, posteriormente esse romance rendeu novas aventuras. Isso porque as guerreiras Amazonas, inconformadas por perder sua líder, tentaram sequestrar Hipólita. Imaginem a mais selvagem das tribos guerreiras atacando a civilizada Atenas! Noutros tempos, decerto as Amazonas teriam vencido. No tempo de Teseu, porém, a cidade já ia se transformando numa potência armada, auxiliada por Atena, deusa que preside a luta estratégica.

O ataque foi então repelido. A própria Hipólita tomou parte no combate contra seu clã e foi ferida por uma lança, que quase a matou. Teseu convenceu as Amazonas de que aquela guerra não levaria a nada, pois ele e Hipólita tinham a firme intenção de se casar. As guerreiras, desconsoladas, abandonaram Atenas e, segundo consta, nunca mais retornaram ao mundo civilizado.

Laodemo olhou pela janela, observando a chuva que caía como na tarde anterior. A névoa envolvia a ilha, e a temperatura caíra. Agora o ancião, com frio, sobretudo nas extremidades do corpo, se enfiava mais ainda debaixo das mantas. Era possível notar um leve tremor quando ele falava. Cadmo, tendo percebido isso, foi avisar a mãe.

— Enfim, Teseu se casou. E foi uma grande festa, comemorada em grande estilo. Hipólita encantou todos com sua beleza. As roupas típicas de uma ateniense, que agora ela usava, não conseguiam ocultar-lhe a natureza selvagem, o que aumentava seu encanto. Era um casal majestoso de ver. Ela logo engravidou, para felicidade de Teseu.

Enquanto aguardava o nascimento desse filho, Teseu viajou para participar do casamento de Pirítoo com Hipodâmia, princesa do rude clã dos lápitas. Ela, entretanto, era uma moça delicada e bonita. A cerimônia do casamento corria bem até que um bando de centauros bêbados ameaçou raptar a noiva. Começou então uma luta violenta: de um lado, Teseu e Pirítoo; do outro, os centauros, que obviamente foram derrotados pelos dois heróis. Os líderes do bando morreram e os demais fugiram a galope pelas estradas. Teseu e Pirítoo deram grandes gargalhadas e confraternizaram pelo sucesso da luta. Sentiram-se novamente jovens. Mas péssimas notícias aguardavam Teseu, em Atenas: Hipólita, mal dera à luz seu filho, faleceu em razão do ferimento, jamais curado, que recebera na luta contra as Amazonas. O desconsolo do herói foi grande. Ele de fato amava Hipólita, tanto que deu ao filho o nome dela, Hipólito. Por muitos anos, Teseu guardou luto e viveu isolado, cuidando apenas dos negócios da cidade. Seu único amigo próximo continuou sendo o fiel Pirítoo.

Houve nova interrupção na história, pois Moera apareceu com um tacho de água quente, obrigando Laodemo a fazer um escalda-pés na frente de todos, enquanto seguia sua narrativa:

— Durante esse tempo, o filho de Teseu cresceu e se tornou um adolescente muito admirado em toda a Atenas, tanto pela beleza como pelo temperamento. Simpático, dócil, era um filho carinhoso e colega excelente. Puxara traços do pai e da mãe em igual medida, coisa que muito assombrava todos.

Hábil no manejo do arco, Hipólito foi consagrado a Ártemis, a deusa selvagem e casta. E, como ela, passava muito tempo nos bosques, caçando, pescando, vivendo perto da natureza. Era a grande alegria de Teseu, que, apesar de tudo e diferentemente do

A espada e o novelo

próprio pai, Egeu, sentia-se afortunado por ver seu filho crescer.

Mais ou menos nesse período, Teseu teve notícias de Fedra. Vejam o que é a vida... O rei Minos, lembram-se dele? Pois é... Aquele tirano taciturno acabou morrendo, e seu filho, Deucalião, herdou o trono de Creta, revelando-se um governante bem mais moderado que o pai. Assim, depois de passar alguns anos em Atenas, Fedra, ainda moça, decidiu voltar a Creta a pedido do irmão. Anos mais tarde, notícias sobre sua beleza corriam o mundo. Teseu, viúvo havia tempos, desejou rever a irmã da doce Ariadne, que conhecera menina. Viajou então para Creta, aonde nunca mais fora desde a aventura do Minotauro.

O rei Deucalião mostrou-se muito contente em receber Teseu, pois desejava aproximar Creta de outras cidades importantes, rompendo o isolamento imposto por Minos. Os dois governantes fizeram acordos de proteção e de aliança e, enquanto falavam de assuntos administrativos, o herói avistou Fedra, agora mulher feita. Espantou-o a semelhança com Ariadne. Era como se ele próprio tivesse remoçado em segundos!

Num rompante, pediu a mão da moça a Deucalião e viu que isso lhe agradava. Mas e Fedra? Fedra sentiu-se lisonjeada, claro. Teseu era um dos maiores heróis da Grécia, representante da cidade que começava a causar grande admiração em todo o mundo. Tornar-se a mulher mais importante de Atenas era um sonho. Ela então aceitou, para contentamento geral. E, pela segunda vez em sua vida, viajou com Teseu para Atenas: não mais como uma menina fugitiva, mas como sua mulher.

Cada vez que a água do escalda-pés esfriava, Moera vinha com uma tina fumegante. E a história prosseguia entre os vapores.

— Aqueles em Atenas que haviam conhecido Fedra menina também se admiraram de sua beleza. O casamento dessa vez foi mais discreto, sem tanta pompa como o primeiro. Isso agradou a Fedra, que não era dada a extravagâncias. Com ela, Teseu teve mais dois filhos e remoçou pelo menos dez anos, segundo se comentava. Mas o Destino não reservara a Teseu tanta felicidade no amor como nas outras realizações. É que Fedra, desde o momento em que viu Hipólito, apaixonou-se perdidamente. Assim como Teseu enxergara Ariadne em Fedra, Fedra viu em Hipólito a imagem do herói Teseu ainda jovem.

De início não admitia nem para si mesma que aquele sentimento fosse o amor de uma mulher por um homem. Ora, pensem bem! Ela acabara de se casar com Teseu, sendo, portanto, madrasta de Hipólito. E uma rainha! Governava Atenas ao lado do marido. Álem disso, embora fosse uma mulher jovem, era bem mais velha que seu enteado. Para completar, era mãe dos irmãos do príncipe.

Assim, quando o via no palácio, procurava reprimir o afeto, extravasando-o apenas no sentido mais maternal. Mas queria estar a seu lado o tempo todo e aborrecia-se quando ele sumia por dias, até semanas, em caçadas pelos bosques. Irritava-a também o cerco que as jovens atenienses faziam em torno de Hipólito, futuro rei. Aquelas adolescentes tão risonhas pareciam vítimas de alguma doença nervosa, sempre com aquelas risadinhas ecoando pelos corredores, atrás do herdeiro.

Conta-se que, certa vez, irritada com as risadas que subiam do jardim, Fedra gritou da janela que todos se calassem. Hipólito, preocupado, foi ver o que a madrasta tinha, e esta apenas se desculpou dizendo-se indisposta.

Mas, antes de julgar, pensemos em Fedra. Bem mais jovem que Teseu e um pouco mais velha que Hipólito, ela nem sequer tivera uma juventude. Fugida de Creta ainda criança, para lá retornou adolescente, numa ilha governada pelo irmão, sem mãe nem irmã mais velha. Apesar de o Minotauro não assombrar mais a ilha com seus urros, ainda assim aquele era um lugar desolado para crescer.

Em Atenas, invejava a liberdade dos jovens naquela cidade que abrigava cada vez mais gente, mais artistas, pensadores e poetas.

Um burburinho constante de prosperidade soprava pelas ruas e vielas, repletas de monumentos, templos, teatros. Ela via aquela vida da qual não podia participar na plenitude, ao menos como desejaria: com Hipólito.

Hipólito representava a nova Atenas que ia surgindo aos poucos, livre da lembrança dos jovens sacrificados ao Minotauro. Ele era o futuro, enquanto Fedra era a esposa de um homem que já entrava na velhice, respeitado em toda a Grécia, uma lenda viva. Tudo o que lhe cabia era educar os dois filhos que dera a esse homem fabuloso. E ver Hipólito crescer a seu lado a sufocava. Era Hipólito que ela amava, não Teseu.

Ninguém na assistência ousava perguntar nada. Um silêncio sobressaltado dominou a sala.

— Fedra trouxera de Creta a ama que cuidara dela desde garotinha e que agora a ajudava a criar seus filhos. Essa mulher foi quem primeiro percebeu o que se passava. Mas, como serva fiel, manteve-se em silêncio, acompanhando de longe os olhares demorados de Fedra à janela, vendo Hipólito caminhar com seus amigos, em jogos, conversas e risos. Via a paixão crescer dentro da rainha, testemunhava os choros sem explicação, as irritações sem motivo, as melancolias inesperadas. Certa vez, numa ausência prolongada de Hipólito, a ama encontrou todas as plantas da varanda onde Fedra aguardava o afilhado furadas com uma presilha de cabelo.

Uma das vizinhas de Moera soltou um risinho nervoso, depois se calou, constrangida.

— E Teseu? Teseu a exasperava. Coisas sem importância, como o modo de ele se sentar à mesa, suas pequenas manias, o próprio ritmo de sua respiração enervavam Fedra. Obviamente, ele notou essa irritação e se entristeceu. Julgou que a mulher se entediava na corte e inventou uma série de atividades para distraí-la: festas, banquetes, reuniões... Todas com gente da idade de Teseu, todas longe de Hipólito. Os filhos também a irritavam com os eternos choros e carências. Afastava-os de si. A ama se dava conta e recolhia as perplexas crianças, deixando a mãe com o fantasma de Hipólito. E o que ele era para Fedra senão um fantasma, um demônio interno que se apropriara de sua alma?

Hipólito, por seu turno, jamais encorajara aquele amor nem sequer se supunha objeto de tamanha obsessão. No isolamento e na proibição, a paixão de Fedra não fez senão crescer, ocupando-lhe todos os espaços da alma. Fedra se impacientava com tudo, não suportava mais as tarefas costumeiras, a rotina dos dias, a lenta sucessão das horas. Queria viver aquele sentimento na plenitude. Aumentavam as discussões com Teseu, ela já não tolerava a presença do marido, evitava-o dia e noite. Alarmado, o rei consultou sem sucesso médicos, sacerdotes, oráculos. Uns não faziam ideia do que se passava e outros falavam por meio de enigmas indecifráveis. Teseu cogitou tudo, menos o que realmente ocorria, terrível demais de imaginar.

Moera, vindo trocar a água, percebeu pelo silêncio que a narrativa se encontrava num momento delicado e agiu com a maior discrição. Curiosa, olhou para o público e notou que, de todas as expressões, a menos tensa era a de Cadmo. Havia nele uma espécie de serenidade. E ela percebeu que o filho se decidira pela viagem. Sempre quieta, retirou-se para a cozinha, pensativa. Laodemo prosseguia, exaltado:

— Angustiado com aquela mudança no comportamento da jovem esposa, Teseu resolveu viajar. Foi a Trezena, onde vivera quando criança. Queria rever alguns amigos de infância. Ao mesmo tempo, em Atenas, o alívio pela ausência do marido encheu o coração de Fedra de insensatas fantasias. Ela julgou que, se o príncipe ao menos soubesse de seu amor, talvez lhe correspondesse. Quando a ama percebeu essa intenção, rompeu o silêncio e alertou Fedra dos riscos que tal revelação acarretaria.

Mas a rainha já atravessara o limite da sensatez. A ideia já a envolvera inteiramente, e sua estranha euforia mostrava quão imensa era sua esperança de ser aceita por Hipólito.

Por desgaste emocional ou porque já não pudesse viver sem a consumação desse amor, o discernimento a abandonou. E assim ela fez. Usando a roupa mais sedutora que possuía, chamou Hipólito e confessou tudo: o amor, o sofrimento, a tortura. E mais: contornou as dificuldades que poderiam advir desse romance propondo-lhe um modo de liquidar Teseu para que pudessem reinar juntos, tão enlouquecida estava em seu delírio.

Fedra falava tudo de modo intenso, mas articulado. Hipólito a escutava como se estivesse num sonho assustador, num pesadelo, terrificado, mudo, sem ação. Seu rosto queimava, as faces coravam e, por um instante, Fedra tomou tais sinais como prova de que seu sentimento era enfim correspondido. Até que o rapaz, saindo do transe, disse-lhe coisas horríveis e partiu dali correndo. Desapareceu no bosque onde costumava caçar, indo penitenciar seus ouvidos num templo de Ártemis. Tudo o que queria era que o pai voltasse para lhe explicar o que acontecera.

Quando Moera retornou com mais água, Laodemo levantou a mão num gesto enérgico como a dizer "agora, não!". Ela então se deteve, e ele prosseguiu:

— Fedra caiu em si. A fantasia se dissipou, e ela percebeu a gravidade do que fizera. Não poderia voltar atrás. Mesmo que Teseu de nada soubesse, como viveria dali em diante com aquele homem que a rejeitara? Voltaria para Creta? Nada fazia sentido, pois tudo o que ela queria era ficar com Hipólito. Amava e odiava Hipólito! A rejeição brutal fez surgir dentro dela uma vontade de machucar o príncipe. Machucar fundo, com um golpe que compensasse a dor que ele lhe infligira. Precisava causar no filho e no pai um sofrimento equivalente ao que a atravessava.

Então, num momento de desespero e cálculo, de absoluta desordem e espantoso método, Fedra se matou, mas deixou um bilhete para Teseu. Nele acusava Hipólito de ter atentado contra a honra dela: a ser infiel ao marido preferia então morrer. Foi esta a cena que Teseu encontrou ao chegar de Trezena: Fedra morta e o bilhete. O veneno fora instilado. A alma do herói se danava num horrível sofrimento. A dor era tanta que o cegava até mesmo para o amor que sentia pelo filho. Quando este retornou de seu retiro no templo de Ártemis, Teseu agitou o bilhete em seu rosto e não pôde ouvir suas explicações: fechou os ouvidos, fechou o coração, virou as costas para Hipólito e se debruçou sobre o corpo inerte de Fedra.

Hipólito permaneceu paralisado, o bilhete hipócrita na mão, o olhar perplexo ante a morte de Fedra e a reação do pai. Não entendia como as coisas haviam mudado de um momento para o outro, como sua vida venturosa se espatifara num segundo, como o chão se abrira, tragando-o.

A água do escalda-pés esfriara, e o ancião tiritava de frio, mas não queria avisar Moera para que a história não fosse interrompida.

— Depois que se recuperou do choque, Hipólito ainda procurou pelo pai e tentou explicar sua versão dos fatos, mas Teseu continuava fechado: o bilhete dizia tudo! Os dois discutiram violentamente. Hipólito, jurando que o pai um dia lhe daria razão, apanhou um cavalo e saiu em disparada. Teseu, ainda dominado pela cólera, pediu a Posêidon a morte de Hipólito.

Vocês hão de se recordar de que, quando menino, em Trezena, Teseu era considerado filho de Posêidon. Portanto, o herói sempre rendeu oferendas a esse deus, padrinho daquela cidade, que trazia um tridente no brasão. Além disso, a cidade de Atenas também era cara a Posêidon, que disputou com Atena o direito de apadrinhá-la.

Em Trezena, de onde acabara de voltar, Teseu renovara os votos ao deus do mar, que, segundo dizem alguns, lhe prometera por meio de um oráculo a realização de três desejos. Por isso, o pedido de Teseu a Posêidon tinha um peso incrível. Ao escutá-lo, a velha ama de Fedra ficou aterrorizada e resolveu contar toda a verdade a Teseu, confirmando a inocência de Hipólito. A venda caiu, e o herói percebeu o que fizera. Oprimido pela angústia, Teseu permaneceu aguardando o retorno do filho. A tarde findou, a noite veio, e Hipólito não voltou. Na manhã do dia seguinte, entretanto...

O contador resolveu permitir que Moera trocasse a água, mais pelo prazer de realizar uma daquelas pausas que mantinham a expectativa acesa. Já havia calculado mentalmente o tempo da troca de água e não temia a desconcentração do público.

— Na manhã do dia seguinte, pescadores entregaram a Teseu o agonizante Hipólito. Contaram ao rei uma história assombrosa: pescavam perto da orla quando o príncipe passou pela praia em seu cavalo, correndo com grande velocidade, como se estivesse aflito, fugindo de algo.

Naquele momento, uma onda gigantesca se ergueu e, do meio das espumas, surgiu um monstro marinho, que assustou o cavalo. Este empinou, e Hipólito foi lançado contra as rochas. Teseu, debruçado sobre o filho como já estivera sobre a esposa, pediu-lhe perdão. E Hipólito, antes de morrer, perdoou o pai.

Na sala, as expressões variavam: algumas comovidas, outras revoltadas. Como aconteceu nos dias anteriores, era o momento de fazer uma pausa, que o contador explorou até sentir que as emoções haviam refluído.

— Se Creta tivesse enviado um exército contra Atenas, não causaria mais mal do que aquela doce princesa. A cidade chorou a morte de Hipólito. Ele era a esperança de que tudo o que o grande herói Teseu realizara teria prosseguimento. Nele havia a mesma coragem, a mesma inteligência, a mesma visão.

Com grandes honras, Teseu enterrou Hipólito onde já havia enterrado Egeu. E nunca deixou de render homenagens aos dois. Com igual dignidade enterrou Fedra, numa dessas larguezas de alma que o herói costumava demonstrar. Talvez a dor da perda do filho tivesse extinguido qualquer rancor em relação a ela. E, assim como procedera com Édipo, o rei não permitiu que o povo ateniense profanasse o túmulo da esposa.

— E como ele conseguiu viver depois disso? — perguntou com sincera preocupação um vizinho, que pela primeira vez ouvia Laodemo. Havia bastante tempo que não se escutava outra voz além da do contador.

— Bem, como reagimos todos diante das coisas que estão fora de nosso controle? Teseu seguiu vivendo, à frente de sua cidade. Havia agora pessoas interessadas nos destinos de Atenas que criticavam Teseu por isso ou por aquilo. Uma dessas pessoas, chamada Menesteu, criticava-o pontual e sistematicamente, tentando minar o prestígio do velho rei, que ainda era muito grande.

Dois ou três anos após a morte de Hipólito, Teseu reencontrou seu velho amigo Pirítoo. O casamento e as obrigações políticas haviam afastado um pouco os dois. Mas Hipodâmia, mulher de Pirítoo, também falecera, e agora os dois estavam viúvos. Aquele reencontro fez bem para Teseu. Com Pirítoo ele podia desabafar, pois o amigo o entendia. Juntos haviam singrado os verdes mares, nos verdes anos, até a Cólquida; juntos enfrentaram as Amazonas e os centauros. E foi Pirítoo quem, preocupado com o abatimento do amigo, o desafiou. Propôs que mostrassem ao mundo e a si mesmos que ainda possuíam muito vigor e energia, engajando-se novamente numa aventura. Algo realmente grande.

— *Mas o quê?* — perguntava espantado o exausto Teseu.

— *Algo admirável* — insuflava Pirítoo. — *Uma aventura audaciosa, por que não? A última aventura!*

E assim, naquela altura da vida, os dois começaram a quebrar a cabeça para se envolver numa aventura fantástica. Só que dessa vez havia em Pirítoo a urgência, um desespero mesmo, de realizar algo tremendo, algo que engrandecesse seu nome, como o de tantos heróis. Teseu percebeu essa necessidade e resolveu ajudar o amigo. E acabou, aos poucos, se animando também. A cidade de Atenas já não precisava dele para caminhar, lá havia leis, conselhos, assembleias... Havia Menesteu, também, claro. Mas isso fazia parte de uma cidade livre. Que se dane Menesteu! Quando deu por si, Teseu também estava entusiasmado:

— *Então vamos, amigo Pirítoo. E que Atlas segure firme os alicerces da Terra!*

Teseu e Pirítoo saíram pelo mundo numa alegre galhofaria. Ganharam estrada, deixando para trás a efervescente Atenas. Seguiram na direção de Corinto, de onde atravessaram a região do Peloponeso até a rígida Esparta. Se arrumaram briga ou fizeram justiça como dois velhos heróis, nada se sabe. O que se sabe é que, ao chegar àquela cidade, encontravam-se ainda contagiados pela ousadia. Contagiados a ponto de raptar uma linda princesa e fugir com ela, com os irmãos na cola, até os bosques da Arcádia!

Ora, essa princesa, uma adolescente ainda, era ninguém menos que Helena, filha de Zeus e Leda, que se tornaria tão famosa na saga troiana. Arrogantes, apostaram-na num jogo de dados e Teseu ganhou. Inconformado, Pirítoo exigiu que o companheiro o ajudasse a arrumar outra princesa para si. Teseu, dentro do espírito guerreiro que parecia reger aquela relação, ergueu os braços num gesto triunfante e conclamou o companheiro a escolher qualquer princesa do mundo. Ele o ajudaria a raptá-la!

— Eles estavam bêbados? — A pergunta inocente de Ledmo provocou risadas.

— Sim, meu querido, mas não apenas de vinho. Estavam com a cabeça repleta de bravatas.

Então, os dois deixaram a pobre Helena numa cidade perto de Atenas, bem escondida dos irmãos, e partiram outra vez em busca de uma mulher para Pirítoo. No meio do caminho, este foi possuído pela ideia mais ousada de todas, algo que transformaria o rapto de Helena num trabalho de principiantes. Pirítoo quis descer aos Ínferos para raptar Perséfone, esposa de Hades! Teseu ficou pálido. Era muito atrevimento.

— E por que não?! — bradou Pirítoo. *— Por que se contentar com pouco? Vamos! Você prometeu!*

De fato, Teseu prometera. E o que é um herói sem honra? Nada! Além do mais, Pirítoo arriscara a vida no rapto de Helena. Não havia alternativa senão seguir o amigo. Assim, os dois ganharam as estradas novamente em busca de alguma fenda que levasse ao reino de Hades, de onde raptariam Perséfone.

Mas permitam que eu fale um pouco dessa mulher. Trata-se da filha de Zeus e Deméter, a deusa das colheitas, a quem são dedicados os mistérios de Elêusis. Deméter amava tanto a filha que fez com que fosse sempre primavera na terra em que ela estivesse. Naquele lugar só haveria plenitude.

Hades, por sua vez, é aquele irmão de Zeus que, em visita ao Olimpo, foi vítima de um jogo entre Eros e Afrodite, mãe deste: os dois apostavam que mesmo o coração gelado daquele deus das sombras seria sensível ao amor. Eros disparou contra Hades uma de suas flechas envenenadas. Assim, no caminho de volta a seu reino subterrâneo, sob o efeito das flechas de Eros, Hades avistou Perséfone em sua terra de eterna floração. E, apaixonado, raptou-a.

Isso mesmo! Dominado por uma paixão violenta, levou a princesa para sua morada abissal. Deméter, não encontrando a filha, passou a procurá-la desesperadamente por toda parte, da alba ao anoitecer. E prosseguiu com uma tocha nas mãos durante as negras horas da madrugada. Nessa busca angustiosa, foi acolhida por mortais, a quem, agradecida, ensinou a arte da agricultura. Deu a esses homens uma provisão de trigo e mandou-os pelo mundo para que cultivassem a lavoura, pois naqueles tempos os homens viviam apenas do que caçavam e pescavam.

A ilha Menor, sendo principalmente uma ilha de pescadores, também vivia de alguns cultivos. Pelo sorriso de alguns moradores, Laodemo notou que a história agradara. Talvez por apontar uma origem sagrada para aquela atividade modesta, como se eles também participassem diariamente da luta contra o caos.

— Deméter seguiu procurando em vão sua adorada filha. Perguntava por ela em toda parte: inquiria as montanhas, os bosques, os grandes rios e os imensos vales. E a resposta era sempre a mesma: Perséfone não estava em lugar algum. Até que um riacho muito discreto, cujas águas corriam também para o centro da Terra, sussurrou para a deusa que encontrara Perséfone no mundo inferior, fazendo companhia ao poderoso Hades.

Desesperada, Deméter pediu a Zeus que intercedesse, pois queria a filha de volta. Zeus bem que tentou, mas o irmão amava Perséfone e não renunciaria àquela criatura que iluminava seu mundo de penumbras. Para piorar, depois que descera aos Ínferos, a princesa aceitara comer um alimento oferecido por Hades. Com isso ficara à mercê dele, sem poder abandonar o mundo inferior a não ser que Hades consentisse, o que era pouco provável.

Longe da filha, Deméter se entristeceu de tal modo que descuidou de seu incessante trabalho de germinar. Aos poucos, tudo sobre a terra começou a fenecer, não só as colheitas, mas também toda grama, toda erva, todo mato. A terra perdeu seu poder procriador, as coisas murchavam e não mais renasciam, e a tristeza dominou o mundo.

Zeus então, muito cioso do Cosmos, insistiu com Hades: aquilo não poderia continuar assim. Depois de uma violenta discussão, chegaram a um acordo: Perséfone passaria seis meses com a mãe e seis meses com o marido. Não se pode dizer que Deméter tenha ficado completamente satisfeita, mas convenhamos: era melhor que nada. Por isso, até hoje, quando Perséfone está para voltar do mundo subterrâneo, sua mãe prepara a terra para recebê-la com a primavera e a alegria do encontro só dura até o verão. É outono quando mãe e filha se despedem, e o inverno é o triste e longo intervalo em que elas ficam longe uma da outra.

A imagem final agradou às pessoas, que sorriam, menos a Leucoteia, que, muito intrigada, perguntou:

— Teseu e Pirítoo queriam raptar uma deusa?

— Pois é, minha querida. Compartilho seu espanto. Eis a dificuldade que faria da aventura uma grande empresa, como desejava Pirítoo.

— Mas então eles foram lá no inverno! — exclamou Ledmo, com o rigoroso senso de lógica das crianças.

O comentário provocou muitas gargalhadas, principalmente de Laodemo, que lançou um olhar carinhoso para o neto.

— Agora você me pegou. Não tinha pensado nisso, mas o que você disse faz sentido. De fato, só no inverno encontrariam Perséfone no Hades!

Vamos então imaginar nossos heróis com roupas apropriadas, caminhando até encontrar o Etna, onde, dizem alguns, existe um acesso que conduz ao mundo subterrâneo. É um longo percurso, e, no caminho, Pirítoo percebeu que o amigo receava a empreitada. Para encorajá-lo, contou que Orfeu, o divino cantor, companheiro de juventude de ambos na expedição à Cólquida, já descera ao reino dos mortos e de lá retornara.

— *Orfeu foi aos Ínferos?* — espantou-se Teseu.

— *Sim!* — informou o amigo. — *Partiu em busca de uma ninfa belíssima chamada Eurídice. Chegou a casar-se com ela, mas logo ficou viúvo, pois ela, fugindo de um pastor, fora picada por uma serpente. Orfeu ficou muito desconsolado e foi até o reino de Hades, onde conseguiu entrar graças a sua música, que encantou até mesmo as sombras que ali vagavam. Ele tocou a lira diante dos tronos de Hades e de Perséfone. Esta, como tem o coração quente, logo se comoveu. Mas a música conseguiu emocionar até mesmo o gelado Hades, que deu a Orfeu a permissão para levar Eurídice de volta...*

— *Espantoso! E Eurídice reingressou no mundo dos vivos?*

— *Infelizmente, a única condição imposta a Orfeu foi a de que ele não olhasse para trás para ver Eurídice enquanto os dois subiam até nosso mundo. Ele não suportou a ansiedade e voltou o rosto, fazendo com que Eurídice fosse tragada pelas sombras! Orfeu voltou sozinho e desconsolado... Mas o que importa para nós é que ele conseguiu chegar ao reino dos mortos e dele sair!*

Assim, meus queridos, Pirítoo procurou encorajar Teseu. Só não lhe contou que Orfeu acabou morrendo de tristeza, coisa que não convinha saber. Entretanto, Teseu, que não era ingênuo, fez ver ao amigo que nenhum deles era um artista como Orfeu, capaz de comover as almas do mundo inferior, ao que Pirítoo respondeu dizendo que a valentia de ambos compensava a falta de talentos musicais.

Depois de andar e andar, Teseu e Pirítoo chegaram ao sopé do famoso monte Etna e se embrenharam num bosque silencioso e lúgubre, onde não havia nenhuma espécie de ave e de onde subiam vapores mefíticos através de frestas na base da montanha. Por ali iniciaram a descida.

Cadmo gostava de observar a reação do público enquanto o avô falava naquele seu estilo derramado, cheio de sentimento. E flagrou novamente nas pessoas o olhar desarmado, típico de quem abandona as defesas e se funde ao relato. Toda a sala descia ao reino dos mortos com Laodemo.

— Imbuídos de inegável coragem, eles não se intimidaram com a vertiginosa descida. Os caminhos eram íngremes. As pedras que deslocavam à beira dos despenhadeiros caíam no sem-fundo do abismo, desaparecendo na escuridão. Chegaram afinal a um vale penumbroso atravessado por dois rios: o Aqueronte e o Lete. Naquele ponto foi necessário buscar um desvio, porque não se podia atravessar aquelas águas: o primeiro deles por ser guardado pelo barqueiro Caronte, que não permitia a passagem dos vivos, e o segundo por se tratar do rio do esquecimento, cujas águas apagavam a memória de quem nelas se banhasse. Mais adiante, foram alertados por muitas sombras de gente outrora viva, com rosto obscuro e voz distante, de que não deveriam prosseguir. E talvez, se estivessem sozinhos, teriam obedecido de bom grado a tal comando.

Deviam ter ouvido o conselho, pois logo se deprimiram ao passar por uma região onde se espalhavam os pesares, as enfermidades, as ansiedades, os cansaços e as misérias. Ainda assim, seguiram em frente até uma elevação da qual se descortinava um panorama de grande amplitude. No limite ocidental, era possível avistar os Campos Elísios, onde repousavam as almas bem-aventuradas. Mesmo a distância, comoveram-se com a beleza daquele sítio com sol e estrelas próprios. Mas, logo abaixo de seus pés, iniciava-se o aterrador abismo do Tártaro, com recessos tão fundos quanto são altas as estrelas no céu. Neles, Zeus atirara e trancara os antigos titãs e outros gigantes disformes, cujos brados chegavam aos ouvidos em ecos misturados a outros ruídos, difíceis de identificar: alguém batendo o ferro com força, gritos esparsos, prantos contínuos.

Caminhando com muito cuidado, contornaram o precipício até avistar imensos portões de bronze, atrás dos quais imaginaram encontrar Hades e Perséfone. Levantaram então as espadas para um ataque-surpresa, ideia estapafúrdia, pois Hades, ciente de suas intenções, entalou os heróis numa pedra, de onde não conseguiram mais sair. Permaneceram imantados, sem poder dar um passo em nenhuma direção.

— Mas Héracles salvou-os! — adiantou-se Ledmo, assustado.

— Calma, meu querido. Digamos que eles ficaram paralisados por um bom tempo. Pirítoo chorou amargas lágrimas e desculpou--se com Teseu por obrigá-lo a terminar seus dias ali, fazendo papel de bobo. Teseu disse que ele não precisava se desculpar, pois viera livremente para honrar uma amizade que justificava a imprudência da empresa. Os heróis já se resignavam a passar a eternidade naquela pedra quando Héracles os viu e intercedeu por eles. Entretanto, como eu disse ontem, Héracles só conseguiu salvar Teseu.

— Por quê? — quis saber Learco.

— Uns dizem que Pirítoo, sem conseguir segurar a mão de Héracles, precipitou-se nos penhascos. Outros afirmam que ele foi devorado por Cérbero. Como ambos os destinos são tristes, evitemos as minúcias. O certo é que Pirítoo não retornou do Hades, mas Teseu, sim, salvo pelo herói que sempre admirara. Quando o rei de Atenas sentiu o sol bater em seu rosto novamente, muito se comoveu. Arrependeu-se muito daquele erro, que nada tinha que ver com seu heroísmo. Percebeu, ao dirigir seus passos novamente a Atenas, que eles eram os de um homem velho. Quando parou para matar a sede, viu refletido nas águas do riacho o rosto de um ancião que apenas recordava o jovem Teseu. Sorriu e retomou a marcha, parando de tempos em tempos para admirar os lugares por onde passava. E grande foi seu alívio ao saber que, em sua ausência, os irmãos de Helena, descobrindo seu paradeiro, a haviam resgatado, mas não sem certa resistência de Atenas. Entretanto, muitos desgostos aguardavam Teseu em sua cidade...

Num movimento de oposição, o retorno de Teseu para o mundo ensolarado coincidiu com o final da tarde na ilha. Os tímidos raios de sol que haviam alegrado a sala agora se retiravam. Moera passou a acender lamparinas. Algumas vizinhas saíram, desejando boa recuperação a Laodemo e levando consigo suas crianças. O público, apesar de menor, prosseguia interessado. O contador aguardou pacientemente a agitação passar e, quando sentiu que a assistência estava de novo concentrada, reiniciou:

— Como eu dizia, meus queridos, a volta de Teseu a Atenas não foi das mais felizes. E a infelicidade tinha nome: Menesteu, seu rival político. Na ausência do herói, ele procurou minar de todas as formas o prestígio de Teseu, fosse levantando calúnias, fosse fomentando naturais insatisfações. A maior parte delas vinha dos palântidas, herdeiros de Palas, irmão e rival de Egeu, lembram-se? Teseu derrotara seus pais e eles não se conformavam com a perda dos privilégios do clã.

Aos ouvidos dos velhos nobres, Menesteu sussurrava que eles haviam se reduzido a súditos de um déspota estrangeiro! As últimas inconsequências do herói também serviram de pretexto a Menesteu: ele lembrava a todos que o rei arriscara a segurança de Atenas nela ocultando Helena sem que ninguém soubesse.

Tanto e tão ardilosamente trabalhou que conseguiu aos poucos transmutar o prestígio do herói, tornando-o uma caricatura. Com extrema habilidade política, foi retirando a humanidade de Teseu, desmerecendo seus feitos, enfatizando os erros por ele cometidos e inventando outros, que acabavam se misturando aos primeiros a ponto de ninguém mais ter ideia do que era verdadeiro ou falso. Quando Teseu voltou a governar a cidade, explodiu uma revolta, aparentemente espontânea, mas bem articulada por Menesteu.

Da cozinha vinham som e cheiro de peixe frito no azeite. A água na boca convivia sem conflito com a atenção dos olhos e dos ouvidos.

— A primeira coisa que Teseu fez foi mandar os dois filhos que tivera com Fedra para Trezena, onde ainda possuía muitos amigos. E ele próprio, decepcionado com a terrível reação da cidade e cansado demais para encetar uma luta impopular, deixou Atenas nas mãos de Menesteu e se foi, levando apenas a espada que herdara de seu pai.

Ainda em solo ático, ele amaldiçoou os atenienses. Levantou os punhos e vociferou contra a raça dos homens de coração de pedra, de memória de pedra, de vontade de pedra, de pedra eles próprios, ensimesmados, endurecidos, sempre querendo poder, sempre pensando exclusivamente em seus interesses mesquinhos. Foi tão forte sua imprecação que alguns pastores, escutando aquelas palavras, ficaram impressionados. E durante muitas gerações ainda se apontava aquele lugar como o local onde Teseu amaldiçoou Atenas.

— E para onde ele foi? — perguntou Learco, deixando transparecer a perturbação.

— Para uma ilha conhecida como Ciros, governada por Licomedes, velho amigo de Egeu. A família de Teseu possuía algumas propriedades ali e o ex-rei pensava seriamente em passar o final de sua vida numa herdade, plantando e colhendo com as próprias mãos, cuidando dos filhos, vivendo de maneira simples e sábia seus últimos anos. Acontece que as intenções de Licomedes para com Teseu eram bem hostis. Alguns acham que o veneno de Menesteu chegara até Ciros antes do herói. O fato é que, numa manhã ensolarada, Licomedes levou Teseu até o monte mais alto da ilha e, enquanto mostrava suas propriedades, empurrou-o pela encosta. O herói rolou pela ribanceira e nunca mais foi encontrado.

— Mas quem tramou o assassinato foi mesmo Menesteu?! — perguntou Learco, inconformado.

— Se foi, meu querido, dele não tirou grande proveito, pois as insatisfações que semeou não terminaram com a partida de Teseu, e logo ele também se viu vítima delas. Parece que foi morto por um rival. E, a partir daí, Atenas viveu um período de instabilidade que levou décadas para ser superado.

Muitos séculos depois, os atenienses, novamente numa época de prosperidade, resolveram fazer justiça ao lendário rei. Uma expedição foi enviada a Ciros para procurar vestígios do pai da constituição ateniense. Conta-se que se avistou uma águia sobrevoando o monte de onde ele fora empurrado. Vasculhando a região, o grupo encontrou um esqueleto e, próximo a ele, uma esplêndida espada que o tempo não corroera. Os ossos de Teseu foram levados para Atenas, e uma grande homenagem lhe foi prestada.

Os atenienses presentes abriram um grande sorriso. O historiador disse, em nome dos outros:

— Foi bom escutar essa história, principalmente agora que Atenas atravessa um período tão turbulento.

— E Héracles? Como foi o fim de Héracles? — perguntou Ledmo de forma brusca.

— Quer mesmo saber? Finais nem sempre são felizes.

— Conta!

— Bem... vejamos...

Moera, entretanto, interrompeu todos trazendo o peixe que havia preparado. Para Laodemo, o velho mingau. Enquanto comiam, conversaram animadamente sobre a história de Teseu, e o historiador confirmou as últimas palavras do ancião. O grupo agora estava menor e mais fechado. E, como Ledmo insistisse em saber o final da vida de Héracles, que ele ainda não conhecia, Laodemo passou a contá-lo antes mesmo que todos terminassem a refeição.

— Muito se tem dito das mulheres de Héracles. Foram tantas e tão diversas que a primeira coisa que nos ocorre é perguntar como ele encontrou tempo para tantos namoros em meio àquela trabalheira toda. Pode-se argumentar que energia não lhe faltava. Mas

A espada e o novelo

volto a perguntar: e tempo? O fato, meus queridos, é que até hoje se encontram por aí muitos heráclidas, ou descendentes de Héracles!

Todos riram da observação, menos Ledmo, que não atinava por que ter muitos filhos seria algo problemático.

— Vejam, meus queridos, quantos nomes me ocorrem, assim, de enfiada: Mégara, Alceste, Hesíone, Epicasta, Auge, Astisqueia... Deixe-me ver, há mais! Humm... Astidâmia... Ah! não podemos esquecer Ônfale. Aliás, de Ônfale vem a história mais bizarra de todas. Conta-se que ele se apaixonou tanto por Ônfale que quase desistiu de seus feitos, chegando mesmo a tricotar vestido de mulher!

Milto e Milos explodiram numa gargalhada, provavelmente imaginando o herói tricotando com suas mãos gigantescas e rudes. Ledmo não gostou nada daquilo, coisa que não passou despercebida a Laodemo.

— Bem, não se sabe se isso é verdade ou apenas pilhéria. Mesmo que seja verdade, o fato é que Héracles logo caiu em si e, recuperando-se do marasmo sentimental, retornou à faina de matar monstros. Temos também Iole e Dejanira, as duas últimas mulheres de sua vida, responsáveis diretas por sua morte.

— Elas mataram Héracles? — perguntou Leucoteia, outra vez espantada.

— Não intencionalmente, minha querida. É uma história complicada, repleta de idas e vindas. Para resumir, Héracles apaixonou-se pela lindíssima princesa etólia Dejanira. Casou-se com ela e, ao levá-la para casa, teve de atravessar um rio, cujas águas transbordavam numa cheia inesperada. Havia na margem um centauro chamado Nesso, que, ao ver Dejanira, desejou-a para si. Fazendo-se de humilde, disse que levaria a mulher do grande herói em seu dorso através das águas. Héracles, que poderia facilmente levar Dejanira naquelas costas que tinham suportado a abóbada celeste, por alguma razão desconhecida permitiu que o centauro o fizesse. Foi na frente com passos largos e, ao olhar para trás, viu que o centauro fugia, carregando sua esposa. Enfurecido

Dionisio Jacob

com aquela ousadia, Héracles apanhou seu arco e uma flecha embebida no sangue da Hidra de Lerna. Lembram-se dela, não?

Ledmo e os amigos, muito atentos, fizeram que sim.

— Pois Héracles guardara num coldre setas com o sangue envenenado daquele monstro. Bem, com sua pontaria esplêndida, lançou uma flecha e apanhou em cheio o centauro, que já se encontrava a uma boa distância. Ele tombou e, sentindo que morreria, foi possuído de grande ódio pelo herói. Disse então a Dejanira que recolhesse um pouco de seu sangue, que possuía propriedades mágicas: se ela o passasse no corpo de Héracles, ele seria para sempre dela e nunca mais desejaria outra mulher. A ingênua princesa, talvez insegura pela reputação do marido, recolheu um pouco daquele sangue que se derramava e guardou-o num frasco que trazia consigo. Mas esqueceu-se disso. Afinal, Héracles se encontrava muito apaixonado por ela e não havia motivo algum para desconfianças.

Tempos depois, as constantes aventuras do herói o levaram a participar de uma guerra, onde reviu outra princesa, chamada Iole, por quem se encantara tempos antes, quando nem mesmo conhecia Dejanira. Tal fato chegou aos ouvidos de sua esposa, que se lembrou do sangue do centauro. Ela então confeccionou uma belíssima túnica para Héracles, embebeu-a naquele sangue e fez com que chegasse até o marido, julgando que, com isso, faria cessar as inclinações de Héracles por Iole ou qualquer outra mulher. Ao vestir a túnica, entretanto, todo o corpo de Héracles começou a arder horrivelmente. Ele tentou arrancar a roupa, mas o tecido misturava-se a sua pele, de modo que arrancar uma era arrancar outra. Desesperado, Héracles urrava e rolava no chão, pois o veneno já havia penetrado em seu sangue. Percebendo a inevitabilidade da morte, pediu que o levassem até o alto do monte Eta para ser queimado.

— Queimado?! — as crianças atropelaram-se numa exclamação coletiva.

— É espantoso mesmo. Não sei exatamente o que levou o herói a agir assim, talvez a antiga tradição de incinerar os restos mortais de reis e grandes homens. Há quem também diga que tal decisão foi determinada por um oráculo, que aconselhou Héracles a morrer no monte Eta. Confesso que os motivos para isso são vagos, mas o que ficou conhecido, e nesse ponto todas as versões coincidem, é que o herói foi levado por companheiros, filhos e admiradores ao alto daquela montanha, onde, para consternação geral, acendeu-se a pira. Ao saber do que acontecera, Dejanira, desconsolada, se matou.

— E Héracles morreu desse jeito? — Ledmo não conseguia esconder sua revolta.

— Calma, calma! Veja o que aconteceu... Héracles não chegou a ser queimado pelo fogo terrestre, pois Zeus lançou um raio, e uma nuvem envolveu o monte. Trovões explodiram tão alto que os presentes esconderam o rosto. Quando a tempestade se dissipou, ninguém mais viu Héracles: ele havia sido carregado para o Olimpo, passando da esfera dos mortais para a dos imortais. Atena conduziu-o ao círculo íntimo dos deuses, e até mesmo Hera, sua implacável perseguidora em vida, se reconciliou com ele, pelos evidentes serviços prestados. Não apenas se reconciliou, como deu ao novo deus uma filha em casamento, a irradiante Hebe, deusa da eterna juventude, esta, sim, a derradeira esposa do herói.

Laodemo sorriu ao ver que o fim olímpico de Héracles agradara a Ledmo e aos demais, que, satisfeitos, levantaram-se e saíram da sala, comentando o assunto. A noite caíra, e agora o círculo dos ouvintes era bastante íntimo. O poeta, com ar absorto, perguntou:

— E Jasão? Quanto eu saiba, ele se atirou sobre a própria espada ao ver o que Medeia fizera à jovem Glauce e aos próprios filhos.

— Sim, conta-se isso, mas essa não é a única versão do fim de Jasão. Conheço outras que me foram contadas aqui e ali e que também fazem bastante sentido. Querem ouvir?

Todos assentiram e se aproximaram, pois havia mais espaço na sala.

— Depois que Medeia consumou sua vingança e fugiu, há quem diga que Jasão foi tomado de grande desespero, mas não chegou a se matar. Vagou pelo mundo como um errante, vivendo aqui e ali, atormentado. Reis e príncipes, apiedados daquele herói, a quem admiravam como a um pioneiro, recebiam-no com honras. Mas nada mais o prendia a lugar algum. Logo ele se despedia e se punha a caminhar sem objetivo definido, isso durante muitos e muito anos. Dizem que Teseu e Héracles já tinham morrido havia muito e Jasão ainda errava pela Grécia.

Com o tempo, ele foi sendo esquecido, ou melhor, suas histórias eram contadas por toda parte, como eu faço agora, mas já ninguém sabia quem era aquele ancião que vagava a esmo. É certo que ele não voltou para a ilha de Lemnos, embora pensasse constantemente em Hipsípile. Mas a princesa de que ele se recordava era aquela da juventude, do início de sua expedição. Assim, não soube que, como previra Anfiarau, os filhos de Hipsípile acabaram resgatando-a, e que ela teve uma velhice tranquila, cercada pelos netos.

Conta-se, entretanto, que Jasão chegou a visitar, num de seus passeios tardios, a gruta do centauro Quíron, onde passara a adolescência. Encontrou-a abandonada decerto, já que o velho mestre ali não mais vivia. Deve ter perambulado pelos bosques da infância, onde os heróis foram educados. Com certeza avistou Clea, a ninfa que o amava quando jovem e que continuava jovem, pois tais criaturas vivem uma longa existência. Mas Clea não deve ter se recordado de Jasão, fosse porque ele estivesse muito mudado, fosse porque as hamadríades possuem uma memória vegetal e imediata, sem longas recordações.

Por fim, o que se conta, e ouvi isso de muitas bocas, é que Jasão acabou retornando a Iolco, onde pretendia passar seus últimos anos. Quis saber do velocino, mas os desconfiados e cavilosos descendentes de Pélias davam-lhe informações desencontradas:

havia sido roubado por um rei ilírio; fora perdido na mudança do palácio; estava escondido num lugar secreto; fora recuperado pelo deus Hermes, ciumento do tesouro. O fato é que Jasão não mais viu o velocino.

Em compensação, encontrou a velha Argos ainda ancorada como uma relíquia, mas muito malconservada. O herói cessou então de caminhar pelo mundo e passou a viver à sombra do velho navio. E foi desse modo que morreu, numa clara manhã de primavera, quando a madeira apodrecida desabou sobre ele.

O único lenho intacto, o mastro feito com a madeira do carvalho consagrado do bosque de Dodona, ao tombar, produziu um ruído que ecoou até o Olimpo e chegou aos ouvidos de Zeus. Este, afastando algumas nuvens e constatando que o derradeiro herói partira, decretou o fim da era transparente, época em que todas as divindades e criaturas encantadas podiam ser vistas pelos mortais. Zeus incumbiu então a deusa Íris dessa tarefa. Num voo célere, ela percorreu o mundo todo atirando sobre as coisas um opaco véu. A partir daí, as ninfas não mais foram encontradas nos bosques, os centauros desapareceram das matas e os deuses se tornaram invisíveis. A última coisa que ficou daqueles tempos foi o rastro daquela deusa, perceptível quando a chuva lava a atmosfera. Por isso nos encantamos tanto quando vemos seu famoso arco impresso no céu.

✳✳✳

Os visitantes acharam por bem retirar-se, não antes de agradecer efusivamente ao contador de histórias aquele dia. Laodemo parecia melancólico.

— Ah... ainda há tanta história que eu gostaria de contar mais uma vez. Aquiles, Heitor, Troia, o retorno de Ulisses...

— Calma! — disse o poeta, rindo. — Enrole por hoje seu novelo e guarde um pouco para amanhã!

O contador de histórias sorriu e fez questão de abraçar cada um dos convidados. Logo não havia mais ninguém na casa, exceto seus moradores. Moera passou a recolher pratos e copos, auxiliada por Érgona, naquele dia mais espertinha. Ledmo veio de fora com cara de sono e deitou-se ao lado do avô, que também se recostou no sofá, com expressão absorta. Cadmo olhava para ele comovido, pois nunca o escutara fechar as histórias como daquela vez.

Mas Laodemo não desejava dormir ainda e, quando Moera por fim sossegou, segurou-lhe as mãos com carinho.

— E você, Moera, nunca ouve minhas histórias! Um contador sente essas coisas, viu? Nestes dias maravilhosos vi o rosto de todo mundo atento ao que eu falava, menos o seu.

— Alguém tem de alimentar o público, papa.

— Você não gosta de minhas histórias, essa é a verdade!

— Deixe de manha, papa. É que essa coisa de gente matando e morrendo... Já me bastam meus mortos, papa.

— Vamos lá, Moera, peça uma história, só uma... Uma de amor, a de Psiquê! É linda. Pense bem: uma mortal carregada para o Olimpo pelo deus do amor, que fez nascer nela asas de borboleta! Nada de mortes violentas.

— Mas você já contou o final, papa...

— Não! Tem muita coisa... tem as irmãs... o mistério...

— Não, papa, chega de falar por hoje... Olhe só seu rosto! Dá para ver o cansaço!

— Uma só... Estou muito cansado, sim, querida. Mas não quero dormir agora... por favor...

— Papa, quem disse que eu não ouço suas histórias? Hoje mesmo ouvi tudo. Nossa casa não é tão grande assim... É que... você sabe... eu sou agitada mesmo, não suporto ficar sentada por muito tempo.

— É o pior público que existe... os impacientes!

— E, no entanto, eu conheço todas as histórias. Durante esses anos todos escutei cada uma delas, papa. Você é um ótimo narrador.

— Acha mesmo?

— Papa! Todo mundo diz isso! Quem sou eu para julgar?

— Minha querida, um contador de histórias, quando vê um rosto insatisfeito, apenas um, desaba! Somos uma gente muito insegura, essa é a verdade.

— Pois fique certo de que eu sempre tive muito orgulho do senhor, papa.

— Moera... que bom escutar isso! Gosto muito de você, sabia?

— Está bem, papa, está bem! Agora vamos descansar essa boca um pouco! Você não parou de falar o dia todo!

— Você está certa, minha querida. Tem toda razão. Como sempre, aliás! Estou cansado, muito cansado.

— Está mesmo.

— Acho que vou dormir.

— Durma, papa, durma.

— Promete que amanhã você escuta a de Psiquê?

— Prometo... Prometo.

— Ela cria asas de borboleta!

— Sei, papa...

— Vai para o Olimpo... É lindo!

— Lindo.

— Lindo mesmo...

— Eu sei... eu sei...

— Estou cansado...

— Durma, papa...

***

Por fim, Laodemo adormeceu. Ledmo, a seu lado, já pegara no sono havia tempos. O mesmo se dera a Érgona, sentadinha numa cadeira, com a boca aberta. Moera levou Érgona para o quarto, enquanto Cadmo ajeitava melhor o irmão e o avô. Ao segurar Laodemo, entretanto, Cadmo constatou quanto ele estava leve, as pernas e os braços muito magros. E ao ver aquele corpo enrugado, todo encolhido num canto da cama, parecendo indefeso, o neto se emocionou.

Chegando dos fundos da casa, Moera percebeu. Aproximou-se de Cadmo sem nada dizer. E este, ao ver a mãe, desatou um choro que lhe amarrava a garganta.

Moera, então, abraçou o filho muito, mas muito forte.

Epílogo

Era como se os dois tivessem adivinhado. **233**

Depois daquela noite, a saúde de Laodemo piorou repentinamente. No dia seguinte, os alarmados visitantes souberam que ele não estava em condições de falar. Confiando que o ancião melhoraria no decorrer do dia, aguardaram. Mas a saúde do contador só fez piorar. Veio o médico. Veio o sacerdote Télias. E todos saíam da sala onde ele ainda estava, e onde passara tanto tempo contando histórias, com expressão consternada. No fim da manhã seguinte, os dias de Laodemo sobre a terra se encerraram.

Então surgiram novamente as embarcações. A baía ficou uma vez mais congestionada de naus. De toda parte chegavam navios: de Atenas, de Corinto, da Cefalônia, da Macedônia, da Eubeia, de Delos, de Samos, de Halicarnasso e até de Siracusa. A ilha Menor encheu-se de visitantes que vieram prestar homenagem ao último contador de histórias do velho tempo. Os habitantes dividiam seus sentimentos entre o orgulho por receber tanta gente importante e a comoção pela perda daquele que, mais do que um ilustre habitante, era uma pessoa carinhosa, de quem todos gostavam muito.

O enterro ocorreu num cemitério rústico, situado na encosta noroeste da ilha, onde o sacerdote Télias realizou outra oferenda. As crianças estavam chocadas, pois dias antes Laodemo parecia cheio de vida, de humor, de simpatia para com elas. Antinoé e Learco procuravam apoiar Cadmo, um apoio embaraçado, silencioso, mas firme. Conheciam o afeto que ele tinha pelo avô.

Cadmo já chorara em seu quarto. Agora mantinha as emoções sob controle, preocupando-se em consolar Moera, bastante abatida.

Olhava as pessoas a sua volta, admirado e contente por constatar o prestígio de seu avô. Lá estavam num canto o poeta, o dramaturgo, o filósofo, o escultor, o historiador, todos emocionados. Afinal, eles haviam passado quase uma semana num contato diário e intenso com Laodemo, de quem tinham aprendido a gostar. Cadmo cogitava que talvez os nomes deles se tornassem famosos, conhecidos em toda parte, e que, num futuro distante, seriam lembrados pelas gerações, enquanto o nome de Laodemo ficaria esquecido. Talvez. Mas não se entristecia por isso, porque havia aprendido no olhar do avô uma coisa importante: ele sabia quem era. E Cadmo agora sabia também. E isso era um tesouro maior do que o velocino.

***

Como Moera adivinhara, Cadmo resolveu aceitar o convite do poeta. Manteve-se firme para dar segurança ao filho, mas por dentro remoía-se toda. Tudo tão de repente! Pensativa, preparava para ele uma sacola com algumas mudas de roupa, pois no dia seguinte o filho partiria para Atenas.

O poeta, muito contente, prometeu a ela que cuidaria de Cadmo como se fosse seu filho e que logo ele estaria de volta. Ela, entretanto, não se iludia: era uma longa viagem, que poderia se prolongar ainda mais, com outros convites. Como ela teria notícias do filho? Só se alguém que cruzasse com ele viesse até a ilha Menor. Mas quem ia para a ilha Menor?

Talvez ela ficasse muito tempo sem saber do destino de Cadmo. Talvez ele voltasse homem feito, casado, com netos. Seria bom... E se voltasse machucado? Não... Os deuses o protegeriam. Eles precisam de quem narre suas histórias...

Cadmo, por sua vez, passou seu derradeiro dia na ilha ao lado de Ledmo. Sabia que o irmão era uma criança atingida por muitas perdas: o pai, o outro irmão, o avô e agora ele. Fez promessas, disse que conheceria muitos lugares e depois viria buscá-lo e lhe mostraria tudo, a ele e à mãe, e os três iriam juntos numa grande viagem pelo Egeu, pelo Mediterrâneo.

— Até a Sicília?

— Até a Sicília!

— Quando?

— Quando eu voltar! Tenha paciência, cuide da mãe.

Eles conversavam perto do templo, onde outro dia Laodemo contara as façanhas de Héracles, e Cadmo lembrou a Ledmo que ele tinha de ser um herói também. Antinoé e Learco se aproximaram.

— Então você vai mesmo, hein? — disse Antinoé.

Cadmo fez que sim, e um silêncio constrangeu o quarteto. Ninguém sabia o que dizer. Learco, num arroubo, deu um abraço no amigo.

— Boa sorte! Você vai voltar famoso como seu avô!

— Vai, sim! — confirmou Antinoé.

— E vai levar a gente para viajar — informou Ledmo.

Cadmo sorriu e olhou para os dois amigos, com quem crescera: a trinca inseparável.

— E vocês dois vão com a gente — disse Cadmo. — Vocês e seus filhos!

Antinoé corou. Learco soltou uma gargalhada nervosa, como para garantir que havia sido um gracejo. Mas os dois entenderam que aquela brincadeira era a maneira que Cadmo encontrara de dizer que não ia ficar chateado ou sentir-se traído se Antinoé e Learco afinal namorassem.

***

Na noite anterior à viagem, Cadmo teve um sono agitado, com muitos sonhos estranhos. Um deles, entretanto, causou-lhe uma impressão tão forte que ele nunca mais esqueceu. No sonho, ele dormia na sala, exatamente onde Laodemo costumava contar as histórias, quando despertou com um ribombo no céu. Olhou pela janela. Era uma noite escura, com a lua encoberta. Mas um vento forte, que parecia trazer uma música distante, dissipou algumas daquelas grossas nuvens, revelando a lua cheia e as Plêiades brilhando no firmamento. Então uma das nuvens se avolumou, e uma forma maciça saiu de dentro dela: uma nave deslizando lentamente pelo céu, com as velas enfunadas. Era a nau Argos! E lá estavam as silhuetas dos tripulantes contra o luar, jovens, ouvindo a música de Orfeu. Da proa, Laodemo, que se encontrava no meio dos heróis, lançou um aceno na direção do neto. Cadmo respondeu e permaneceu acenando até que a nave se distanciasse. Logo as nuvens começaram a se fechar novamente.

Naquele instante Cadmo despertou de verdade e se debruçou no parapeito da janela, olhando o céu vazio. E ali permaneceu pasmado, pois a forte impressão do sonho continuou ecoando em seus nervos durante algum tempo, parecendo mesmo, naqueles breves segundos, mesclar imaginação e realidade.

Frescor
de fonte antiga

Cresci no meio de histórias. E a razão disso é que meus pais, Dionisio Azevedo (de quem herdei o nome) e Flora Geny, adaptavam muitas delas para a televisão, um veículo que ainda engatinhava nos anos 1950.

Desse modo, havia muitos livros em casa, livros de texto e de imagens. Recordo-me de um deles, sobre o pintor espanhol Francisco de Goya, cuja capa representava o deus Cronos devorando sua cria. Foi uma das imagens mais impactantes de minha infância.

Lembro-me também do fascínio causado pelos dois tomos de *Os doze trabalhos de Hércules*, de Monteiro Lobato, autor por meio do qual me iniciei no hábito da leitura. Acho que a partir daí minha afeição pela mitologia grega se consolidou.

Anos mais tarde, já na faculdade de Artes, consegui *O livro de ouro da mitologia* (A idade da fábula), do escritor norte-americano Thomas Bulfinch. Li com muito prazer esse livro, publicado originalmente em 1855, e, com base naquelas histórias incríveis, fiz diversos desenhos, que nem sei mais onde se encontram. Desde então, ao longo da vida, sempre que via algum livro novo sobre mitologia procurava ler, não como estudioso ou acadêmico, mas como quem bebe de uma fonte muito fresca, apesar de tão antiga. Afinal, eu também gostava de escrever histórias.

Acabei usando os mitos como material didático no tempo em que dava aulas de artes. Um grupo de alunos do Ensino Fundamental chegou a fazer uma dramatização livre do mito do Faetonte, com cenários, figurinos e tudo. Foi uma ótima demonstração de como uma velha narrativa pode ainda instigar nossa sensibilidade.

Mas, para além da beleza dos mitos, a razão que me levou a escrever *A espada e o novelo* foi o desejo de celebrar o gesto ancestral de contar uma história a alguém. Por isso, dedico este livro a meus pais, que me legaram essa arte transmitida através das gerações, de avô para neto, da boca para o ouvido, da mente para o coração.

Dionisio Jacob / julho de 2009

Sobre
o autor

Dionisio Jacob nasceu em 1951, na cidade de São Paulo, filho de Dionisio Azevedo e Flora Geny, conhecidos atores de rádio e tevê. Pioneiros da teledramaturgia brasileira, seus pais costumavam adaptar obras clássicas para o programa TV de Vanguarda, da extinta emissora Tupi, propiciando aos filhos um ambiente literário para se desenvolverem.

No entanto, a formação artística de Dionisio não se restringiu ao âmbito das Letras. Desde cedo se interessou por pintura. Formou-se em Artes Plásticas pela Fundação Armando Álvares Penteado (FAAP) e realizou diversas exposições.

Com amigos da faculdade, fundou nos anos 1970 o grupo teatral Pod Minoga, que renovou a linguagem cênica pela incorporação de elementos das artes visuais. Trabalhou ainda como professor de artes em diversas instituições, criando nos anos 1980 a escola de arte Casa do Sol, especializada na educação de crianças e adolescentes.

Durante esse tempo, escreveu roteiros para programas de tevê (como Castelo Rá-Tim-Bum, Cocoricó e TV CRUJ) e livros para adultos, jovens e crianças. Pela Edições SM publicou, na coleção Barco a Vapor, *Sonho de uma noite de verão*, *A lenda de Abelardo,* \ *A fenda do tempo* e *A flauta mágica*. Este último, que vendeu mais de 10 mil exemplares, foi adaptado para os palcos em 2007 e obteve grande sucesso de público e de crítica, permanecendo em cartaz por mais de 18 meses.

Fonte Kepler Papel Offset 120 g/m²